Bernd F. Lunkewitz (Hg.)

Die glücklichen Stunden

Bernd F. Lunkewitz (Hg.)

Die glücklichen Stunden

20 AUTOREN
UND DIE MAGIE DES ERZÄHLENS

AUFBAU-VERLAG

ISBN 3-351-03058-4

1. Auflage 2005

Einbandgestaltung Gold, Anke Fesel/Kai Dieterich

unter Verwendung eines Fotos von Bilderberg

Druck und Binden Clausen & Bosse, Leck

Printed in Germany

www.aufbau-verlag.de

Inhalt

Vorwort

Man sieht sie im Gedränge der Busse und U-Bahnen, in den unwirtlichen Hallen der Flughäfen, an den vollgestellten Tischen der Cafés. Da hält ein Zug, Menschen stürzen raus und rein, in den Wartesälen ruft man Fremde aus, am Nachbartisch wird lauthals gelacht. Ein Kind heult. Irgendwo geht – plötzlich – ein Glas zu Bruch. Aufgeregtes Handyklingeln überall.

Während um sie herum der Erwerbstrieb ungestüm herrscht, sitzen sie seltsam still und versunken. Nur manchmal huscht ein Lächeln über ihr Gesicht. Kein Laut schreckt sie auf. Sie hören nichts, sie sehen nichts – sie lesen. Wie der mächtige Sultan in »1001 Nacht«, der über Schoherazades Geschichten sogar das Morden vergißt, sind auch sie ganz im Bann des Erzählers.

Beim Anblick dieses stillvergnügten Lesevolkes mag dem Betrachter zuweilen auch das eigene Leseglück in den Sinn kommen. Das heimliche, verbotene Lesen, spätabends mit der Taschenlampe unter der Decke. Überhaupt die durchwachten, durchlesenen Nächte, in denen man nicht loskommt von der Geschichte, die Seiten beinahe fiebrig entlangeilt, bis endlich der Schlußsatz die Fessel löst und man noch eine Weile daliegt, müde und erschöpft; ratlos auch, wie man ohne dieses Buch nun wird weiter leben und lesen können.

Manchmal aber bleibt der Lesende auch hängen, stolpert über ein Wort, einen Vers, einen Satz. Das trägt er dann mit sich, wie eine Lesebrille, durch die die Welt neu zu entziffern ist.

Aber auch der frühesten Leseerfahrungen mag sich der Betrachter erinnern, als man noch mit den Helden auszog, das Fürchten zu lernen, und dabei auch das Lieben, das Kämpfen, die Einsamkeit und das Denken entdeckte. Und möglich, daß einem auch wieder die abendliche Vorlesestunde einfällt, die sanft tönende Stimme des Vaters, deren Auf und Ab die wunderlichsten Abenteuer in die eigenen Träume rinnen ließ.

Geschichten sind Unruhestifter, Fluchtvehikel, Seelentröster und Abenteuerschiffe. Wer eintaucht in die fabelhafte Welt der Wörter, verläßt das Vertraute und begibt sich, wohin auch immer, hinaus, auf große Reise. Für glückliche Stunden. Und manchmal auch ein ganzes Leben lang. Schließlich sind Bücher die Welt im Spiegel, im Fernrohr, unterm Mikroskop. Sie bergen ihre unendliche Vielfalt, Dichte und Weite. Und sie erlauben uns, ohne daß wir dabei Kopf und Kragen riskieren müßten, die wahren Expeditionen.

Vor den großen Erzählern stehen wir wie die Kinder im Varieté vor dem Magier. Mit einem Wort dreht sich auf einmal die Welt, Undenkliches geschieht, und wir sind verzaubert.

Man sperrt uns in die Bleikammern Venedigs, dann wieder durchziehen wir die Weite der Mancha, die amerikanischen Wälder, die Weltmeere oder die Städte des 19. Jahrhunderts. Wir sind Casanova und Don Quijote, Pippi Langstrumpf und Emma Bovary und mehr noch – etwas, was wir ohne diese Geschichten vielleicht nie kennenlernten –, wir selbst.

In der Gesellschaft des Erzählers werden wir zum wahren Proteus, der, die Zeiten überspringend, sich in alle Gestalten des Lebens verwandelt. Und für einen kostbaren Moment hört unser Elend oder unser Erfolg auf, uns zu beherrschen. Das Leben wird, kinderleicht, ein Spiel, ein Traum.

In den Erzählungen dieses Bandes ist viel von den zauberhaften, mächtigen, verlockenden, fremden Wörtern die Rede, von Bibliotheken und Büchernarren, von anonymen Briefen und schicksalhaften Versen, von der Magie des Erzählens und dem Abenteuer des Geschichtenhörens und Geschichtenlesens. So verschieden- und einzigartig diese Erzählungen auch sind, so klingt in ihnen doch immer wieder das Motiv an, das am Anfang jeder Geschichte und aller Literatur steht – die Bitte des Erfahrungshungrigen, des Geschichtenhörigen:

Erzähl.

Erzähl mir.

Erzähl weiter.

Berlin, im Frühjahr 2005 — Bernd F. Lunkewitz

Stephen Fry

Professor Trefusis' Angebot

»Das periphrastische ›do‹ war ein überflüssiger Tempusindikator«, sagte Adrian. »Semantisch leer, dennoch weit verbreitet. Es gibt folgende drei Haupttheorien über den Ursprung des periphrastischen ›do‹: 1. Es leitete sich ab vom Einfluß des entsprechenden Gebrauchs von ›faire‹ im Französischen.

2. Es entwickelte sich aus dem altenglischen kausativen ›do‹.

3. Es leitete sich ab aus der semantischen Entwicklung des faktitiven Vollverbs ›do‹. Eine Untersuchung dieser drei Theorien sollte einiges über alternative Herangehensweisen in den Bereichen diachrone Syntax und generative Grammatik verraten.«

Er schaute zum Sofa hinüber. Trefusis lag auf dem Rücken, einen überquellenden Aschenbecher auf der Brust, einen leichten Kopfhörer um den Hals und ein Viereck aus malvenfarbener Seide überm Gesicht, durch welches er es schaffte zu rauchen. Wären da nicht das Auf und Ab des Aschenbechers und die sich durch die Seide kräuselnden Rauchwolken gewesen, hätte Adrian ihn für tot gehalten. Er hoffte es nicht, schließlich war es ein guter Essay, den er da vorlas, und er hatte sich viel Mühe damit gegeben.

Freunde hatten ihn davor gewarnt, das sprachgeschichtliche Thema zu wählen.

»Du wirst Craddock kriegen, und der ist total daneben«, sagten sie. »Trefusis lehrt nur Forschungsstipendiaten und ein paar erlesene Studenten. Beleg den amerikanischen Essay wie alle anderen.«

Aber Trefusis hatte eingewilligt, sich mit ihm zu treffen.

»Das frühmittelenglische periphrastische ›do‹ konnte nach Modalverben und ›have‹ plus Partizip Präteritum stehen. Es diente hauptsächlich als nonmodaler Operator in zweiter Position und schloß ›be‹ plus Partizip Präteritum sowie Passivbildungen aus. Noch im 18. Jahrhundert schrieben einige Grammatiker, es sei eine Standardvariante zur einfachen Form, andere jedoch beschränkten seinen Gebrauch auf emphatische, interrogative und Negationssätze. Um die Mitte des 18. Jahrhunderts war es obsolet geworden.«

Adrian sah von seinem Papierstapel hoch. Ein brauner Fleck bildete sich auf Trefusis' Taschentuch, wo die Seide den Rauch filterte.

»Ahm … das war's …«

Schweigen vom Sofa. In weiter Ferne begannen die Glocken von Cambridge die Stunde zu schlagen.

»Professor Trefusis?«

Er konnte doch wohl keinen Essay von dieser Qualität verschlafen haben, oder? Adrian räusperte sich und versuchte es erneut etwas lauter.

»Professor Trefusis?«

Unter dem Taschentuch erklang ein Seufzen.

»Und?«

Adrian fuhr mit den Handflächen über seine Knie.

»War er in Ordnung?« fragte er.

»Gut konstruiert, gut untersucht, gut belegt, gut argumentiert ...«

»Oh. Danke.«

»Originell, präzis, durchdacht, scharfsichtig, überlegt, erhellend, überzeugend, luzide, triftig, angenehm vorgetragen ...«

»Äh – gut.«

»Ich nehme an«, sagte Trefusis, »Sie haben fast eine Stunde gebraucht, um ihn abzuschreiben.«

»Bitte?«

»Kommen Sie, Mr. Healey. Sie haben Ihre Intelligenz schon genug beleidigt.«

»Oh.«

»Val Kirstlin, *Neue Philologische Abteilung*, Juli 1973, ›Ursprung und Eigenschaften des periphrastischen Verbs „do" im Mittel- und Frühneuenglischen‹. Hab ich recht?«

Adrian rutschte unruhig hin und her. Es war schwer genug zu erahnen, was Trefusis dachte, wenn sein Gesicht unverschleiert war; mit einem darübergebreiteten Taschentuch war es so unleserlich wie ein Arztrezept.

»Es tut mir leid«, sagte er. »Es war folgendermaßen ...«

»Entschuldigen Sie sich bitte nicht. Hätten Sie sich die Mühe gemacht, selber zu arbeiten, wäre ich ebenso verpflichtet gewesen, es durchzustehen, und ich kann Ihnen versichern, daß ich sehr viel lieber einer guten als einer mittelmäßigen Arbeit lausche.«

Adrian fiel darauf keine passende Antwort ein.

»Sie haben ein großartiges Gehirn. Ein wirklich außerordentliches Gehirn, Mr. Healey.«

»Danke.«

»Ein großartiges Gehirn, aber einen verheerenden Verstand. Ich habe ein großartiges Gehirn *und* einen großartigen Verstand. Ebenso wie Russell. Leavis, ein passabler Verstand, praktisch ohne Gehirn. Ich frage mich, ob wir so weitermachen sollen.«

»Wie weitermachen?«

»Mit dieser zweiwöchentlichen Vorführung gestohlener Güter. Das scheint mir einigermaßen sinnlos. Ich finde die Pose sorgloser Jugend ebensowenig charmant oder einnehmend, wie Sie die Pose gramgebeugten Alters faszinierend und exzentrisch finden, nehme ich an. Vielleicht sollte ich Sie das Jahr verspielen lassen. Ich zweifle nicht daran, daß Sie in Ihren Abschlußprüfungen sehr gut abschneiden werden. Ehrlichkeit, Sorgfalt und Fleiß sind für jemanden wie Sie völlig überflüssige Eigenschaften, wie Sie klar erkannt haben.«

»Also, es ist einfach, ich war einfach so …«

Trefusis zog sich das Taschentuch aus dem Gesicht und sah Adrian an.

»Aber natürlich waren Sie das! Fürchterlich beschäftigt. Fürch-ter-lich.«

Trefusis nahm noch eine Zigarette aus einer Packung, die

oben auf einem Stapel Bücher neben dem Sofa lag, und klopfte sie gegen seinen Daumennagel.

»Mein erstes Treffen mit Ihnen hat mich nur in dem bestärkt, was ich schon geargwöhnt hatte. Sie sind ein Schwindler, ein Scharlatan und ein Bluffer. Meine Lieblingsfiguren übrigens.«

»Was macht Sie da so sicher?«

»Ich studiere Sprachen, Mr. Healey. Sie schreiben flüssig und mit Überzeugung, Sie sprechen kontrolliert und mit Autorität. Hier eine beziehungsreiche Idee, dort eine abstrakte Aussage, Sie jonglieren und spielen mit ihnen, verführen sie. Man sieht keine Bewegung vom Zweifel zum Verständnis, keinen Zusammenbruch, kein Nachhaken, keine Erregung. Sie versuchen andere zu überzeugen, nie sich selbst. Sie erkennen Muster, aber Sie arrangieren sie neu, wo Sie sie analysieren sollten. Kurz gesagt, Sie denken nicht. Sie haben nie gedacht. Mir haben Sie nie irgend etwas gesagt, was Sie für wahr halten, nur Dinge, die wahr klingen und vielleicht gar wahr sein sollten: Dinge, die einen Moment lang mit der Rolle übereinstimmten, die Sie sich für den Nachmittag zurechtgelegt hatten. Sie mogeln, Sie schummeln, Sie lügen. Einfach wunderbar.«

»Mit Respekt gesagt, Professor …«

»Schweineschlempe! Sie respektieren mich nicht. Sie fürchten mich, sind von mir verwirrt, beneiden mich … alles mögliche, aber Sie respektieren mich nicht. Warum sollten Sie auch? Ich bin wenig respektabel.«

»Was ich meine, ist, bin ich denn so anders als all die

anderen? Denkt denn nicht jeder so wie ich? Arrangiert nicht jeder die Muster nur neu? Ideen können doch wohl kaum erschaffen oder zerstört werden.«

»Doch!« Trefusis klatschte vergnügt in die Hände. »Doch, doch, doch! Aber wer sonst *weiß* denn, daß sie das und nur das tun? *Sie* wissen es, Sie haben es immer gewußt. Deswegen sind Sie ja ein Lügner. Andere geben ihr Bestes, und wenn sie sprechen, meinen sie es auch so. Sie meinen es nie so. Diese Doppelzüngigkeit weiten Sie auf Ihre Moral aus. Sie gebrauchen und mißbrauchen Menschen und Ideen, weil Sie nicht an ihre Existenz glauben. Nur Muster, mit denen Sie spielen. Sie sind ein Höllenhund, und das wissen Sie.«

»Gut«, sagte Adrian. »Und was wird jetzt aus mir?«

»Ja, richtig. Ich könnte Sie bitten, mich nicht mehr zu belästigen. Könnte Sie mit Ihrem langweiligen kleinen Leben weitermachen lassen, wie ich mit meinem weitermache. Oder ich könnte Ihrem Tutor einen Vermerk schreiben. Er könnte Sie von der Universität relegieren. Beides würde mich des, sei's auch geringen, Einkommens berauben, das ich dafür erhalte, Sie zu unterrichten. Was tun? Was tun? Schenken Sie sich ein Glas Madeira ein, auf dem Schränkchen da steht Sercial oder Bual. Hmm! Es ist alles so schwierig.«

Adrian erhob sich und schritt durchs Zimmer.

Trefusis' Quartier konnte mit einem Wort beschrieben werden.

Bücher.

Bücher und Bücher und Bücher. Und wenn ein Betrachter gerade auf die Idee gekommen sein mochte, daß es das nun gewesen sei, noch mehr Bücher.

Kaum ein Quadratzentimeter Holz oder Wand oder Fußboden war zu sehen. Das Gehen war nur möglich auf schmalen Pfaden zwischen Bücherstapeln. Das Schreiten auf diesen Pfaden zwischen hüfthohen Bücherstapeln war wie das Wandeln durch einen Irrgarten. Trefusis nannte den Raum sein »Bibliorinth«. Plätzchen, wo man sich setzen konnte, ähnelten Lagunen in Korallenriffs aus Büchern.

Adrian nahm an, daß jeder, der dreiundzwanzig Sprachen sprechen und vierzig lesen konnte, unterwegs den einen oder anderen Band zur Vertiefung seiner Kenntnisse aufsammelte. Trefusis selbst sprach höchst herablassend über sie.

»Waldverschwendung«, hatte er einmal gesagt, »dämliche, häßliche, umständliche, schwere Gegenstände. Je eher die Technik mit einer verläßlichen Alternative aufwartet, desto besser.«

Am Anfang des Semesters hatte er, verärgert von einem dämlichen Kommentar, Adrian mit einem Buch beworfen. Adrian hatte es aufgefangen und war schockiert gewesen, als er sah, daß es eine Erstausgabe der *Fleurs du Mal* war.

»Bücher sind keine Reliquien«, hatte Trefusis gesagt. »Wörter mögen meine Religion sein, aber was den Gottesdienst angeht, mag ich es schlicht. Tempel und Idole interessieren mich nicht. Der abergläubische Götzendienst dieser bürgerlichen Obsession für Bücher ist ausgesprochen ärgerlich. Überlegen Sie nur, wie vielen Kindern zimperliche kleine Leute das Leben vergraulen, indem sie sie herunterputzen, wenn sie mal nachlässig eine Seite umblättern. Alle Welt führt es im Munde, man müsse Bücher ›mit Respekt behandeln‹. Aber wann wird uns jemals gesagt, *Wörter* sollten mit Respekt behandelt werden? Von frühester Kindheit an bringt man uns bei, nur das Äußere und Sichtbare zu ehren. Gruslige Buchkritiker, die von Büchern als ›Objekten‹ faseln. Ja, das ist zufällig eine Erstausgabe. Übrigens ein Geschenk von Noel Annan. Aber ich versichere Ihnen, ein abgegriffenes vergilbtes *livre de poche* hätte mir dieselben Dienste geleistet. Nicht daß ich Noels Großzügigkeit nicht zu schätzen wüßte. Ein Buch ist ein Stück Technologie. Wenn die Leute sie aufhäufen und hohe Preise für dieses oder jenes zahlen wollen, schön und gut. Aber sie sollten sich nicht vormachen, das wäre eine höhere oder intelligentere Beschäftigung als das Sammeln von Schnupftabakdosen oder Kaugummibildchen. Ich kann ein Buch lesen, ich kann es als Aschenbecher benutzen, als Briefbeschwerer, als Türanschlag oder eben als Geschoß, um junge Männer zu bewerfen, die alberne Bemerkungen machen. So. Denken Sie noch mal nach.« Und Adrian hatte noch mal nachgedacht.

Jetzt fand er den Weg zurück zu der kleinen Lichtung, wo Trefusis auf dem Sofa lag und Rauchringe zur Decke blies.

»Auf Ihr ewiges Wohlergehen«, sagte Adrian und probierte den Madeira.

Trefusis funkelte ihn an.

»Werden Sie nicht unverschämt«, sagte er, »das steht Ihnen ganz und gar nicht.«

»Nein, Herr Professor.«

Es folgte Schweigen, an dem Adrian sich rege beteiligte. Im Laufe seines Lebens hatte er bereits in einigen Arbeitszimmern gestanden und mit dem Fuß Teppichmuster nachgezeichnet, während zornige Männer ihm seine Unzulänglichkeiten vorhielten und seine Zukunft ausmalten. Trefusis war nicht zornig. Genaugenommen war er direkt guter Laune. Es war offensichtlich, daß es ihm völlig gleichgültig war, was aus Adrian werden würde.

»Als Ihr Senior Tutor bin ich Ihr moralischer Vormund«, sagte er endlich. »Ein moralischer Vormund sehnt sich nach einem unmoralischen Mündel, und siehe, der Herr hat's gegeben. Ich werde mit Ihnen ein Geschäft abschließen, das ist es. Ich werde Sie für den Rest des Jahres ungestört und in Frieden lassen – unter einer Bedingung. Ich möchte, daß Sie sich an die Arbeit machen und etwas anfertigen, was mich überrascht. Sie sagen, Ideen können nicht erschaffen werden. Vielleicht, aber sie können entdeckt werden. Ich hege eine besondere Abneigung gegen Klischees – da! Die Wendung ›ich hege eine besondere Abneigung gegen‹ ist genau so ein ekelhafter Ausdruck, wie ich sie hasse – und ich finde, Sie sind es sich schuldig, um auf eine noch ekelerregendere Wendung herabzukommen, all Ihre Energien dem Schmieden von etwas Neuem auf dem wuchtigen Amboß Ihres großartigen Gehirns zu widmen. Ich habe seit Jahren nichts Originelles mehr produziert, die meisten meiner Kollegen leben, seit sie aus den Windeln raus sind, ohne daß überhaupt ein Gedanke je die kurze Reise durch ihr Gehirn unternommen hätte, ganz zu schweigen von einem neuen. Aber wenn Sie mir etwas abliefern können, das auch nur den Keim einer Neuigkeit enthält, den Geist eines Splitters eines Fünkchens einer Zelle einer Spur eines Jotas eines Schattens eines Teilchens von etwas Interessantem und Herausforderndem, etwas Amüsantem und Erstaunlichem, dann, denke ich, haben Sie mich dafür entschädigt, gezwungen gewesen zu sein zuzuhören, wie Sie die Ideen anderer wiederkäuten, und Sie werden sich durch diesen Handel noch einen guten Dienst erwiesen haben. Schlagen Sie ein?«

»Ich verstehe nicht ganz.«

»Ganz einfach! Egal, welches Thema, egal, welcher Zeitabschnitt. Es kann eine dreibändige Abhandlung sein oder ein einzelner Satz auf einem Zettel. Ich freue mich darauf, vor Semesterende von Ihnen zu hören. Das ist alles.«

Trefusis setzte sich den Kopfhörer auf und suchte unter dem Sofa nach einer Kassette.

»Gut«, sagte Adrian. »Äh …«

Aber Trefusis hatte schon wieder das Taschentuch überm Gesicht und es sich zu den Klängen von Elvis Costello bequem gemacht.

Adrian stellte sein leeres Glas ab und streckte der liegenden Figur die Zunge heraus. Trefusis' Hand schoß hoch und salutierte auf amerikanische Weise mit dem Mittelfinger.

Na ja, dachte Adrian, als er unterwegs zur Pförtnerloge durch Hawthorn Tree Court ging. Eine originelle Idee. Das kann ja nicht so schwer sein. Die Bibliothek ist doch voll davon.

Lenka Reinerová

Piridonka

Man schrieb die siebziger Jahre, als ich meine kleine Reise antrat. Das war damals noch einfach. Man bestieg in Prag einen Zug in Richtung Osten, Osten der Tschechoslowakischen Republik, und fuhr von Böhmen über Mähren in die Slowakei. Hätte jemand in jener gar nicht so fernen Zeit behauptet, man würde für eine solche Reise in nächster Zukunft einen Paß und tunlichst auch eine Zollerklärung brauchen, hätte ich das als reinen Unsinn keineswegs ernst genommen. Inzwischen ist es jedoch genauso gekommen. Aber damals begab ich mich noch auf eine Inlandsreise, obwohl mein Endziel Piešt'any war.

Als der Zug nach etlichen Stunden vor dem kleinen Piešt'anyer Bahnhof hielt, stieg ich aus und schnupperte gleich in der Luft. Von den Schwefelthermen, die diesem Städtchen schon unter der Herrschaft der österreichisch-ungarischen Monarchie zum Ruf eines recht erfolgreichen Kurortes verholfen haben, war nichts zu spüren. Gott sei Dank, denn Schwefel verbreitet ja nicht gerade liebliche Düfte. Was mich hier umwehte, war ein würziger, ein wenig ungestümer Gebirgswind aus den kleinen Karpaten. Er zauste an meinem Halstuch, blies mir Flaum von einem wohl uralten Baum vor dem kleinen, gelb gestrichenen Bahnhofsgebäude ins Gesicht, schob mich richtig vorwärts. All das paßte zu meiner Ferienstimmung. Vor mir lagen ein paar von den üblichen Alltagssorgen losgelöste Urlaubstage.

Die Hauptstraße, auf der ich nun in erwartungsvoller Urlaubsstimmung ausschritt, mehr eine la strada als eine Main street, hatte es wahrscheinlich auch schon zu des Kaisers Zeiten so gegeben, wie ich sie nun wahrnahm. Als sich hinter mir mit einemmal Pferdegetrappel vernehmen ließ, war ich beinahe ein bißchen enttäuscht, daß mich kurz darauf ein mit einigen Holzfässern beladener Wagen überholte. Auf dem Kutschbock saß ein Mann mittleren Alters in einer flotten Lederjacke und mit einem breitrandigen Filzhut auf dem Kopf. Offenbar ein Weinbauer, der persönlich sein edles Produkt in die örtlichen Gastwirtschaften transportierte. Eine Kutsche mit feinen Damen und ihren Kavalieren hätte besser hierher gepaßt. Beide Seiten der Straße säumten behäbige Bürgerhäuser mit schönen, aber leider abbröckelnden Stukkaturen. Dazwischen blickte ein kleiner Adelspalast, auch verwahrlost, auf den Betrieb unter sich. Der war nicht sehr beeindruckend. Die Läden der siebziger Jahre boten überall das mehr oder weniger gleiche Standardsortiment an. Da und dort unterbrach ein Reklameschild in grellen Farben die eintönige Straßenfront, warb für ein sich unbeholfen modern gebärdendes Nachtlokal. Plötzlich stieg mir Mandelduft in die Nase. Ich blickte mich um.

»Verkosten Sie, junge Frau!«

Am Straßenrand hockte eine in Kopf- und Schultertuch

eingehüllte Frau auf einem niedrigen Schemel. Vor ihr, auf einer fröhlich mit blau und rot gestickten Mustern verzierten Decke, reihten sich Leinensäckchen mit Mandeln, Rosinen, Muskatnüssen und allerhand weiteren Köstlichkeiten.

»Greifen Sie zu«, lachte mich die Frau aufmunternd an, »verkosten Sie, und kaufen Sie nur, was Ihnen schmeckt.«

Wunderbar, freute ich mich, meine Ferien fangen gut an.

Mit einem Säckchen Rosinen, einem kandierten Apfel, aufgespießt auf einem kurzen Holzstäbchen, und mit einer Handvoll gebrannter Mandeln setzte ich meinen Weg fort.

Durch Piešt'any fließt die Waag. Nicht unbändig und reißend, eher gemächlich und still. Als ob sie den Menschen, die hier auf Krücken und an Stöcken humpelnd Genesung suchen, das Herz nicht schwermachen wollte mit ungezügelt und unbehindert stürmischer Bewegung. An der kleinen Kolonnadenbrücke, die von einem Ufer zum anderen führt, steht das ungewöhnliche Wahrzeichen dieses Ortes. Kein eherner Befreiungsheld, keine dichterische oder sonstwie geniale in Marmor gehauene Persönlichkeit. Hier steht die Figur eines nackten Mannes, der scheinbar ein wenig zögernd, aber doch entschlossen an seinem Knie eine Krücke entzweibricht. Eine Krücke, die er nun, nach einem Aufenthalt in Piešt'any, in Zukunft nicht mehr zu benötigen hofft. Eine nachdenklich stimmende, hoffnungsträchtige Statue.

Ich blieb stehen, trat an das Brückengeländer und blickte hinunter in das leise gurgelnde Wasser, dann hinüber zu den

Bergen am Horizont, die man von hier aus mehr ahnen als sehen konnte. Dabei fiel mir ein, daß ich auch von den Menschen rings um mich, nicht von den Kurgästen, vielmehr von den Bewohnern und Bürgern dieser kleinen slowakischen Stadt, eigentlich nur flüchtige Umrisse kannte, und es tat mir leid, daß ich in den wenigen Tagen, die ich hier verbringen wollte, wohl kaum mehr würde über sie erfahren können.

Absurd, ging es mir durch den Kopf. Da habe ich im Wirbel der Exiljahre während der deutschen Okkupation meiner Heimat und des Kriegs die Menschen in Frankreich kennenlernen können, ein Stückchen Afrika und gründlicher das schöne und fremdartige Mexiko sehen und gleichsam zu betasten und verstehen versucht – und jetzt streife ich durch einen kleinen Ort in der benachbarten Slowakei und merke beinahe beschämt, daß ich hier fremd bin, obwohl unsere Sprachen, das Tschechische und Slowakische, so ähnlich sind, daß wir einander mühelos verstehen.

Nun gut, sagte ich mir, mag sein, daß es mir diesmal gelingt, ein bißchen klüger und erfahrener von Piešt'any fortzufahren, als ich hergekommen bin.

Gleich nach dem Frühstück verließ ich am nächsten Tag den auf wohltuende Harmonie bedachten Kurort. Mit jedem Schritt wurde die Straße unter meinen Füßen schlammiger, die niedrigen Häuser an beiden Seiten spärlicher. Bald stapfte ich, schon am Rande des Ortes, auf einem Feldweg dem nächstgelegenen Wäldchen entgegen. Da begegnete ich unverhofft einem Menschen.

Eine Frau stand gebückt in dem kleinen Garten, der ihr von einem Nußbaum fast völlig verdecktes Häuschen umgab, und hackte Holz. Der Weg von der Straße bergauf war ziemlich steil, ich blieb stehen, um ein wenig zu verschnaufen, und grüßte vom Zaun her: »Guten Tag.«

Sie richtete sich auf. Unter einem bunten Kopftuch wandte sich mir ein merkwürdig blankes Gesicht zu.

»Wo wollen Sie hin?« fragte sie statt einer Antwort auf meinen Gruß.

»Dort hinauf«, erwiderte ich und zeigte auf den weinrot und rostbraun glühenden Berghang am Fuße eines dunkel zum Gipfel strebenden Hochwalds.

»Sehen Sie den dort?« fuhr die Frau zusammenhanglos in unserem kaum begonnenen Gespräch fort, legte zwei sauber gespaltene Holzscheite auf einen kleinen Haufen neben sich und schritt langsam durch das trocken knisternde Gras zum Zaun.

Ich blickte in die Richtung ihrer ausgestreckten Hand. Am Ende des Dorfweges fuhr ein junger Mann mit einem Karren auf einem kleinen Bauplatz hin und her. Ein junger Mann in schwarzer Hose und schwarzem Pullover, mit einem semmelblonden Haarschopf.

»Ja, den sehe ich«, sagte ich und wollte noch etwas hinzufügen, aber da flog ein Hubschrauber in geringer Höhe und mit ziemlichem Getöse über unsere Köpfe hinweg. Wir blickten ihm beide wortlos nach.

»Gehen Sie nicht in den Wald«, sagte die Frau, als es wieder still war. »Guten Tag.«

Der Zaun, der uns trennte, bestand aus niedrigem, stachligem Gestrüpp. Die Frau hatte einen dicken Rock und eine Wolljacke in nicht genau bestimmbarer Farbe an und darüber eine verwaschene, aber recht saubere Schürze. Auch ihr Kopftuch war verwaschen, man konnte jedoch noch gut rote und gelbe Blumen an seinem Rand erkennen. Ihr Gesicht war farblos, aber unter der auffallend hohen Stirn betrachtete mich interessiert ein dunkles, überaus lebhaftes Augenpaar.

»Gehen Sie nicht in den Wald«, wiederholte sie und hockte sich vor mir nieder. Ihre Füße steckten in hohen schwarzen Gummistiefeln. »Mir ist dort etwas passiert. – Sie sind sehr hübsch angezogen.«

Nun war es an mir, sie näher zu betrachten. Meine sandfarbene Hose, die olivgrüne gesteppte Jacke und das gelbe Kopftuch waren gewiß angenehm aufeinander abgestimmt, aber es war durchaus nichts Auffallendes an ihnen. Die anerkennende Bemerkung der Frau überraschte mich. Sie war wohl noch keine sechzig Jahre alt, ihre Hände in fingerlosen grauen Handschuhen verrieten vertrauten Umgang mit schwerer Arbeit. Ihre Augen waren flink wie Feldmäuse.

»Leben Sie ganz allein hier?« fragte ich, auf ihre sprunghafte Redeweise eingehend.

»Ja. Wenn Sie nicht erschrecken, zeige ich Ihnen etwas.«

Um den Stamm des Nußbaums war lose ein langes Seil geschlungen, an dessen Ende eine Ziege vergnügt an einem Buschwerk knabberte. Vor der Schwelle des kleinen Hauses sonnte sich eine schwarzweiß gefleckte Katze. Es war sehr friedlich hier.

»Sie haben eine hübsche Katze. – Ich erschrecke nicht so leicht.«

Die Frau nahm ihr Tuch mit den verwaschenen roten und gelben Blumen ab, strich ein paar angegraute Haarsträhnen beiseite und senkte den Kopf. Ich erblickte eine kurze, leicht gekrümmte dunkelrote Narbe.

»Das hat mir der Bruder von dem dort gemacht. Der ist noch keine dreizehn Jahre alt. Mit der Holzhacke. Dort oben im Wald.«

»Warum?«

»Aus Wut und Neid«, sagte sie, hob den Kopf, brachte ihr Haar in Ordnung und zog das Tuch wieder fest. »Piridonka, die Katze, kann Pfötchen geben.«

»Mir auch?«

»Selbstverständlich.« Sie richtete sich auf und band langsam die Schürze ab. »Sie sind nicht von hier, ich meine, aus der Slowakei, wie? Sind Sie aus Prag?«

»Ja. Kann ich das Stück Glas wegtun, das dort neben der Ziege im Gras liegt? Sie könnte sich daran verletzen.«

»Danke, meine Liebe«, sagte die Frau, nahm mir die Scherbe aus der Hand und warf sie in wohlgezieltem Schwung in einen kleinen Schuppen. »Darf ich Sie bitten, mein Haus zu beehren?«

»Gern.«

Ich schlüpfte durch den Zaun. Sie ging vor mir auf das hellblau gestrichene Häuschen zu und öffnete die sichtlich ganz neue, buttergelb gebeizte Tür. Wir betraten eine Glasveranda. Gleich hinter dem Eingang stand ein etwas wackliger Armstuhl mit einem rotweißen Kattunüberzug, auf dem Fußboden lagen überall ungewöhnlich große, orangefarbene Kürbisse, unter der halbhohen Glaswand gab es einen langen Holztisch, der über und über mit kleinen zitronengelben Tomaten bedeckt war.

Die Frau blieb stehen, wandte sich mir zu und verneigte sich tief. Als sie sich wieder aufrichtete, nannte sie ihren Namen. Ich tat dasselbe. Wir reichten einander die Hand. Sie lächelte zum ersten Mal und sagte:

»Sie sind ein guter Mensch, so was erkenne ich gleich. Und nun danke ich Ihnen für die Ehre Ihres Besuches. Bitte nehmen Sie Platz.«

Sie wies auf den Armstuhl und ließ sich selbst auf einem der großen Kürbisse nieder. Ich begriff, daß ich gegen diese Sitzordnung nichts einwenden durfte.

»Greifen Sie zu«, sagte sie noch.

Ich biß in eine der zitronengelben Tomaten. Sie schmeckte säuerlich und erfrischend.

Wir saßen einander gegenüber, aßen ab und zu eine Tomate, und die Frau erzählte und blickte mich dabei unverwandt und prüfend an, als wollte sie den Eindruck jedes ihrer Worte abwägen, kaum daß sie es ausgesprochen hatte.

Seit zwanzig Jahren lebte sie mutterseelenallein in diesem Häuschen. Vor ungefähr einem Monat hatte der Staat ihre bis dahin weniger als bescheidene Altersrente etwas erhöht. Von sich aus, sie hatte nichts dazu unternommen. Einige Tage später war sie in den Wald am Berghang Holz sammeln gegangen. Plötzlich stand der Junge vor ihr, ganz dicht vor ihr, und hielt eine Axt in den Händen.

»›Was willst du‹, habe ich ihn gefragt, weil ich gesehen habe, daß er etwas will, etwas Ungutes, Schreckliches. Seine Augen waren ganz wild.

›Dir haben sie etwas zugegeben und meinem Vater nichts‹, hat er geantwortet und die Axt in die Höhe gehoben.

Ich habe mich nicht gerührt, konnte ja gar nicht, unter der Schärfe des Stahls über meinem Kopf.

›Das haben der Herrgott und die Menschen gemeinsam so eingerichtet‹, habe ich gesagt.

Er stand da, mit der Axt über meinem Kopf, ich saß auf dem Boden vor ihm, mit leeren Händen, und hatte nur meine Augen, um ihn in Schach zu halten. Wenn Ihnen jemand etwas Böses will, müssen Sie ihn mit den Augen festhalten, meine Gute, merken Sie sich das. Augen sind eine so schwere Waffe, daß sie niemand von sich abschütteln kann.

Der Junge kam immer näher, es gab schon keine Luft zum Atmen zwischen uns. Dann hat er die Axt noch höher gehoben, aber weil er meine Augen auf sich hatte, haben ihm die Hände gezittert, und deshalb war es kein so furchtbarer Hieb, und ich habe ihn überlebt.«

Mit der blutenden Wunde am Kopf hat sich die Frau bis zu ihrem Häuschen geschleppt, dort hat sie sich auf das Fahrrad gesetzt und ist ins Dorf hinuntergefahren. Wie sie das fertigbrachte, weiß sie selbst nicht mehr. Die Kinder sind schreiend vor ihr davongerannt, hatten Angst vor der Frau, die da blutüberströmt auf dem Fahrrad über die Straße torkelte. Aus den Häusern kamen die Leute gelaufen, aber bloß die alten, die jüngeren waren auf den Feldern oder in der Stadt bei der Arbeit. So konnte man nur ein Bürschchen mit einem Motorrad auftreiben. Sie setzten die Frau hinter ihn.

»Können Sie sich festhalten?« fragte der Jüngling.

»Mach dir keine Sorgen«, sagte sie.

Aber nach ein paar Kilometern ging es doch nicht mehr. Der junge Mann hielt an, legte die Frau in den Straßengraben, raste ins Krankenhaus, kam mit einer Ambulanz zurück. Im Spital schlugen die Ärzte bei ihrem Anblick die Hände über dem Kopf zusammen. Dann nähten sie schleunigst die Wunde auf ihrem Kopf zu.

»Was ist mit dem Jungen geschehen?« fragte ich, als sie eine Pause machte, und nahm eine weitere Tomate, die sie mir hinhielt.

»Nichts«, antwortete sie, »ich habe ihn nicht angezeigt, er ist doch noch ein Kind.«

Ich schwieg, weil ich überlegte, was wohl aus einem dreizehnjährigen Jungen wird, der eine Frau erschlagen wollte, weil ihre Altersrente ein bißchen erhöht wurde und die seines Vaters nicht.

»Der wird gut oder schlecht«, sagte sie, als ob ich laut gedacht hätte. »So hätte er nur schlecht werden können. – Ich muß Piridonka ein Schmalzbrot streichen, damit Sie sehen, wie schön sie bitten kann.«

»Und die Winterabende?« fragte ich und blickte mich in dem kleinen Haus um. Vom Garten her hatte ich auf seinem

Dach eine Fernsehantenne gesehen. Durch die offene Tür der Stube erblickte ich nun einen viereckigen, unter einer mit bunten Blumen bestickten Decke sorgfältig verstauten Gegenstand.

»Glauben Sie, man kann großen Schmerz überleben?« Die Frau wandte mir ihr blankes Gesicht zu. »Schmerz in der Seele, der am Kopf war nur halb so schlimm. Dennoch: vorher hatte ich dunkles Haar, und jetzt ist es mit einemmal grau. Vorher hatte ich ein glattes Gesicht, und jetzt ist es voll von Runzeln. Alles von dem einen Hieb. Vor kurzem ist meine Nichte gestorben, und sonst habe ich niemanden. Ich bin über siebzig Jahre alt, und wenn ich in die Stadt fuhr, meinten die Männer im Zug, ich wäre höchstens fünfzig. Sie gaben mir einen Schluck aus ihrer Flasche, lachten mich so richtig an. Jetzt nicht mehr.«

Sie hielt inne, sah traurig, aber nicht müde aus.

»Das Fernsehen weiß zu wenig vom Leben«, fügte sie dann noch hinzu, »da lese ich lieber Bücher.«

»Haben Sie keine Angst, so ganz allein im Haus an diesem einsamen Weg?«

»Piridonka«, rief sie, »komm und bitte, aber artig, und du kriegst ein Stückchen Schmalzbrot, komm, meine Schöne.«

Die Katze strich ihr schnurrend um die Füße, plötzlich hockte sie sich auf die Hinterpfoten und bettelte wie ein Hund.

»Angst ist kein Freund, die berät einen schlecht. – Nun gib auch noch Pfötchen, Piridonka, komm, sei eine brave Katze.«

Piridonka war eine brave Katze, und in der Stube stand ein Büchergestell gleich neben dem Bett mit dem Federgebirge in rot bestickten Überzügen. Kein großes Gestell, aber voll von Büchern.

»In der Stadt gibt es eine Leihbibliothek?«

»Vielleicht«, sagte die Frau, »ich kenne nur den Buchladen.«

»Warum heißt die Katze Piridonka, das ist kein slowakischer Name. – Ich muß langsam wieder gehen.«

Wir kehrten in den Garten zurück.

»Rohanka«, rief die Frau der Ziege zu, »Rohanka, verneige dich vor unserem Gast, aber ordentlich, hübsch bis zum Boden.«

Die Ziege kam ihrem Wunsch nach.

»Piridonka ist kein slowakischer Name, da haben Sie recht. Rohanka, jetzt reich du mir auch noch das Pfötchen, komm, zeig, was wir können.«

Die Ziege konnte auch das.

»Wie haben Sie das fertiggebracht?« staunte ich. »Ist Rohanka eine fröhliche Ziege?«

»Piridonka ist kein slowakischer Name«, wiederholte die Frau mit einem kaum merklichen Lächeln in den dunklen Augen, »und vor dreißig Jahren war ich jünger. Hatte dunkles Haar und ein glattes Gesicht und Füße zum Tanzen. – Was gibt es Neues?«

Sie lief zum Zaun.

Auf dem Weg näherte sich ein Mann, der ein Fahrrad bergauf schob, auf dem ein Korb festgeschnürt war.

Der Mann blieb stehen, nahm bedächtig die Pfeife aus dem Mund und blickte mich an.

»Na, was gibt es Neues?« rief die Frau nochmals. »Ich habe Besuch.«

»Ihr habt Besuch, das sehe ich, und nachts wird es finster sein. Das habe ich im Rundfunk gehört, das wissen die angeblich aus verläßlicher Quelle.«

Der Mann schwenkte seine Pfeife, wohl zum Gruß, lächelte aber kaum und ging langsam weiter.

Ich reichte der Frau die Hand: »Auf Wiedersehen.«

Sie schob mir flink ein paar gelbe Tomaten in die Tasche, machte aber keinen Versuch, mich noch zurückzuhalten.

»Dort«, sagte sie und wies talwärts, »dort führt der kürzeste Weg in die Stadt. Das war ein schöner Tag. Rohanka verneigt sich übrigens sonst nur vor mir.«

Welch ein wundersames Stückchen Welt, sinnierte ich am Abend, als ich in meinem nicht überaus gemütlichen Hotelzimmer die zitronengelben Tomaten verzehrte, und war froh, hier zu sein. Morgen, nahm ich mir vor, morgen werde ich in die entgegengesetzte Richtung wandern. Dort, bei der stillen, weit ausholenden Wasserfläche, war ich schon kurz vorbeigekommen und hatte mir versprochen, hier ein wenig gründlicher Umschau zu halten. Vielleicht in einem ruhigen Winkel ein bißchen in der schon etwas müden, aber noch freundlich wärmenden Herbstsonne zu sitzen.

Als ich auf dem Promenadenweg entlang der Uferböschung an der großen Glasveranda des Interhotels Magnolia, damals dem feinsten im Ort, vorbeikam, saßen drinnen viele Männer an einem hufeisenförmigen Tisch. An der Schmalwand, von wo aus man gut auf das Wasser sehen konnte, stand ein rotgesichtiger Mann, eine Hand hatte er auf den Tisch gestützt, mit der anderen, die mit einem Patentstift ausgerüstet war, fuchtelte er in der Luft herum. Die sitzenden Männer dösten vor sich hin, spielten mit den zahlreichen Mineralwasserflaschen, die vor und zwischen ihnen auf dem Tisch standen, kritzelten auf ihren Notizblocks. Ihre Stühle waren so aufgestellt, daß alle mit dem Rücken zu den Glaswänden der Veranda saßen. Nur der Redner hatte die Möglichkeit hinauszuschauen.

Fred Vargas

Adamsbergs Geheimnis

Den Arm in der Schlinge und vollgestopft mit Antibiotika und Schmerzmitteln, die Romain, der Gerichtsmediziner, ihn hatte schlucken lassen, war Adamsberg nach Hause zurückgekehrt. Die Wunde hatte mit sechs Stichen genäht werden müssen.

Wegen der örtlichen Betäubung noch immer ohne Gefühl im linken Arm, öffnete er ungeschickt den Wandschrank in seinem Schlafzimmer. Er rief Danglard zu Hilfe, um einen Archivkarton herauszuziehen, der ganz unten neben alten Schuhen stand. Danglard stellte den Karton auf ein niedriges Tischchen, und die Männer ließen sich zu seinen beiden Seiten nieder.

»Schütten Sie ihn aus, Danglard. Pardon, aber ich kann es leider nicht.«

»Warum, um Himmels willen, haben Sie die Flasche zerschlagen?«

»Verteidigen Sie den Kerl etwa?«

»Favre ist ein Stück Scheiße. Aber mit dieser Flasche haben Sie ihn zur Gewalt getrieben. Er ist der Typ. Und Sie normalerweise nicht.«

»Scheint so, als würde ich im Umgang mit solchen Leuten meine Gewohnheiten ändern.«

»Warum haben Sie ihn nicht einfach beurlaubt, so wie beim letztenmal?«

Adamsberg winkte resigniert ab.

»Streß?« fragte Danglard vorsichtig. »Wegen Neptun?«

»Vielleicht.«

Inzwischen hatte Danglard acht beschriftete Akten aus dem Karton genommen und auf dem Tisch verteilt, jede trug einen Titel, Dreizack Nr. 1, Dreizack Nr. 2 und so folgend bis zur Nummer acht.

»Wir müssen noch mal über diese Flasche reden, die in Ihrer Tasche war. Das geht etwas zu weit.«

»Und es geht Sie nichts an«, sagte Danglard, des Kommissars eigene Worte benutzend.

Adamsberg gab ihm recht.

»Übrigens habe ich mir etwas geschworen«, fügte Danglard hinzu.

Wobei er die Bommel auf seiner Mütze berührte, was er jedoch lieber nicht näher erklären wollte.

»Wenn ich lebend aus Quebec zurückkomme, trinke ich nur noch ein Glas auf einmal.«

»Sie werden zurückkommen, weil ich den Faden halte. Sie können also gleich mit Ihrem Vorhaben beginnen.«

Danglard willigte matt ein. In der gewalttätigen Atmosphäre der letzten Stunden hatte er vergessen, daß Adamsberg das Flugzeug halten würde. In diesem Augenblick aber hatte er mehr Vertrauen in seine Bommel als in seinen Kommissar, und flüchtig fragte er sich, ob eine gestutzte Bommel noch dieselben Schutzkräfte besaß wie eine vollständige Bommel. Die Frage nach der Potenz des Eunuchen.

»Ich werde Ihnen die Geschichte erzählen, Danglard. Passen Sie auf, sie ist lang, sie hat vierzehn Jahre gedauert. Sie hat begonnen, als ich zehn war, sie ist explodiert, als ich achtzehn war, und sie hat hell gelodert, bis ich zweiunddreißig war. Aber vergessen Sie nicht, Danglard, daß die Leute immer einschlafen, wenn ich erzähle.«

»Das dürfte heute kaum passieren«, meinte Danglard und stand auf. »Sie haben nicht zufällig irgendwo ein kleines Getränk? Die Ereignisse haben mich doch sehr mitgenommen.«

»Es ist Wacholderschnaps da, hinter dem Olivenöl im oberen Küchenschrank.«

Zufrieden kehrte Danglard mit einem Glas und der schweren Tonflasche zurück. Er schenkte sich ein und räumte die Flasche wieder weg.

»Ich beginne«, sagte er. »Immer nur ein Glas auf einmal.«

»Dafür ist es aber Vierundvierzigprozentiger.«

»Was zählt, ist die Absicht, die Geste.«

»Dann ist es natürlich was anderes.«

»Natürlich. In was mischen Sie sich eigentlich ein?«

»In Dinge, die mich nichts angehen, genau wie Sie. Selbst wenn die Vorfälle längst erledigt sind, bleiben doch immer Spuren von ihnen zurück.«

»Das stimmt«, sagte Danglard.

Adamsberg ließ seinen Stellvertreter ein paar Schlucke nehmen.

»In meinem Dorf in den Pyrenäen«, begann er, «gab es einen alten Typen, den wir Kinder nur den ›Allmächtigen‹ nannten. Die Großen nannten ihn bei seinem Titel und dem Namen: Richter Fulgence. Er wohnte allein im Herrenhaus, einem großen, weit abgelegenen Kasten, der von Bäumen und Mauern umgeben war. Er hatte mit niemandem Kontakt, sprach mit niemandem, er haßte Kinder und jagte uns eine Höllenangst ein. Wir taten uns zusammen und belauerten abends seinen Schatten, wenn er in den Wald hinausging, um seine Hunde, zwei große Beaucerons, pissen zu lassen. Was soll ich Ihnen noch sagen, Danglard, mit den Augen eines Zehn- oder Zwölfjährigen gesehen? Er war alt, sehr groß und hatte glattes weißes Haar, das er nach hinten gekämmt trug, er hatte die gepflegtesten Hände, die man jemals im Dorf gesehen, und die schickste Kleidung, die je einer getragen hatte. Als käme der Kerl jeden Abend geradewegs aus der Oper, sagte der Pfarrer, und der hatte ja schon von Berufs wegen nachsichtig zu sein. Richter Fulgence trug stets ein helles Hemd, einen schmalen Binder, einen dunklen Anzug und je nach Jahreszeit einen kurzen oder langen Umhang aus grauem oder schwarzem Tuch.«

»Ein feiner Pinkel? Ein Wichtigtuer?«

»Nein, Danglard, ein Mann, kaltblütig wie der Meeraal. Wenn er ins Dorf kam, grüßten ihn die Alten auf den Bänken ehrerbietig mit einem Gemurmel, das sich über den gesamten Platz ausbreitete, während gleichzeitig jedes Gespräch verstummte. Es war mehr als Respekt, es war Faszination und beinahe so etwas wie Ergebenheit. Wo Richter Fulgence ging, ließ er eine Schar von Sklaven zurück, die er keines Blickes würdigte, so wie ein Schiff eine Spur von Gischt hinterläßt und seine Fahrt fortsetzt. Man hätte sich vorstellen können, daß er, auf einer steinernen Bank sitzend, noch immer Recht sprach, während der Pyrenäenpöbel zu seinen Füßen kroch. Aber vor allem hatten wir Angst. Alle. Die Großen, die Kleinen, die Alten. Und niemand hätte sagen können, warum. Meine Mutter hielt uns davon ab, zum Herrenhaus zu gehen, und natürlich wetteiferten wir abends darin, wer sich am weitesten herantraute. Wir probierten beinahe jede Woche ein neues Abenteuer aus, vermutlich, um unsere Nerven und unsere Eier mal richtig zu spüren. Und das schlimmste war, der Richter Fulgence war trotz seines Alters ein sehr schöner Mann. Die alten Frauen erzählten sich flüsternd, in der Hoffnung, daß der Himmel sie nicht hörte, daß er schön wie der Teufel wäre.«

»Vielleicht die Einbildung eines zwölfjährigen Kindes?«

Mit seiner gesunden Hand kramte Adamsberg in den Akten und zog schließlich zwei Schwarzweißfotos heraus. Er beugte sich vor und warf sie Danglard auf die Knie.

»Schauen Sie ihn sich an, mein Lieber, und sagen Sie mir, ob das da das Hirngespinst eines Kindes ist.«

Danglard betrachtete die Fotografien des Richters, das eine im Dreiviertelprofil, das andere von der Seite. Er stieß einen stummen Pfiff aus.

»Schön? Beeindruckend?« fragte Adamsberg.

»Sehr«, bestätigte Danglard und ordnete die Fotos wieder ein.

»Und dennoch ohne Frau. Ein einsamer Rabe. So also war dieser Mann. Und wir Kinder waren so, daß wir all die Jahre über nicht aufhörten, ihn zu ärgern. Es war die große Herausforderung des Samstagabends. Wer brach Steine aus der Mauer heraus, wer bekritzelte sein Hoftor, wer warf Müll in seinen Garten, Konservenbüchsen, tote Kröten, aufgeschlitzte Krähen? So sind die Kinder in diesen kleinen Dörfern, Danglard, und genauso war auch ich. In der Bande gab's welche, die steckten Kröten eine angezündete Zigarette ins Maul, und nach drei oder vier Zügen explodierten sie. Wie ein Feuerwerk, die Eingeweide spritzten nur so heraus. Ich sah zu. Ermüde ich Sie?«

»Nein«, sagte Danglard und nahm einen ganz kleinen Schluck von seinem Wacholderschnaps, den er sich wie ein armer Mann, ein wenig traurig lächelnd, weise einteilte.

In diesem Punkt machte sich Adamsberg allerdings keine Sorgen, immerhin hatte sich sein Stellvertreter das Glas bis zum Rand vollgegossen.

»Nein«, wiederholte Danglard. »Erzählen Sie weiter.«

»Es war weder etwas über seine Vergangenheit noch über seine Familie bekannt. Man wußte nur, was wie ein Gongschlag klang: daß er Richter gewesen war. Ein solch mächtiger Richter, daß sein Einfluß noch immer nicht erloschen war. Jeannot, einer der größten Draufgänger der Bande ...«

»Verzeihung«, unterbrach ihn Danglard besorgt. »Explodierte die Kröte tatsächlich, oder ist das nur ein Bild?«

»Tatsächlich. Sie blähte sich auf, wurde groß wie eine grüne Melone und explodierte plötzlich. Wo war ich stehengeblieben, Danglard?«

»Bei Jeannot.«

»Jeannot, der Draufgänger, den wir alle bedingungslos bewunderten, stieg sogar über die hohe Mauer des Herrenhauses. Von den Bäumen aus schmiß er einen Stein ins Fenster des Hauses vom Allmächtigen. Jeannot wurde vor das Gericht in Tarbes geschleppt. Noch am Tage seiner Verurteilung trug er die Bißspuren der Beaucerons, die ihn fast zerfetzt hätten. Der Justizbeamte verhängte sechs Monate Besserungsanstalt. Wegen eines Steins, für ein elfjähriges Kind. Das hatte Richter Fulgence durchgesetzt. Sein Arm reichte so weit, daß er mit einer Handbewegung durchs ganze Land streichen und die Justiz zum Schlottern bringen konnte, wo immer ihm danach zumute war.«

»Aber wie bringt man die Kröte dazu, daß sie raucht?«

»Sagen Sie mal, Danglard, hören Sie mir überhaupt zu? Ich erzähle Ihnen eine Geschichte von einem teuflischen Kerl, und Sie kommen dauernd auf diese verfluchte Kröte zurück.«

»Selbstverständlich höre ich zu, trotzdem, wie bringt man die Kröte dazu, daß sie raucht?«

»Es war eben so. Kaum hatte man ihr eine brennende Zigarette ins Maul gesteckt, fing die Kröte an zu inhalieren. Nicht wie ein Kerl, der ruhig an der Bar lehnt, nein. Wie eine Kröte eben, die wie irre anfängt zu pumpen und nicht mehr aufhört. Paff, paff, paff. Und plötzlich explodierte sie.«

Adamsberg beschrieb mit seinem rechten Arm einen weiten Bogen, um den Eingeweideschwall vorstellbar zu machen. Danglard folgte dieser Ellipse mit den Augen und nickte, als registriere er eine Tatsache von enormer Wichtigkeit. Dann entschuldigte er sich kurz.

»Fahren Sie fort«, sagte er und trank einen Fingerbreit Wacholderschnaps. »Die Macht von Richter Fulgence. War Fulgence sein Nachname?«

»Ja. Honoré Guillaume Fulgence.«

»Komischer Name, Fulgence. Von *fulgur*, Blitz, Leuchten. Das paßte sicher ausgezeichnet zu ihm, nehme ich an.«

»So meinte zumindest der Pfarrer, glaube ich. Bei uns zu Hause glaubte man an nichts, aber ich hockte ständig bei diesem Pfarrer rum. Zunächst einmal gab's da Schafskäse und Honig, und das schmeckt einfach herrlich zusammen. Und dann hatte er Hunderte in Leder gebundene Bücher. Meistens religiöse natürlich, mit großen inluminierten Bildern in Rot und Gold. Diese Bilder liebte ich sehr. Ich habe etliche davon abgezeichnet. Sonst gab's ja nichts im Dorf, was man abzeichnen konnte.«

»Illuminiert.«

»Wie bitte?«

»Die religiösen Bilder: illuminiert.«

»Ach so. Ich habe immer ›inluminiert‹ gesagt.«

»Illuminiert.«

»Na gut. Wenn Sie wollen.«

»Waren alle Leute alt in Ihrem Dorf?«

»So kommt es einem als Kind vor.«

»Aber warum fing die Kröte an einzuatmen, sobald man ihr die Zigarette reingesteckt hatte? Paff, paff, paff, bis sie explodierte?«

»Was weiß ich, Danglard!« sagte Adamsberg und hob die Arme.

Diese spontane Bewegung entriß ihm einen krampfhaften Schmerz. Rasch drückte er seinen linken Arm nach unten und legte die Hand auf den Verband.

»Es ist Zeit für Ihr Schmerzmittel«, sagte Danglard und sah auf seine Uhr. »Ich hole es Ihnen.«

Adamsberg willigte ein und trocknete sich den Schweiß von der Stirn. Favre, dieser blöde Idiot. Danglard verschwand mit seinem Glas in der Küche, machte einen ziemlichen Lärm mit Schränken und Wasserhähnen und kam mit Wasser und zwei Tabletten zurück, die er Adamsberg gab.

Adamsberg schluckte sie, wobei er bemerkte, daß der Wacholderschnapslevel auf magische Weise wieder angestiegen war.

»Wo waren wir?« fragte er.

»Bei den illuminierten Büchern des alten Pfarrers.«

»Ja. Es gab dort auch andere Bücher, viel Dichtung, und illustrierte Bände. Ich schrieb ab, zeichnete und las immer mal darin. Noch mit achtzehn Jahren machte ich das. Eines Abends las ich und kritzelte an seinem großen Holztisch, der nach ranzigem Fett stank, als die Sache passierte. Deshalb erinnere ich mich auch an jedes einzelne Wort aus diesem Gedichtstück, es ist wie eine Kugel, die in meinem Kopf feststeckt und nie wieder herausgekommen ist. Ich hatte das

Buch ins Regal zurückgestellt und war danach ins Gebirge gegangen, abends, so gegen zehn Uhr. Ich war zur Conche de Sauzec hinaufgestiegen.«

»Aha«, unterbrach ihn Danglard.

»Pardon. Das ist eine Anhöhe, von der man das ganze Tal überblickt. Ich saß also auf diesem Vorgebirge und sprach leise die Zeilen vor mich hin, die ich gelesen hatte und die ich wahrscheinlich schon am nächsten Tag vergessen haben würde.«

»Lassen Sie mal hören.«

»*Quel dieu, quel moissonneur de l'éternel été, avait, en s'en allant, négligemment jeté cette faucille d'or dans le champ des étoiles.* Welcher Gott nur, welcher Schnitter eines ew'gen Sommers ließ im Weggehn jene goldne Sichel fallen dort im Sternenfeld.«

»Das ist von Victor Hugo.«

»Ach ja? Und wer stellt sich diese Frage?«

»Eine Frau mit entblößter Brust, Ruth.«

»Ruth? Ich dachte immer, ich hätte mich das gefragt.«

»Nein, Ruth. Bedenken Sie, Hugo kannte Sie ja gar nicht. Es ist das Ende von einem langen Gedicht, *Booz endormi**. Aber sagen Sie mir noch eins. Funktioniert das bei Fröschen genauso? Ich meine rauchen, paff, paff, paff, und Explosion? Oder nur bei Kröten?«

Adamsberg sah ihn müde an.

»Tut mir leid«, sagte Danglard und nahm einen Schluck.

»Ich sagte diese Zeilen also vor mich hin, und sie gefielen

* Der schlafende Boas.

mir sehr. Ich hatte gerade mein erstes Jahr als Berufsanfänger im Kriminaldienst hinter mir, ich war Polizeiwachtmeister in Tarbes und für zwei Wochen auf Urlaub im Dorf. Es war August, nachts wurde es schon kühl, und ich ging nach Hause zurück. Ich wusch mich leise – wir wohnten zu neunt in zweieinhalb Zimmern –, als Raphaël wie von Sinnen und mit blutverschmierten Händen auftauchte.«

»Raphaël?«

»Mein jüngerer Bruder. Er war sechzehn.«

Danglard stellte verblüfft sein Glas ab.

»Ihr *Bruder*? Ich dachte, Sie hätten nur fünf Schwestern.«

»Ich hatte einen Bruder, Danglard. Er war fast wie ein Zwilling für mich, wir waren ein Herz und eine Seele. Es sind jetzt beinahe dreißig Jahre her, daß ich ihn verloren habe.«

Erstaunt und ehrfürchtig schwieg Danglard.

»Abends traf er sich dort oben auf dem Wasserturm immer mit einem Mädchen. Kein kleines Techtelmechtel, sondern Liebe auf den ersten Blick. Das junge Mädchen, Lise, wollte ihn heiraten, sobald sie volljährig wäre. Was bei meiner Mutter einen furchtbaren Schrecken und große Wut bei Lises Familie auslöste, die dagegen war, daß ihre Jüngste sich mit einem Landarsch wie Raphaël einließ. Sie war die Tochter vom Bürgermeister, Sie verstehen.«

Adamsberg verstummte einen Augenblick, bevor er weiterreden konnte.

»Raphaël packte mich am Arm und sagte: ›Sie ist tot, Jean-Baptiste, sie ist tot, sie wurde umgebracht!‹ Ich habe ihm die

Hand auf den Mund gelegt, habe ihm die Hände gewaschen und ihn nach draußen gezogen. Er weinte. Wieder und wieder habe ich ihn gefragt. ›Was ist passiert, Raphaël? Rede, in Herrgottsnamen.‹ – ›Ich weiß es nicht‹, hat er geantwortet. ›Ich hab da gekniet, am Wasserturm, voller Blut und mit einem Stecheisen, und sie, Jean-Baptiste, sie war tot, mit drei Löchern im Bauch.‹ Ich habe ihn angefleht, nicht zu schreien, nicht zu weinen, ich wollte nicht, daß die Familie uns hört. Ich habe ihn gefragt, woher er das Stecheisen hätte, ob es ihm gehörte. ›Ich hab keine Ahnung, es lag einfach in meiner Hand.‹

›Und vorher, Raphaël, was hast du vorher gemacht?‹

›Daran erinnere ich mich nicht, Jean-Baptiste, ich schwöre es dir. Ich hatte ziemlich viel getrunken mit den Jungs.‹

›Warum?‹

›Weil sie schwanger war. Ich war völlig durcheinander. Ich hab ihr nie was Schlechtes gewünscht.‹

›Aber davor, Raphaël? Zwischen den Jungs und dem Wasserturm?‹

›Ich bin wie gewohnt durch den Wald gelaufen, um zu ihr zu kommen. Weil ich Angst hatte oder weil ich besoffen war, bin ich gerannt, dabei hab ich mich an dem Schild gestoßen und bin gestürzt.‹

›An was für einem Schild?‹

›Dem von Emeriac, das seit dem Unwetter schief hängt. Dann war da der Wasserturm. Drei rote Löcher, Jean-Baptiste, und ich, ich hielt das Stecheisen in der Hand.‹

›Aber dazwischen, erinnerst du dich an gar nichts?‹

›An nichts, Jean-Baptiste, an nichts. Vielleicht hat mich dieser Schlag am Kopf verrückt gemacht, vielleicht bin ich wirklich verrückt, oder vielleicht bin ich ein Ungeheuer. Ich kann mich nicht erinnern, wann … wann ich auf sie eingestochen habe.‹

Ich fragte, wo das Stecheisen sei. Er hatte es dort oben neben Lise liegenlassen. Ich sah in den Himmel und sagte, Glück gehabt, es wird Regen geben. Dann habe ich Raphaël angewiesen, sich gründlich zu waschen, sich ins Bett zu legen und, falls irgend jemand vorbeikäme, zu behaupten, wir hätten seit Viertel elf im kleinen Hof Karten gespielt. Seit Viertel elf haben wir Ekarté gespielt, ist das klar, Raphaël? Fünfmal hatte er gewonnen und viermal ich.«

»Falsches Alibi«, bemerkte Danglard.

»Exakt, und Sie sind der einzige, der davon weiß. Dann bin ich hinaufgerannt, und Lise lag genau so da, wie Raphaël es beschrieben hatte, getötet durch drei Einstiche in den Bauch. Ich hab das Stecheisen aufgehoben, es war bis zum Schaft mit Blut beschmiert, der Griff bedeckt mit Fingerspuren. Ich hab es gegen mein Hemd gedrückt, um den Abdruck und die Länge zu haben, dann hab ich's in meine Jacke gesteckt. Ein kurzer Regenschauer kam, der die Fußspuren neben der Leiche verwischte. Das Stecheisen hab ich in die Kute der Torque geschmissen.«

»In die was?«

»Die Torque, ein Fluß, der sich durch den Wald schlängelte und große Senken, Kuten, bildete. Ich habe das Stecheisen bei sechs Metern Tiefe hineingeworfen und noch ein paar Dutzend Steine hinterhergeschmissen. Keine Chance, daß es so bald wieder hochkommen würde.«

»Falsches Alibi und Unterschlagung von Beweismitteln.«

»Genau. Und ich habe es nie bereut. Keinerlei Gewissensbisse. Ich liebte meinen Bruder mehr als mich selbst. Glauben Sie, ich hätte zugelassen, daß man ihn schnappt?«

»Das geht nur Sie etwas an.«

»Was mich auch etwas anging, war Richter Fulgence. Denn während ich auf der Conche de Sauzec saß, von wo aus ich den Wald und das Tal überblickte, habe ich ihn vorbeigehen sehen. Ihn. Ich habe mich erst nachts daran erinnert, als ich die Hand meines Bruders hielt, damit er einschlief.«

»So weit konnte man von dort oben gucken?«

»Ein Teil des Kieselwegs war gut zu erkennen. Dunkle Gestalten hoben sich von ihm ab.«

»Die Hunde? Haben Sie ihn daran erkannt?«

»Nein, an seinem Sommerumhang. Sein Oberkörper hob sich als Dreieck ab. Alle Männer im Dorf wirkten im Umriß wie Klumpen, ob dick oder dünn, und alle waren sehr viel kleiner als er. Es war der Richter, Danglard, auf dem Weg hinauf zum Wasserturm.«

»Raphaël war auch da draußen. Und seine betrunkenen Freunde. Und Sie auch.«

»Ist mir egal. Am nächsten Tag bin ich über die Mauer des Herrenhauses und habe ein bißchen in den Gebäuden herumgeschnüffelt. In der Scheune lag zwischen Schaufeln und Spaten eine dreizinkige Forke. Ein Dreizack, Danglard.«

Adamsberg hob seine gesunde Hand und streckte drei Finger aus.

»Drei Zinken, drei nebeneinanderliegende Löcher. Nun schauen Sie sich das Foto von Lises Leiche an«, fügte er hinzu und zog es aus der Akte. »Schauen Sie sich die einwandfrei gerade Linie der Wunden an. Wie hätte mein Bruder, besoffen und in Panik, dreimal mit seinem Stecheisen zustoßen können, ohne auch nur einmal abzuweichen?«

Danglard betrachtete die Aufnahme aufmerksam. Die Wunden lagen tatsächlich auf einer absolut geraden Linie nebeneinander. Jetzt verstand er, warum Adamsberg auf dem Foto von Schiltigheim diese Messungen vorgenommen hatte.

»Sie waren damals erst Anfänger im Kriminaldienst, ein junger Stift. Wie sind Sie an dieses Foto herangekommen?«

»Ich hab's geklaut«, sagte Adamsberg ruhig. »Dieser Dreizack, Danglard, war ein altes Werkzeug mit glattem, verziertem Stiel, an der Querstrebe rostig. Aber seine Zinken glänzten, sie waren geputzt, ohne eine Spur von Erde, ohne einen Rest von Schmutz. Gesäubert, unberührt, rein wie die Morgenröte. Was sagen Sie dazu?«

»Daß es unangenehm ist, aber kein belastender Beweis.«

»Daß es klar ist wie das Wasser der Kute. Als ich das Werkzeug sah, ist mir die Gewißheit regelrecht ins Gesicht gespritzt.«

»Wie die Kröte.«

»Ungefähr. Ein Schwall von Bosheit und Schweinereien, eben die Eingeweide des Allmächtigen. Und just in dem

Moment stand er im Tor seiner Scheune und hielt seine beiden Höllenhunde an der Leine, die Jeannot gefressen hatten. Er beobachtete mich. Und wenn Richter Fulgence einen beobachtete, Danglard, selbst wenn man achtzehn Jahre alt war, bekam man Schiß. Er fragte mich, was ich bei ihm zu suchen hätte, mit dieser kalten Wut in der Stimme, die so typisch für ihn war. Ich antwortete, daß ich ihm einen bösen Streich spielen und die Muttern von seiner Werkbank abschrauben wollte. Das hatte ich in all den Jahren so oft bei ihm gemacht, daß er mir glaubte, und mit einer majestätischen Geste deutete er auf den Ausgang und sagte nur: ›Ich gebe dir einen Vorsprung, junger Mann. Ich zähle bis vier.‹ Wie ein Irrer bin ich auf die Mauer zugerannt. Ich wußte, bei ›vier‹ ließ er seine Hunde los. Einer der Beaucerons hat mir das Hosenbein zerfetzt, aber ich konnte mich losmachen und schaffte es über die Mauer.«

Adamsberg krempelte seine Hose hoch und legte den Finger auf eine lange Narbe am Bein.

»Er ist immer noch da, der Biß von Richter Fulgence.«

»Der Biß vom Hund«, berichtigte Danglard.

»Ist dasselbe.«

Adamsberg stahl Danglard einen Schluck von seinem Wacholderschnaps.

»Bei der Verhandlung wurde die Tatsache, daß ich Fulgence im Wald gesehen hatte, nicht berücksichtigt. Ich galt als befangen. Vor allem aber haben sie den Dreizack nicht als Beweisstück herangezogen. Und trotzdem, Danglard, stimmte der Abstand der Wunden genau mit denen der Zinken überein. Dieser Zufall hat sie einen verdammten Moment lang in ganz schöne Schwierigkeiten gebracht. Sie haben neue Gutachten anfertigen lassen, immer in der Angst vor dem Richter, der weiter drohte. Und diese neuen Untersuchungen ließen sie aufatmen: Die Tiefe der Einstiche stimmte nicht überein. Ein halber Zentimeter zu lang. Idioten, Danglard. Als wäre es für den Richter nicht ein leichtes gewesen, nachdem er seinen Dreizack hineingestoßen hatte, jede Wunde mit dem langen Stecheisen nachzubohren und dieses dann meinem Bruder in die Hand zu drücken. Nein, nicht mal Idioten, Feiglinge. Selbst der Richter, ein regelrechter Lakai gegenüber Fulgence. Es war doch viel einfacher, sich an einen sechzehnjährigen Jungen zu halten.«

»Stimmte denn die Tiefe der Einstiche mit der Länge des Stecheisens überein?«

»Es war dieselbe. Aber diese Theorie konnte ich nicht vorbringen, da die Waffe ja auf seltsame Weise verschwunden war.«

»Auf äußerst seltsame Weise.«

»Alles sprach gegen Raphaël: Lise war seine Freundin, er traf sie abends am Wasserturm, und sie war schwanger. Nach Auffassung des Justizbeamten hatte er Angst bekommen und sie umgebracht. Nur, Danglard, es fehlte ihnen das Wesentliche, um ihn zu verurteilen: die Waffe nämlich, die unauffindbar blieb, und der Beweis, daß er zur fraglichen Zeit am Tatort gewesen war. Und das war Raphaël nicht, denn er spielte Karten mit mir. Im kleinen Hof, erinnern Sie sich? Ich habe unter Eid ausgesagt.«

»Und als Polizist galt Ihr Wort doppelt.«

»Ja, und das habe ich für mich genutzt. Ja, ich habe bis zuletzt gelogen. Und wenn Sie heute das Stecheisen vom Grund der Torque heraufholen wollen, nur zu.«

Adamsberg sah seinen Stellvertreter mit halbgeschlossenen Augen an und lächelte, zum erstenmal in seiner Erzählung.

»Wäre aber verlorene Mühe«, fügte er hinzu. »Vor langer Zeit habe ich es wieder herausgefischt und in Nîmes in eine Mülltonne geschmissen. Denn dem Wasser kann man nicht trauen und seinem Gott auch nicht.«

»Er wurde also freigesprochen, Ihr Bruder?«

»Ja. Aber die Gerüchte gingen weiter, sie nahmen zu und haben ihn bedroht. Niemand sprach mehr mit ihm, alle fürchteten sich vor ihm. Und ihn selbst verfolgte diese Gedächtnislücke, daß er unfähig war, sich zu erinnern, ob er es nun getan hatte oder nicht. Verstehen Sie, Danglard? Er wußte nicht, ob er ein Mörder war. Schließlich wagte er nicht mehr, sich irgend jemandem zu nähern. Sechs alte Kissen habe ich zerschlitzt, um ihm zu zeigen, daß es nie eine gerade Linie ergibt, wenn man dreimal hintereinander zusticht. Zweihundertundviermal habe ich zugestochen, um ihn zu überzeugen, umsonst. Er war zerstört, er vergrub sich weitab von den anderen. Ich arbeitete in Tarbes und konnte ihm nicht jeden Tag die Hand halten. Und so habe ich meinen Bruder verloren, Danglard.«

Danglard gab ihm sein Glas, und Adamsberg nahm zwei Schlucke.

»Danach hatte ich nur noch einen Gedanken, den Richter zu jagen. Er hatte die Gegend verlassen, auch ihn hatten die Gerüchte in die Enge getrieben. Ihn jagen, ihn verurteilen lassen und meinen Bruder reinwaschen. Denn nur ich allein wußte, daß Fulgence schuldig war. Schuldig des Mordes und schuld an der Zerstörung von Raphaël. Vierzehn Jahre lang habe ich ihn ohne Unterlaß verfolgt, im Land, in den Archiven, in der Presse.«

Adamsberg legte seine Hand auf die Akten.

»Acht Morde, acht Tötungsdelikte, bei denen die drei nebeneinanderliegenden Löcher auftauchen. Verteilt auf den Zeitraum zwischen 1949 und 1983. Acht abgeschlossene Fälle, acht Schuldige, die wie die Fliegen geschnappt wurden, sozusagen mit der Waffe in der Hand: Sieben arme Schweine saßen im Knast, und mein Bruder war von mir gegangen. Fulgence aber ist immer entwischt. Der Teufel entwischt immer. Gehen Sie diese Akten zu Hause durch, Danglard, lesen Sie sie gründlich. Ich schaue jetzt in der Brigade vorbei, um Retancourt zu sprechen. Ich klopfe heute nacht noch einmal spät bei Ihnen an. Ja?«

Tanja Dückers
Lux Aeterna

Katinka sitzt schon wieder im Zug nach Berlin. Sie blieb nur einen Tag, keinen Bissen hat sie hier essen wollen, und deshalb ist sie gefahren. Oder war es Lisbeth? Lisbeth legt Wert darauf, daß ich mir alles merke, aber sie fragt mich nie, ob ich das auch möchte. Warum soll mein Kopf zu einem Museum werden, wie Herr Hazatérés sagt, muß ich Namen und Geburtstage wissen, wenn ich doch nur möchte, daß sie alle hier mit mir zusammen sind?

Eben beim Mittagessen, es gab Müsli und Orangensaft, habe ich wieder mit diesem älteren Herrn von jenseits der »Seufzerbrücke« gesprochen. »Seufzerbrücke« sagt er immer zu der Überführung, die Haus 6 mit Haus 5 verbindet. Herr Hazatérés, jetzt weiß ich den Namen wieder, dabei ist er so schwierig. Ich habe ihn auf der Modenschau kennengelernt. Vor zwei Wochen, Anfang November, wurden hier die Sommermoden vorgestellt. Vielleicht ist es doch etwas länger her, ich glaube, morgen ist Weihnachten. Karstadt organisiert die Show im Heim, wir können die »Moden für Ältere« selber vorführen. Aber ich hatte Angst, daß ich da oben stolpern würde. Frau Terz ist mitgegangen, albern sah die aus. Das fand Herr Hazatérés auch, der neben mir stand und mir Wein anbot. Oder Holundersaft. Frau Terz ist ein Jahr älter als ich, Jahrgang 1916, wie alt, das kann ich nicht mehr ausrechnen. Sie führte einen roten Bademantel vor und lachte dabei von der Balustrade herab.

Herr Hazatérés war mir von Anfang an nicht geheuer. Er hat schwarzes, glattes Haar, das sich im Nacken wellt, und sehr dunkle Augen. Irgendwoher aus dem Osten stammt er. »László Hazatérés« steht auf dem Tischkärtchen, er sitzt neben Frau Reitsporn, Herrn Hummering und Frau Hellbug. Die Namen habe ich mir abgeschrieben und den Zettel auf meine Serviette gelegt, damit ich weiß, wie meine Nachbarn heißen. Aber Herr Hazatérés ist mir nicht nur deshalb unheimlich, weil er ich weiß nicht was hinter dem Eisernen Vorhang gemacht hat, sondern weil ich mich, wenn ich abends versuche einzuschlafen, an seine dunklen Augen erinnere. Worüber wir oben auf der »Seufzerbrücke« gesprochen haben, weiß ich nicht mehr, nur diese eindringlichen Augen bleiben mir im Gedächtnis. Und dann denke ich an meinen Mann, der da draußen im Osten sein Bein verlor und den ich alleine im Winter durch halb Europa geschleppt habe. Frachtzüge, zerschossene Taxis, abgeholzte Wälder, durch drei Länder bin ich mit ihm gelaufen, gefahren, geirrt. Aber dafür kann Herr Hazatérés nichts.

Es ist nun einmal so, daß ich mich an alles erinnere, was lange Zeit zurückliegt, noch heute kann ich die Namen meiner Klassenkameraden aufzählen, nur wie ich den Fernseher anstelle oder wo mein Briefkasten ist, behalte ich nicht mehr.

Dreimal die Woche sprechen Herr Hazatérés und ich an

dem weißen Tisch mit dem Plastikrosenstrauß auf der »Seufzerbrücke« miteinander. Herr Hazatérés hat mir ernsthaft erklärt, warum er mich als Zuhörerin für seine Monologe ausgewählt hat, aber ich habe vergessen, was er gesagt hat. Es liegt zu kurz zurück.

»Frau Sieben, ich weiß nicht, ob sie verstehen werden, wie es dazu kam, daß ich jetzt mit einem Mann zusammen lebe. Vor 52 Jahren, ich war 24, lernte ich Vera auf einer Geburtstagsfeier kennen. Drei Monate und drei Wochen habe ich sie angerufen, in Cafés, in die Oper eingeladen. Kennen Sie die Budapester Oper? Sie brauchen mir nicht zu antworten, auch ich folge dem Regen mit meinem Blick.

Vera hatte lange rote Haare, die sie offen trug, und las expressionistische Gedichte. Sie war anders als die meisten Frauen ihrer Zeit, und auch ich war anders. Ich schrieb Briefe an Max Ernst, die er leider nie beantwortete, und gab den Huren mehr Geld, als sie verlangten, weil ich sie verehrte. Aber als ich Vera traf, wußte ich, daß ich nach niemand anderem mehr Verlangen haben würde. Schließlich imponierten ihr meine Hartnäckigkeit, mein Stolz und meine Unberechenbarkeit, denn ich tat nie die Schritte, die sie als nächstes von mir erwartete. Rothaarige Frauen sollte man überraschen. Ich kaufte ihr keine Rosen, sondern einen Papagei, ich lud sie nicht zum Wein, sondern zum Schwimmengehen ein, wissen Sie, Frau Sieben, die ungarischen Thermalbäder, die alles in Nebel und Dampf tauchen, so daß Sie den anderen nicht mehr sehen, nur noch spüren können, die haben eine Wirkung, die weit über die des Alkohols hinausgeht.

Als wir zusammen Pilze sammeln gingen – am Abend vorher waren wir uns selbst beim ausgelassenen Tanzen nicht näher gekommen –, küßte sie mich plötzlich. Es war Herbst, aber nicht zu kühl für uns. Wir haben uns nie wieder richtig losgelassen seit dieser ersten Umarmung. Vera war, was soll ich sagen, eine sehr moderne Frau, sie hielt nichts davon, daß nur der Mann, Ihnen, Frau Sieben, kann ich ja alles erzählen … es regnet ohne Unterlaß heute, oder? Also, wo war ich stehengeblieben: Vera hielt nichts davon, daß nur der Mann seine Befriedigung bekommt. Als man Ende der sechziger Jahre plötzlich anfing, über diese Dinge zu reden, mußte ich lachen, ich kannte das alles schon: Vera in zerschlissener Uniform rittlings auf mir, Vera, die ihre langen roten Haare um meinen, Sie wissen schon, wickelt und dazu leise Lieder singt, Vera, im Wintermantel im Treppenhaus, die langsam meine Hand an ihr Gesäß führt und sich wünscht, daß ich ebendort … Frau Sieben, jeder nach seiner Fasson. Wir gingen der gleichen Profession nach: Übersetzer, und wir versäumten keine Gelegenheit, unsere Lieblingsschriftsteller zu hören, im übrigen zerbrachen wir uns den Kopf über Politik. Veras Freunde wurden auch meine Freunde: Da war Wladimir, ein heimatloser Russe, der einmal die Woche kam und uns etwas über Astrologie und Chiromantie erzählte, dann Elena, die Opernsängerin, die wir ab und zu, wenn sie nicht alkoholbedingte Pausen einlegte, auf der Bühne bewundern durften, und schließlich, nachdem wir nach Deutschland ausgewandert waren, Miriam und Josef. Ja, unsere Auswanderung, das ist ein langes Kapitel, das erzähle ich Ihnen in unserer nächsten Sitzung ... wir hatten Dreck am Stecken, wie man so sagt, und man wollte uns nicht mehr in Budapest dulden, auch nicht in Debrecen, in Komló, in Halimba oder Bábocsa. Nirgendwo. Und so kamen wir auf die andere Seite, nicht nur der Donau, sondern der Welt. Aber über die Welt möchte ich jetzt nicht sprechen. Der Regen hört ja heute nicht mehr auf, Frau Sieben, lieben Sie den Regen? Sie brauchen mir nicht zu antworten.

In West-Berlin lehrte Vera an der Universität ungarische Literatur, und ich übersetzte weiter aus dem Russischen und dem Ungarischen. Das war die Zeit Solschenizyns, da hörte man noch zu bei dem, was aus dem Osten kam. Aber ich will Sie hier nicht indoktrinieren, Sie denken an Ihre Enkel und ich daran, warum jetzt, kurz nach meinem sechsundsiebzigsten Geburtstag, ein Mann mit mir im Apartment wohnt. Hier im Heim denkt jeder, wir seien alte Freunde, die nach dem Tod ihrer Frauen aus Einsamkeit zusammengezogen sind, aber wir teilen nicht nur Ketchup und Zeitung. Gucken Sie nicht so erstaunt, Frau Sieben, Sie sollen nur zuhören, nicht bewerten. Sie sind kein roter Bademantel, sondern ein Faß ohne Boden, verstehen Sie? Und darum schenke ich Ihnen mein Vertrauen: weil Ihre Seele für mich die Farbe des Regens hat, durchsichtig, anschmiegsam und vergänglich. Meine Frau war laut und herrisch, Rot stand ihr phantastisch, sie konnte die Absätze ihrer Stiefel in meine Füße bohren, wenn sie sich unverstanden fühlte, und ihren dunklen Wein scheinbar unabsichtlich über meine Schreibmaschinenblätter schütten.

Miriam und Josef traf ich zum ersten Mal kurz nach dem Krieg in Budapest, es stimmt nicht, was ich vorhin gesagt habe … nur haben Vera und ich sie nach unserer Auswanderung öfter, intensiver gesehen. Aber auch das stimmt eigentlich nicht. Sehen Sie die wirren Muster, die die Regentropfen bei ihrem Lauf auf der Scheibe fabrizieren? So kommt mir manchmal meine Biographie vor, nicht nur meine, die jedes Menschen, den ich lange genug kenne, um mir ein Bild seines Lebenswegs machen zu können. Die plötzlichen Widerstände – ohne daß wir verstehen, warum, rollt der Tropfen zwei Zentimeter nach rechts, in die Horizontale, anstatt nach unten. Manchmal scheint er einfach nicht der Schwerkraft zu gehorchen, sondern einer anderen Macht. Welche könnte das sein?

Miriam und Josef waren ein eingespieltes Liebespaar. Auf Feiern oder Veranstaltungen bemerkten viele Leute nicht, daß sie liiert waren, denn sie tauschten in der Öffentlichkeit nur kaum sichtbare Zuneigungsbeweise aus. Oft sprachen sie stundenlang mit anderen, ohne miteinander Kontakt aufzunehmen. Anfangs glaubte ich, die beiden – Josef war Archäologe und Miriam Herausgeberin eines Kunstmagazins – seien fürchterlich unterkühlt. Doch bald stellte ich fest, daß sie einfach sehr diskret waren und die Zeichensprache ihrer Liebe reichhaltig war. Sie waren das einzige mir bekannte Paar, das sich – sie lebten zu diesem Zeitpunkt längst in einer gemeinsamen Wohnung – regelmäßig Briefe schrieb. Die Adresse des Absenders und des Adressaten waren immer identisch. Auch schien mir, daß sie mit ihren langen Gesprächen, in immer unveränderter Tonlage, den gleichen Nebel, den gleichen Rausch zu erzeugen wußten wie Vera und ich auf ganz andere Art.

Irgendwann, als Miriam und Josef uns wieder einmal besuchten, schlug Miriam Vera ein ›Frauengespräch unter vier Augen‹ vor. Wie wir nachher herausfanden, ging es gar nicht um uns Männer, wie wir amüsiert vermuteten, sondern um Fragen der globalen Aufklärung in bezug auf die Frauenrechte. Jedenfalls ergab sich unvermutet ein Männerabend unter vier Augen. Frau Sieben, schlafen Sie? Der Regen ist so monoton, und meine Worte, haben die Ihnen einen Vorhang vor die Sinne gewoben? Auch wenn Sie alles, was ich sage, in einer halben Stunde nicht mehr erinnern, bin ich doch froh um den Moment – den kurzen Moment, in dem meine Gedanken Ihre Seele passieren dürfen, wo Sie meinen Worten die Durchfahrt gewähren, bevor sie, wie ein langsam niedergehender Regen, irgendwann von etwas Großem und Dunklem verschluckt werden. Eben doch von der Schwerkraft. Ihre Mundwinkel hängen so tief heute, sind Sie unglücklich, daß Ihre Enkelin Sie verlassen hat? Sie wird wiederkommen, glauben Sie mir, sie ist noch jung und muß sich bewegen.

Jedenfalls haben Josef und ich an diesem Abend in Budapest erst einmal ganz vorzüglich gekocht. Ich weiß nicht mehr, was, auch ich werde alt, aber ich erinnere mich an unsere hochgekrempelten Ärmel. Später saßen wir am Küchentisch und redeten. Josef war immer sehr besonnen, doch er hörte meinen utopischen Gesellschaftsentwürfen oder meinen Schwärmereien über Veras markantes Profil, das ich manchmal in allen Gegenständen, die ich ansah, wiederzufinden glaubte, interessiert zu. Sein Blick hing an mir, er lobte meinen Mut, meine Art, die Dinge, wie er sich ausdrückte, lebensnah-konkret und idealistisch zugleich anzugehen. Mir schien, daß er irgend etwas von meinem Wesen zur Komplettierung seiner selbst brauchte. Vera war anders; wir konnten wie die Regentropfen, deren Lauf Sie unablässig mit dem Finger folgen, ineinanderfließen und nicht mehr wissen, wo wir als Individuen anfingen beziehungsweise aufhörten. Josef dagegen kam mir seelisch näher, ohne mir ähnlicher zu werden. Er hatte Fragen, er wollte Antworten, er forderte mich, wir duellierten uns ein bißchen verbal. Irgendwann an diesem Abend war ich von dem reichhaltigen Essen und dem intensiven Gespräch müde und zeigte Josef das kleine Gästezimmer. Dann zog ich mich ins Schlafzimmer zurück; Vera hatte zwischendurch angerufen und erklärt, daß sie bei Miriam übernachten würde. Ich wollte noch etwas lesen, muß aber wohl eingeschlafen sein, denn ich schreckte hoch, als ich ein Geräusch hörte. Josef stand in der Tür, er machte eine schlaffe Geste der Entschuldigung, dann schlurfte er langsam heran. Er war groß, hager, nicht ganz so wie heute, und eigentlich immer sehr förmlich.

Er setzte sich auf mein Bett.

Ich fragte: ›Was ist?‹

Er sah mich lange an und murmelte: ›Erschrick nicht, aber mir geht eine Frage nicht aus dem Kopf: Wie gehst du mit der Angst vor dem Tode um?‹

Ich gab sofort zurück: ›Ich bekämpfe sie mit meiner Lust. Meines Erachtens gibt es zwei Koordinaten: die der Zeit und die der Intensität. Unsere Lebenszeit ist nicht unendlich – vorausgesetzt, daß man nicht an eine Existenz nach dem Tod glaubt –, aber wir können der Endlichkeit des Lebens die Unendlichkeit der Intensität des Moments entgegensetzen. In dem Moment, wo ich intensiv empfinde, nennen wir es Rausch oder sonstwie, ist der Gedanke an den Tod ausgelöscht, der Tod ist daher unwahr. Wir können also den Tod temporär auslöschen. Doch er kommt wieder. Aber unsere Ekstasen auch.‹

Josef antwortete nicht, sah mich nur an. Eine Weile verging. Schließlich meinte er: ›Wenn man unter einem Herrschaftssystem lebt, gegen das man innerlich rebelliert, denkt man mehr nach.‹

Ich wußte darauf nichts zu antworten. Sollte das ein Kompliment sein? Während ich noch überlegte, murmelte er: ›Dein Blick hat etwas sehr Beruhigendes.‹

Mir war nicht klar, ob er meinen Blick auf die Welt im allgemeinen oder in diesem Moment auf die Bettdecke meinte. Ich hob sie langsam an, und Josef sah auf meine Beine. Ich trug den Leinenschlafanzug, den Vera mir gerade genäht hatte. Dann wanderten seine Augen zu mir hoch. Erst jetzt begriff ich die Brisanz der Situation. Josef rührte sich nicht, er sah mich nur an, seine Stirn lag in Falten, als würde ihn irgend etwas unendlich anstrengen. Plötzlich fühlte ich eine Woge von Sympathie für diesen ernsthaften und klugen Mann, der die Welt so unpathetisch und doch keineswegs zynisch, sondern von einer stillen Wärme durchdrungen, betrachtete. Es war nur eine winzige, keineswegs bewußt ausgeführte Bewegung, die die Decke abrutschen und meinen Körper freiliegen ließ. Josef schien mit etwas zu kämpfen, er senkte den Kopf, dann streckte er die Hände langsam auf dem Laken aus.

Auf einmal berührten die Fingerspitzen des Mannes, den eben noch die Frage nach dem Umgang mit dem Tod beschäftigt hatte, meinen Arm.

Was dann passierte, brauche ich Ihnen nicht im Detail zu schildern. Josef holte einmal Luft und sagte: ›Ich habe noch nie …‹, und ich legte ihm einen Finger auf dem Mund. Dann fing er an, ebendiesen Finger zu küssen, sein Mund wanderte meine Hand, meinen Arm, meine Schulter, meinen Hals hinauf.

Seit der Armeezeit hatte ich keine Erfahrungen mehr mit der männlichen Liebe gemacht, und nie habe ich mich als homosexuell betrachtet. Ich war damals der Ansicht, daß auch Männer sich mal einen Gefallen tun können, ein Kavaliersdelikt sozusagen, aber nie habe ich von diesen Jungs geträumt, mich nach ihnen gesehnt, ihre Körper nachts vorm inneren Auge aufleuchten lassen. Nie.

Josef war anders. Er begegnete mir nicht von gleich zu gleich wie die Kameraden, er schmiegte sich an mich, er war zärtlich, weich. Alles an ihm war zart, seine Gedanken, seine

Sprache, seine Hände, sein schüchterner Ausdruck von Lust. Diese Nacht war anders als die Geschichten damals, wo man so eine Art – verzeihen Sie meine Direktheit – Onanie zu zweit betrieben hat. Er legte sich unter mich wie eine Frau, und ich spürte, daß er nach dem Höhepunkt seelisch wund und verletzlich war, er hatte sich geöffnet, er umarmte mich innigst, und ich war sprachlos. Kein Wort hatten wir bisher über unsere Frauen geäußert. Josef und ich versanken in einem Gefühlstaumel, während sie Geopolitik diskutierten.

Frau Sieben – unsere Zeit ist abgelaufen, Sie müssen jetzt zum Gedächtnistraining und ich zum Spanisch-Kurs. Haben Sie vielen Dank für Ihre Ohren, strengen Sie sich gleich nicht zu sehr an, Ihr Kopf muß kein Museum mehr werden, denken Sie nur daran, daß es heute abend noch gewittern wird …!«

Nachdem ich Spiele gemacht habe, wo man fünf Küchengegenstände, fünf Kleidungsstücke und fünf Baumarten aufschreiben muß, bin ich in meinem Zimmer eingeschlafen. Herr Hazatérés hat mir viel erzählt, von seiner Frau mit dem roten Bademantel, die ihm immer Baumwollschlafanzüge genäht hat, warum erzählt er mir das bloß? Ich sehne mich nach Katinka und Immanuel, denen ich früher, als ich das noch konnte, Frotteeschlafanzüge genäht habe. Jetzt regnet es schon den ganzen Tag, dieser Regen erinnert mich an den Regen neulich, als ich zur Schule ging und geohrfeigt wurde, weil die Tinte in meinem Heft vollständig verschmiert war.

»Wie schön, daß Sie so pünktlich sind, Sie sind eine richtige Preußin, wissen Sie das? Schütteln Sie nicht den Kopf, ich weiß schon, daß die Pflegerin Sie just hierhergebracht hat, aber Ihrer Herkunft nach sind Sie Offizierstochter und waren früher bestimmt immer zur Stelle, nicht wahr?

Ich werde Ihnen weiter für einen Moment meine Geschichten vor den verblichenen Fotos des Bremer Doms, den Aquarellen der Stadtmusikanten aufleuchten lassen, um dann noch stärker zu verbleichen als diese. Der Name Josef wird Ihnen außer dem biblischen nichts mehr sagen, das ist gut so. Bald stellte sich wieder die alte gute Vierer-Freundschaft ein. Als Vera und ich in den Westen gekommen waren, kümmerten sich die beiden sehr um uns, denn es gab viel mehr Anpassungsschwierigkeiten, als man sich vorher ausmalen konnte. Sie brachten uns zu einer Sprachschule, wo wir unser Deutsch verbesserten und später Englisch lernten, sie halfen uns bei der Orientierung im alltäglichen Leben und bei der Bewältigung bürokratischer Angelegenheiten. Ich fühlte mich Josef ziemlich unterlegen, weil ich auf seine Hilfe angewiesen war, aber er spielte diese Position mir gegenüber nicht aus. Die Jahre vergingen. Wir fuhren zu viert nach Rom und Paris, wir folgten oft gemeinsam Einladungen, Josefs und Miriams Freundeskreis wurde auch unserer. Nie haben wir über unser Erlebnis gesprochen. Es blieb ein Geheimnis.

Irgendwann wurde bei Miriam Brustkrebs diagnostiziert. Sie wurde operiert, zwei Wochen blieb sie im Krankenhaus. Am Abend der Operation schaute ich bei Josef vorbei. Ich kochte ungarisch für uns und versuchte ihm Mut zuzusprechen. Die Tatsache, daß Miriam eine Brust verlieren würde, war noch weniger erschreckend als die Befürchtung, man könne den Krebs auch an anderen Stellen finden. Als ich gegen Mitternacht gehen wollte, legte Josef seine Arme um mich. Später schliefen wir miteinander. Diesmal war er nicht anschmiegsam und in sich gekehrt, sondern ungestüm und aggressiv. Wir taten Dinge miteinander, die wir vor zehn Jahren nicht gemacht hatten.

Miriam kam aus dem Krankenhaus, man hatte zum Glück keine Metastasen gefunden, und die Freundschaft ging wieder ihren eingespielten Weg. Doch erinnere ich mich an kurze Momente der Irritation: Josefs Hand, die auf meinem Oberschenkel lag, als wir Klaus Manns ›Mephisto‹ im Theater sahen, Josefs Blick, als ich zu Silvester leidenschaftlich Vera küßte und dabei Sekt auf seine Schuhe goß. Zehn Jahre vergingen, so viel Zeit, daß ich nicht mehr mit einer Wiederholung einer Liebesnacht mit ihm gerechnet hatte. Das erste Mal hatte ich mir mühelos zur Ausnahmenacht erklären können, aber nach der zweiten und erst recht nach der dritten Nacht war ich verwirrt. Es vergingen nur drei Jahre, bis Josef erneut nachts vor der Tür stand. Vera besuchte eine Freundin in Hamburg. Wir lebten immer noch glücklich zusammen, nie hatten wir uns erotisch voneinander entfernt, der Rausch unserer ersten Jahre hatte sich in milderer Form erhalten. In dieser Nacht schlief ich wieder mit Josef und genoß seine ihm eigene verhaltene Intensität, die in intimen Situationen plötzlich nach außen gekehrt wurde. Nach dieser vierten Nacht fragte Josef, ob ich mir vorstellen könnte, mit ihm zusammen zu leben, wenn unsere Frauen einmal nicht mehr dasein würden. Ich erwiderte, daß Frauen meistens älter werden als Männer und die Wahrscheinlichkeit größer sei, daß später Vera mit Miriam als er mit mir zusammenleben würde.

Miriam starb zwei Jahre später an Lymphknotenkrebs, und Vera kam auf tragische Weise mit einem Privatflugzeug von Freunden um.

Das plötzliche Alleinsein, das Defizit an Körperlichkeit machten mir sehr zu schaffen. Ich alterte innerhalb weniger Monate mehr als vorher in Jahren. Ich war Anfang Siebzig. Josef kam immer öfter zu mir, und ich ließ mich von ihm lieben. Oft stellte ich mir dabei einen Frauenkörper vor. Doch ich war nicht mehr in dem Alter und in der Verfassung, auf Eroberungstour zu gehen. So blieb Josef bei mir, und ich weiß bis heute nicht, ob das alles nicht ein großes Mißverständnis ist. Als ich inkontinent wurde und Josef sich ein Milzleiden zuzog, beschlossen wir, ins Heim zu gehen … Josef ist glücklich, er tut alles für mich und redet nie über Miriam. Doch ich stehe oft wie Sie, Frau Sieben, an meinem Fenster und schaue nach draußen …«

Der Tee ist zu heiß und das Gebäck zu hart. Nichts ist hier wie zu Hause. Morgen will ich zurück in meine Wohnung, habe ich dem Mädchen gesagt. Sie hat nicht geantwortet.

Ich soll nun fünf Farben aufschreiben, in der Reihenfolge ihrer Helligkeit. Ich schreibe:

Hellbraun, Braun, Dunkelbraun, Grau, Schwarz.

Warum ist Frau Peil wieder nicht zufrieden mit mir? Ich streiche die Reihe langsam durch, bis auf einen breiten schwarzen Strich ist nichts mehr zu erkennen.

»Frau Sieben, nun sitzen wir zusammen auf der ›Seufzerbrücke‹, wie gut, daß wir uns nicht vor dreißig Jahren begegnet sind, da hätten wir kein Wort miteinander gesprochen, Frau Offizierstochter. Und nun ist alles einerlei, wir sitzen hier und warten, wir können uns die größten Fehltritte, Sünden, die verstörendsten Geschichten erzählen, vielleicht hat Ihr Mann meine Verwandten in Ungarn umgebracht, vielleicht hat der Liebhaber von Elena, der dem Alkohol zugeneigten Opernsängerin, in Ihrem Land spioniert – all das ist jetzt unwichtig und interessiert niemanden mehr, alles hat seine Farbe, seine Kontur, seinen Wert oder Unwert verloren, und es regnet heute wieder so unablässig –«

Was paßt zu einem Hut? Wiese, Stift, Hund, Flöte oder Handschuh?

»Frau Sieben, in Ihrem Blick löse ich mich auf wie damals in den Nebelschwaden im Thermalbad, ich werde alles los, was ich erzählen möchte, was mich bedrückt. Ich werde leicht, und Sie werden nicht schwer, sondern bleiben leicht. Das

Erinnerungsvermögen – ist eine zu große Last für uns Menschen. Hören Sie die Musik dahinten? Das muß Frau Terz sein. Wissen Sie, wie das letzte Stück von Mozarts ›Requiem‹ heißt? Sie haben es vergessen, aber ich nicht, es sind Worte, scharf wie Kristall und schwebend wie Licht im Nebel, ich habe den Namen nicht vergessen, aber man muß ja nicht alles aussprechen.«

Zvi Jagendorf

Sex und Neuhebräisch

Bernie wurde Zionist, als er herausfand, daß über einem Striplokal in Soho Neuhebräischkurse gegeben wurden. Rosa brachte ihn darauf.

»Sieh mal«, sagte sie, das Gesicht tief im *Jewish Chronicle* vergraben, »hier steht, daß dort zweimal wöchentlich Neuhebräisch gratis unterrichtet wird.«

Keiner sagte etwas. Mendl starrte aus dem Fenster in das fahle Abendlicht, das über dem verwilderten Garten lag, und Bernie ließ völlig versunken einen Film über Piloten der Royal Air Force, die aus einem deutschen Stalag geflohen waren, Revue passieren.

»Schau«, sagte sie noch einmal und schob Bernie die Zeitung unter die Nase, »das ist eine großartige Gelegenheit, und du willst nichts davon wissen und siehst noch nicht einmal hin.«

Eigentlich machte sich Rosa nicht besonders viel aus Neuhebräisch, aber der Unterricht kostete nichts und löste ein Problem. Bernie hatte sich geweigert, weiter die Hebräisch-Abendschule zu besuchen, und damit gedroht, statt dessen in einen Jugendklub zu gehen, in dem ab und zu auch nichtjüdische Kinder auftauchten.

»Aus dem Jungen wird noch ein Goj«, sagte Mendl, »ein perfekter Goj und ein Hooligan.«

Sie fürchteten den Klub, denn er lag weit jenseits ihres Horizonts, und sie kannten keinen, der seine Kinder dorthin schickte. Wer weiß, vielleicht wurde er von Konvertiten betrieben, die sich als Juden ausgaben. Womöglich brachten sie die Kinder aufs Land in ein Ferienlager, in dem der Name Jesu genannt wurde, oder gar noch Schlimmeres.

Deshalb nahm Rosa, die normalerweise jede Seite der Zeitung Zeile für Zeile las, um sicherzugehen, daß sie keiner Verschwörung aufsaß, die Anzeige gierig zur Kenntnis.

»Schau mal«, sagte sie wieder, »es ist im West End. Da gehst du doch gern hin.«

Bernie ließ von den Royal-Air-Force-Piloten ab und griff nach der Zeitung.

»Und, was gibt's Neues im Getto-Anzeiger?«

»Du weiß ja gar nich, vat a Getto is, also red nich driber«, sagte Mendl.

Bernies Augen folgten Rosas sorgfältig lackiertem Fingernagel zur Spalte mit den Kleinanzeigen:

Neuhebräischkurse
für Anfänger und Fortgeschrittene
Anglo-Israelischer Klub
12 Great Windmill Street
Dienstags, 18 Uhr
Kommen Sie doch mal vorbei!

Sollte das vielleicht ein Witz sein? Das war vollkommen verrückt: Hebräischkurse für Anfänger im Herzen des Stripperkönigreiches, direkt gegenüber vom Zentrum britischer Entkleidungskunst, dem Windmill Theatre.

Das war wohl die interessanteste Erfahrung, die Bernie bislang mit der Sprache gemacht hatte. Einmal hatten sie ihn zum Hebräischlernen zu Mr. Nirenblatt geschickt, einem Schneider und Hebraisten der alten Schule, der sich streng an die biblische Syntax hielt und ihm die Hausaufgaben auf die Rückseite alter Rechnungen notierte. Mit besonderer Vorliebe ließ Nirenblatt ihn das hebräische Verb KTL deklinieren, was soviel wie »schlachten« hieß und laut Nirenblatt und dem Grammatikbuch eines längst verstorbenen Deutschen namens Gesenius das regelmäßigste Verb der hebräischen Sprache überhaupt war. Bernie war der Meinung, dies sei antisemitisch und ungerecht. Goebbels selbst hätte sich nichts Gemeineres ausdenken können. Das mußte man sich einmal vorstellen, die gesamte hebräische Grammatik basierte auf Mord. Ich schlachte, du schlachtest, du wirst schlachten, du wirst geschlachtet worden sein, du wärest geschlachtet worden, werden sie geschlachtet werden. Für Mr. Nirenblatt war die wunderbare Konjugationstabelle nicht mehr als ein Beispiel aus einer Sprache, die keiner mehr wirklich beherrschte. Doch Bernie machte es ganz krank.

Das hier verhieß etwas anderes. Hebräisch in Stripland konnte einfach nicht so unerträglich und blutrünstig sein wie Mr. Nirenblatts KTL-Verb.

»Neuhebräisch«, sagte Bernie verschmitzt, »das ist was

anderes. Das könnte noch mal nützlich werden, wenn wir nach Tel Aviv ziehen sollten.«

»Das sage ich doch. Ich weiß eben, was für dich gut ist«, sagte Rosa selbstzufrieden.

»Dat's kein gutes Pflaster in de West End«, sagte Mendl, »das ist für Schläger und Verbrecher.«

»Was weißt du denn schon vom West End?« sagte Rosa. »Ich bin dort jeden Tag geschäftlich unterwegs, und es ist völlig ungefährlich. Bernie wird es Spaß machen, sich all die Leuchtreklamen und Schaufenster anzusehen. Da kann man doch was lernen.« Zweifellos dachte sie an die gemeinsamen Ausflüge mit ihrer Freundin Bronia in die Cafés und Einkaufsstraßen von Wien.

»Er nimmt ein Sandwich mit, damit er keinen Hunger kriegt, und wenn er wieder nach Hause kommt, gibt es was Richtiges zu essen.«

Soviel dazu.

Bis dahin hatte Bernie noch ein paar Tage Zeit, um sich vorzubereiten. Eingehend studierte er die Unterhaltungsseiten der Abendzeitungen, doch statt Kleinanzeigen für Stripklubs fand er nur langweiliges Zeug über Tanztees und Ballhäuser. Aber vielleicht verbarg sich hinter der harmlosen Fassade ja etwas ganz anderes. Er fragte Harvey Spack in der Schule danach. Harveys Vater hatte einen Zigarrenladen in der Gegend, in dem ihm sein Sohn abends und an den Wochenenden aushalf.

»Hebräischkurse in der Great Windmill Street? Du machst Witze. Da gibt's nur Nutten, Zuhälter und Zockerhöhlen.

Die ganze Straße ist ein einziger Strich. Mein Vater kennt die. Es sind seine Kunden.«

Harvey war ein guter Kricketspieler und hatte eine tolle Frisur mit langem Nackenhaar, das er sich zu einem Entenschwanz kämmte. Bernie mußte ihm einfach glauben.

»Die kommen alle zu meinem Vater in den Laden, Bräute mit fast nichts an. Die wollen nur 'ne Schachtel Players haben oder so was, aber du denkst, du hast 'nen feuchten Traum. Das sind echte Wahnsinnsmiezen, mit geschlitzten Röcken und dem ganzen Kram.«

Soviel hatte Bernie auch schon gesehen, aber nur vom Bus aus, wenn er die Shaftesbury Avenue entlangfuhr. Zu Fuß da durchzulaufen war schon schwieriger. Man konnte von irgendeiner Petze gesehen werden oder sich eine Krankheit holen, wenn man einen Laternenpfahl anfaßte, an dem sich gerade ein Aussätziger festgehalten hatte, und dann war man in Teufels Küche.

»Kann man da abends rumlaufen?«

Harvey lachte. »Als Jungfrau nicht.«

»Warum kämmst du dich denn immerzu?« fragte Mendl. »Willst du an einem Schönheitswettbewerb teilnehmen?«

Mit einem Kamm, einer kleinen Schere und einer Dose Brylcreem bewaffnet, verbrachte Bernie neuerdings viel Zeit vor dem Badezimmerspiegel. Er versuchte, sich das Haar glatt an den Kopf zu kämmen. Das war ungefähr so aussichtslos wie die Zähmung eines bengalischen Tigers. Sobald sich der Kamm, die Bürste oder die Hand einer neuen Problemzone widmete, schnellten die von Bernie gerade mühsam gebändigten Büschel wieder in die Höhe. Es war wie ein verheerendes Buschfeuer, das plötzlich an den unberechenbarsten Stellen aufloderte. Ein Friseur hatte ihn einmal gefragt, ob er afrikanische Vorfahren habe. »Moses«, hätte er sagen können, tat es aber nicht. Was auch immer er ausprobierte, das drahtige Gestrüpp wollte sich einfach nicht fügen und verwandelte sich nur in ein unförmiges, fettiges Filzknäuel. Er sah in den Spiegel, verfluchte seine afrikanischen Vorfahren für ihr leidiges Erbe und suchte sein Gesicht nach Pickeln ab. Glücklicherweise war die Wetterlage gerade günstig und der Strand ziemlich sauber. Bernie wollte um nichts in der Welt auffallen. Er wollte durch diese geheimnisvollen Straßen gehen, ohne daß Leute auf ihn zeigten und sagten: »Seht ihr diesen komischen Vogel mit den zu engen Klamotten und dem Schlangennest auf dem Kopf? Das ist Bernie, mit der letzten Lieferung frisch aus Woggawogga reingekommen.«

Rosa wickelte das Sandwich sorgfältig in ein Stück Cellophan. »Ei und Gurke, ohne Zwiebeln, damit du es vor dem Unterricht essen kannst. Mit einem leeren Magen lernt es sich nicht gut, und denk dran, danach ein Glas Wasser zu trinken.«

Sie betrachtete Bernie mit ihrer üblichen mildtätigen Miene. Sie sah sich selbst in Wien zu einem Stadtbummel mit ihren Freundinnen aufbrechen. Ihre Mutter war zu depressiv gewesen, um ihr Sandwiches zu schmieren. Alles hatte sie selbst machen müssen, und das war nun Bernies Dank dafür, daß sie so gut für ihn sorgte.

Kaum war Bernie aus der Tür getreten, spürte er den leisen Vorwurf der sorgsam eingewickelten Roggenbrotscheiben, die sich eng um die dünn geschnittene Gurke und das krümelige Ei schmiegten. Sei ein braver Junge, sagten sie. Sei deiner Mutter dankbar, die uns geschnitten, mit ihren schwachen Händen aufeinandergepreßt und dann so hübsch ordentlich eingepackt hat, und wofür das alles? Damit ihr undankbarer Sohn uns herunterschlingen und verdrücken kann wie ein wildes Tier, ohne zu kauen und ohne ihr für die selbstlose Mühe zu danken. Schäm dich, Bernhard. Er wußte nicht, wohin mit dem Sandwich. Es war sperrig und beulte jede Tasche aus. In seiner Hose wölbte es sich neben dem Schritt. In seiner Jacke stak es über der Hüfte heraus. Es machte ihn entweder zu einem Sexbesessenen oder zu einem Krüppel. Wutentbrannt schleuderte Bernie es über eine Hecke und rannte die Straße hinunter, um den Bus zu kriegen. Er hatte jetzt schon Hunger und fühlte sich doch um Tonnen leichter.

Die Straßen von Soho rochen nach Benzin, Zigaretten und faulem Obst. Der nahe gelegene Markt hatte schon geschlossen, und verdorbene Äpfel und weggeworfene Salatköpfe wurden zu kleinen Haufen zusammengefegt. In gierigen Zügen atmete Bernie die Luft ein. Wenn er könnte, würde er alles in sich einsaugen, die ganze Szenerie, Häuser, Läden, Busse, Menschen und das faulige Obst. Die matschigen Äpfel, die über das Pflaster kullerten, erfüllten ihn mit wildem Übermut. Er zertrat einen und fühlte sich stark und unbesiegbar, Bernie der Hunne, Bernie Stolzfuß.

Das Windmill Theatre gab SEIFENBLASEN in der fünfzehnten Woche. Bernie fing an, die Photos der Mädchen im Aushang zu betrachten, obwohl er eigentlich erst den Hebräischkurs finden mußte. Die Ankündigungen auf den dunklen Türen waren vielversprechend, zweifellos ging es hier richtig zur Sache: TABUKLUB, NUR FÜR MITGLIEDER, CHIRURGISCHE INSTRUMENTE. Männer liefen scheinbar zielstrebig vorbei, blieben stehen, drückten sich einen Moment lang vor einem der Eingänge herum und schossen dann hinein, als hätte eine unsichtbare Hand sie am Kragen gepackt. Bernie mußte die Hausnummer 12 finden, und offenbar stand er direkt davor, aber da war nur eine Sandwich Bar, und einen anderen Eingang gab es nicht.

»Möchtest du was bestellen?« Ein griechisch aussehender Mann stand hinter dem Tresen.

»Nein«, sagte Bernie, »ich suche die Nummer 12.«

»Welche Straße?«

»Diese hier, das ist doch Great Windmill Street?«

»So isses.«

»Nummer 12?«

»Jepp.«

Bernie mochte den Griechen nicht nach den Hebräischkursen fragen und ging wieder hinaus, um noch einmal genau nachzusehen. Rechts neben der Bar war ein kleiner, schlecht beleuchteter Durchgang, der mehr als nur dezent nach Pisse roch, doch gab es dort offensichtlich keine Tür, die ins Haus führte. Das mußte ein Scherz sein, dachte Bernie, ein dummer Streich. Aber wer konnte Hebräischkursbesucher nach

Stripland locken wollen? Die Arabische Liga? Die Faschisten? Der Mossad? Rosa könnte über eine verschlüsselte Botschaft der Israelis gestolpert sein, einen Hinweis auf echte Gefahr und internationale Konflikte. Die Adresse und der ganze Rest waren geheime Buchstaben und Zahlencodes, die nur israelische Agenten und vielleicht noch ihre schlimmsten Feinde entziffern konnten, und genau die hatten ihn vielleicht geknackt und lagen jetzt auf der Lauer.

»Na, Kleiner, möchtest du ein bißchen Spaß haben?«

Eine glühende Zigarette und ein fahles Gesicht hoben sich im schummerigen Durchgang von der Hauswand ab.

»Mit mir hast du garantiert Spaß, Süßer.«

Bernie zwang sich, auf sie zuzugehen, obwohl er das Gefühl hatte, seine Füße gehorchten ihm nicht mehr. Sie blies Rauch in seine Richtung. Das war alles andere als ein Hebräischkurs. Sag was, Bernie, sag was. Die Stimme in seinem Kopf war höhnisch und penetrant. Na, komm schon, du Memme, mach den Mund auf. Harvey Speck würde keine Puddingbeine bekommen. Er würde einfach drauflosreden.

»Ich suche den Hebräischkurs.«

Ehe er sich auf die Zunge beißen konnte, waren die Worte schon draußen. Vollkommen dämliche Worte, aber ihm fiel nichts Besseres ein, und nichts zu sagen wäre völlig daneben gewesen.

»Im Stehen für 'nen Fünfer«, sagte sie und ließ sich nicht vom Thema abbringen.

»Ist das hier die Nummer 12?«

Bernie stand jetzt ganz dicht vor ihr, dicht genug, um den Rauch in die Nase zu kriegen.

»Verpiß dich.«

Sie hatte sich schon von ihm abgewandt und sah über seine Schulter hinweg auf die Straße hinaus. Bernie war entlassen.

Reumütig kehrte er zur Sandwich Bar zurück. Da stand er nun in einem Durchgang in Soho vor dieser Nutte, und ihm fiel nichts Besseres ein, als sie nach Hebräischkursen zu fragen. Sie mußte ihn für einen Mormonen oder einen Perversen halten. Unschlüssig blieb er vor der Bar stehen, dann kehrte er wieder um. Diesmal wußte er genau, was er sagen würde, aber sie war nicht mehr da.

Sie hatte vor einem Treppenabsatz gestanden, der zu einem schäbigen Eingang voller Klingeln und Namensschilder hinabführte. *Jackie zweite Etage. Trixie oberste Etage. Anglo-Israelischer Klub. Nur für Mitglieder.* Hier war es.

Er ging die Stufen zum Eingang hinunter, stieg dann die schmale, spärlich beleuchtete Treppe hinauf und spähte auf die Namensschilder. Es gab eine Agentur für Zeitungsausschnitte, eine Reparaturwerkstatt für Elektrorasierer, Türen mit Mädchennamen, eine Firma, die *Romantikleder* hieß, und schließlich eine ziemlich ramponierte Tür mit einem Schild, auf dem *Anglo-Israelischer Klub* stand. Bitte läuten. Die Klingel funktionierte nicht, also klopfte Bernie laut.

Im Türspalt erschien ein Mann mit Glatze.

»Was willst du?«

»Ich komme wegen des Hebräischkurses.«

»Was für ein Hebräischkurs?«

»Ich habe eine Anzeige im *Jewish Chronicle* gelesen.«

Die Tür öffnete sich ein wenig mehr.

»Der Kurs mußte heute ausfallen, weil Mr. Halevy krank ist. Komm nächste Woche wieder.«

Bernie war erleichtert. So konnte er sich noch ein wenig vorbereiten.

Rosa war verärgert über den verschobenen Unterricht. »Mr. Halevy ist also krank. Auch eine Ausrede. Die sollten sich besser um ihre Kunden kümmern. Wie viele Käufer würden bei mir wohl eine Bestellung aufgeben, wenn ich jeden Montag und Donnerstag krank wäre? Ich hätte keinen einzigen Kunden mehr. Aber was kümmert das schon die vom Anglo-Israelischen Klub? Die kriegen ihr Geld von den Zionisten und machen, was sie wollen. Hast du dein Sandwich ordentlich aufgegessen?«

»Vorzüglich«, sagte Bernie, »ich habe es in einem kleinen Park nicht weit vom Klub gegessen und ein bißchen davon an die Tauben verfüttert.«

»So viele hungrige Kinder, und er verfüttert es an verlauste Vögel«, sagte Mendl.

»Gott hat die Vögel geschaffen.«

»Du weiß nich, was du redest. Über alles machst du dich lustig. Jetzt geh essen.«

In der Schule wollte Bernie von Harvey Spack noch mehr Einzelheiten wissen. »Was nehmen denn die Nutten im Laden deines Vaters so?«

»Möchtest es wohl mal ausprobieren, was?«

»Nö, reine Neugierde.«

»Kommt drauf an, was du willst.«

»Kann man handeln?«

»Klar kann man handeln. Ist ja nicht Selfridge's. Aber man muß aufpassen.«

»Wovor?«

»Die können dich ausrauben, oder du kriegst den Tripper.«

Bernie war ganz schlecht vor Aufregung. Er wußte, daß der Tripper eine schreckliche Krankheit war, vor der man auf öffentlichen Toiletten gewarnt wurde. Die Nase und die Ohren fielen einem ab, und das manchmal erst über zwanzig Jahre, nachdem man es mit einer Prostituierten getrieben hatte.

»Auch wenn ich sie nur berühre?«

»Wenn du sie mit deinem Schniedel berührst, schon.«

Harvey Spack ging weg und ließ Bernie noch ratloser und unvorbereiteter zurück als vor seiner ersten Hebräischstunde.

Auf seinem Nachhauseweg rannte er schnurstracks in die Öffentliche Bibliothek, zog ein dickes Lexikon aus dem Regal, vergewisserte sich, daß keiner guckte, und schlug es unter dem Stichwort »Geschlechtskrankheiten« auf. In die dicht gesetzten Druckspalten waren verschwommene Schwarzweißphotos von Hautausschlägen, offenen Wunden und entstellten Gesichtern eingefügt. Sie glichen Photos von grausigen Verbrechen. Diese Menschen sahen aus, als wären sie von einem blindwütigen Kriminellen mit einem Fleischerhaken bearbeitet worden. Wer würde das nächste Opfer sein? Bernie, vortreten! Sehr geehrter Verleger, kann man die

Krankheit auch bekommen, wenn man nur neben einer infizierten Frau steht? Was ist, wenn man ihre Türklinke anfaßt? Das Lexikon gab keine Antworten auf Bernies Fragen. Es war alt und müde und behielt seine schrecklichsten Geheimnisse für sich.

Zu Hause bemerkte Mendl, daß Bernie sich ununterbrochen die Hände wusch.

»Warum wäschst du dich denn immer? Du machst noch den ganzen Wassertank leer.«

»Ich schwitze.«

»Dann tu dir nicht soviel Pfeffer in die Suppe.«

Als er im Bett lag und im Geiste immer wieder durchging, was er in der letzten Stunde alles gelernt hatte, wurde Bernie steif wie ein Brett. In Gedanken ging er lässig auf das Mädchen zu, sah ihr direkt in die Augen und sprach sie an:

»Was macht denn ein hübsches Mädchen wie du so spät noch auf der Straße?«

Sie lachte.

»Ich mache meine Hausaufgaben, Kleiner.«

»Französische Verben?«

»Woher weißt du das, du cleveres Bürschchen?«

»Was nimmst du denn für eine Übungsstunde?«

Er stand so dicht vor ihr, daß er ihr Parfüm riechen konnte, so dicht, daß ihm ganz schwindelig und schwarz vor Augen wurde und ihm auf einmal alles egal war, der Tripper, die Flecken in seinem Schlafanzug und Rosas merkwürdiges Schweigen darüber.

»Vergiß nicht, daß du heute Hebräischunterricht hast«, sagte Rosa, »und sollte sich Mr. Halevy diesmal auch zu träge fühlen, dann kann doch einer von den Israelis einspringen, die dort den ganzen Tag in den Cafés rumhängen. Das kannst du ihnen mit schönen Grüßen von mir ausrichten.«

»Diesmal bitte kein Sandwich«, sage Bernie, »es werden kleine Erfrischungen gereicht.«

Rosa war verblüfft.

»Der Unterricht gratis, und dann gibt es auch noch was zu essen?«

»Das sieht den Zionisten ähnlich«, sagte Mendl, »die kriegen Geld aus Amerika und geben es für Essen aus.«

Bernie hatte eine Fünfpfundnote in der Tasche, Geld, das er über viele Monate gespart und zusammengeklaut und hinter großen dominikanischen Briefmarken in seinem Album versteckt hatte. Zusammengefaltet und in eines von Mendls große, nach Talkum und muffigen Schränken riechende Taschentücher gewickelt, wartete es dort auf den Abend. Er hatte das Geld aus seinem Versteck geholt und dabei gedacht, warum nicht, wer weiß, vielleicht – ohne sich ausmalen zu wollen, was ihn oder was ihn nicht erwartete. Aber mit fünf Pfund, die sich gegen seinen Oberschenkel schmiegten, fühlte er sich überlegen und reich. Das Geld stellte ihn mit den Männern, die abends unterwegs waren und sich amüsierten, auf die gleiche Stufe. Der Bus war erfüllt von ihrem Geruch nach Aftershave und Pomade, und Bernie atmete tief den Rauch ihrer Zigaretten ein. Er erkannte sie an ihrem gestutzten Nackenhaar. Es waren die Väter und älteren

Brüder seiner Mitschüler, deren Hälse er täglich in der Morgenandacht sah, wenn sie den Kopf zum Vaterunser senkten. Die rosa Haut zwischen ihren Ohren spannte sich angestrengt, während sie mit zweihundert anderen im Chor zischten: »Vergib uns unsere Schuld, wie auch wir vergeben unseren Schuldigern«, und Bernie, dessen Kopf nicht gesenkt war, weil er nicht zu Jesus betete, mußte unwillkürlich an pfeifenden Dampf denken, als würde eine große Lok für eine lange Reise gefeuert, die er nicht antreten würde.

Die Photos der Mädchen am Windmill Theatre erregten ihn diesmal nicht sonderlich. Abgezehrte Frauen mit spitzen Gesichtern standen auf Kisten und Leitern und trugen Federn und Schmetterlingsflügel. Sie sahen verkrampft und verfroren aus. Ein besonders großes Mädchen hatte außer einem Zylinder und ein paar winzigen Fetzen nichts am Leib. Sie saß auf einem Motorrad. Bernie mußte sich eingestehen, daß ihn das Motorrad mehr interessierte als ihre Beine. Es sah ziemlich echt aus, so, als würde es im nächsten Moment mit ihr im Sattel laut dröhnend von der Bühne fegen und durch die Zuschauerreihen im Parkett und die Glastür hindurch auf die Straße rasen. Er tastete nach der Fünfpfundnote an seinem Schenkel. Er verschwendete seine Zeit. Statt zum Hebräischkurs zu gehen, sah er sich irgendwelche Bilder an. Rosas Stimme, die sich auf deutsch über Faulpelze lustig machte, klang ihm in den Ohren:

Morgen, morgen, nur nicht heute,
Sagen alle faulen Leute.

Mach deine Hausaufgaben, Bernhard. Und ob er das tun würde, französische Verben, Hebräischunterricht, alles. Heute abend würde er ein guter Junge sein.

Vor dem Anglo-Israelischen Klub stand diesmal eine andere. Eine kleine, dralle Frau in Pelzjacke und einer schräg sitzenden Baskenmütze ging vor der Tür auf und ab. Blitzschnell musterte sie ihn von oben bis unten.

»*Tu veux, chéri?* Willst du?«

Bernie war gut in Französisch. Er beherrschte den Konjunktiv besser als jeder andere in seiner Klasse, Imperfekt, Konditional, egal was, er konnte näseln, daß es eine wahre Freude war. Doch das hier war seine erste Unterhaltung auf freier Wildbahn. Er sah sich die Frau näher an. Sie hatte ein rundes Gesicht und dicke Lippen, die sich beim Sprechen weich verzerrten.

»*Viens, mon petit, c'est pas cher.* Nicht viel *monnaie.*«

»*Combien*«, fragte Bernie und verspürte bei dem lässigen Klang des Wortes einen Anflug von Stolz. Er hoffte, daß ihm kein Konjunktiv in die Quere käme, denn dafür brauchte man einen kühlen Kopf, und sein Herz raste.

»*Tu veux faire l'amour? On peut monter.*«

Sie machte eine Kopfbewegung in Richtung Treppenhaus und Hebräischkurs. Bernie sah Rosa vor sich, die ihm in ihrem grünen Kleid den Weg versperrte und vorwurfsvoll auf Lichtbilder von Tripperopfern zeigte, die an die dunkle Hauswand geworfen waren. Er verdrängte die Vorstellung und konzentrierte sich auf sein Französisch. Die Frau hatte etwas Mütterliches und schien nicht in Eile zu sein. Sie berührte seinen Ellenbogen und musterte ihn prüfend.

»*Tu es vierge?* Erstes Mal?«

»*Oui*«, sagte Bernie, »*je ne suis pas marié.*« Das war zwar ein korrekter, aber vollkommen idiotischer Satz.

Sie lachte breit.

»Hast du *monnaie*?«

Bernie drückte Mendls Taschentuch fest gegen seinen Schenkel.

»Nicht viel.« Sein Französisch hatte ihn verlassen. Subjekte, Verben, Präpositionen und alles andere aus dem Lehrbuch hatten die Flucht ergriffen und Bernie seinem Schicksal überlassen. Sie kam näher, und er konnte ihren säuerlichen Schweißgeruch riechen.

»Im Stehen nur fünf, *bien*?«

Sie las ihm die Antwort von den Augen ab und zog ihn durch die Tür ein paar Stufen hinunter in ein mit Kisten und Kartons vollgestopftes Souterrain. Es war darin fast vollkommen finster, doch es duftete angenehm nach Äpfeln und Orangen, die die Marktleute dort lagerten. Bernies Hände waren schweißnaß. Sie drehte sich zu ihm um, lehnte sich behäbig an eine der Kisten und schob ihm eine Hand zwischen die Schenkel. Bernie hatte das Gefühl, als hätte ihm jemand mit einem Vorschlaghammer auf den Kopf gehauen.

»*Mon cadeau?*« sagte sie.

Ob einfach oder kompliziert, Bernie fiel kein einziges französisches Wort mehr ein, doch er wußte, was sie wollte, denn die Hand hatte aufgehört, ihn zu streicheln und streckte sich ihm abwartend entgegen. Du mußt mit ihr feilschen, dachte Bernie, du mußt mit ihr feilschen und sie auf zwei oder drei runterhandeln. Doch die streichelnde Hand sabotierte die Synapsen in seinem Hirn, und wer hätte ihm hier unten schon Geld wechseln können? Durch den Stoff seiner Hose berührten ihre Finger seine Hand. Mendls um den Fünfer gewickeltes Taschentuch bildete die letzte Mauer des Heiligen Tempels gegen den sanften Einfall des Feindes. »Du wirst krank werden und in einem Irrenhaus sterben.« Rosa hatte sich mit den Verteidigern verbündet und flüsterte ihm ins Ohr. »Wer wird dir etwas zu essen geben, wenn dir die Nase abfällt? Geh Hebräisch lernen.« Doch Bernie konnte nirgendwo hingehen und niemandem zuhören. Er war ein Stift, der gerade bis zum äußersten gespitzt wurde. Schon vollkommen erschöpft, lehnte er gegen sie, das Gesicht in ihrem Haar, und ließ sich behutsam die Hand mit dem Taschentuch und dem Geld aus der Hosentasche ziehen. Ohne ein Wort zu sagen, rieb sie ihren Bauch gegen seinen und zog den Fünfer heraus. Bernie spürte, wie sich ihr Knie zwischen seine Beine schob und ihre Hand den Hosenschlitz öffnete und nach seinem Ständer griff. Er versuchte, irgend etwas oberhalb ihrer Hüften zwischen die Finger zu bekommen, egal was, doch er war ihr Gefangener, und mit einem beschwichtigenden Raunen bedeckte sie seinen Schwengel mit Mendls weicher, weißer Flagge und begann ihn mit langen, energischen Bewegungen zu melken. Aufhören, dachte Bernie. Aufhören, nicht mit Mendls Taschentuch. Alles andere, bloß das nicht. Doch das energische Streicheln kappte ihm die Stimmbänder, und ein empörtes, lustvolles Röcheln war alles, was er herausbrachte. Mendls Taschentuch wurde vergewaltigt, und er konnte nichts dagegen tun. Es würde auf ewig besudelt sein und gegen ihn zeugen. Rosa kannte jedes einzelne Wäschestück. Sobald etwas fehlte, würde sie eingehende Nachforschungen anstellen, bis er schließlich gezwungen war zu gestehen. Bernie schwitzte. BITTE AUFHÖREN. Als er ihre Hand packen wollte, gab sie ihm mit einem raschen Auf und Ab den Rest und stieß ihn zurück. Das Taschentuch lag wie ein zerbrochenes Ei zwischen ihnen auf dem Boden.

»C'est ça«, sagte sie im Gehen und stieg die quietschenden Stufen hinauf. Völlig benommen knöpfte Bernie sich die Hosen zu und beugte sich zu dem Stück Stoff hinab. Es war ekelerregend, wie ein Kadaver mit herausquellenden Eingeweiden, der auf die Geier wartete, und er wußte einfach nicht, wohin damit. Er hatte nicht einmal eine Zeitung bei sich, geschweige denn einen wasserdichten Leichensack. Ihm war heiß und speiübel, doch er riß sich zusammen und ließ den Blick suchend über den Fußboden gleiten. Er war übersät mit Jaffaorangen-Einwickelpapier, zarte Kreise aus rosaweißem Seidenpapier, so vertraut wie alte Bekannte. Rosa kaufte diese Orangen unermüdlich den ganzen Winter lang, um Israel zu unterstützen und den Antisemiten eins auszuwischen. Bernie bückte sich nach den Papieren, als würde er Pilze sammeln, hob ein paar auf, knüllte das klebrige Taschentuch hinein, steckte es in seine Tasche und hoffte das Beste. Doch schon auf dem Weg zum Hebräisch-

kurs drückte der nasse Klumpen schwer gegen seinen Oberschenkel und verhieß nichts Gutes.

Im Anglo-Israelischen Klub saßen in einem großen Raum mit riesigen schmucklosen Fenstern vier Leute um einen wackeligen Tisch herum. Das trübe Licht der nackten Glühbirnen ließ sie wie Schaufensterpuppen aussehen, die man im Lager eines leeren Kaufhauses vergessen hatte. Die Wände waren übersät mit bunten Postern, auf denen weiße Häuser und blaues Meer abgebildet waren. Tel Aviv, Haifa und Ashkelon luden zum Besuch eines Alten Landes mit Jungem Herzen ein, und Bernie wünschte sich, er könnte jetzt dort nackt im weißen Sand in der trockenen Hitze liegen und sich von den heißen, gierigen Sonnenstrahlen den klebrigen Schweiß vom Körper lecken lassen.

»Schalom«, sagte der einzige Mann in der Gruppe. »Herzlich willkommen in unserem kleinen Kreis. Ich bin euer Lehrer, Mr. Halevy.«

»Ich muß mir mal die Hände waschen«, sagte Bernie und sah sich suchend um.

»Da drüben, aber das Licht geht nicht.«

Auf dem Klo suchte Bernie erfolglos seine Hose nach verräterischen Flecken ab, doch das Licht von draußen war zu schwach, und er mußte sich auf seinen Tastsinn verlassen, was jedoch zu keinem Ergebnis führte. Da es weder ein Handtuch noch Seife gab, spülte er sich sorgfältig die Hände ab und rieb sie an seinen Wollsocken trocken. Irgend etwas an diesem improvisierten Handtuch ließ ihn wieder zuversichtlich werden und die Sorge über Mendls blödes

Taschentuch und dessen klebriges Geheimnis vergessen. Er fühlte sich wie ein Läufer, der gerade die erste Hürde genommen hatte und nun unbeirrt und immer schneller dem Ziel entgegenlief. Er würde mit den Besten mithalten und die Schlappschwänze abhängen.

Als er wieder zurückkam, war Mr. Halevy gerade dabei, den Damen zu erzählen, wie beschwerlich der Weg von seiner Arbeit im Dulwicher Krankenhaus bis hierher zum Klub war.

»Sieht so aus, als hätten wir einen neuen Mitschüler«, sagte er, als Bernie Platz nahm. »Vielleicht stellst du dich einfach vor, wir duzen uns hier.«

Bernie sah zu den Frauen hinüber, und drei erwartungsvolle Gesichter lächelten ihn an. Womöglich war er der bisher einzige männliche Schüler in der Gruppe. Er riß sich zusammen und genoß die Aufmerksamkeit.

»Ich bin Harvey.«

»Vera«, »Sheila«, »Linda«.

Sie waren nicht mehr ganz jung, aber uralt nun auch wieder nicht, und Bernie sonnte sich in ihren interessierten, neugierigen Blicken. Warum besuchte ein junger Mann wie Harvey, zweifellos ein großartiger Kricketspieler und erfolgreich bei den Frauen, einen Hebräischkurs? Seine Mutter konnte ihn nicht dazu verdonnert haben. Sie war Modell für eine Modefirma, und die ganze hebräische Sprache, ob nun alt oder neu, kratzte sie weniger als eine Stecknadel. Das Ganze war rätselhaft. Harvey hatte ein Geheimnis.

»Ich bin Motti«, sagte Mr. Halevy. »Und, Harvey, wie steht's mit deinem Hebräisch?«

Das mörderisch regelmäßige Verb KTL dröhnte Bernie in den Ohren, doch er brachte es zum Schweigen. Harvey konnte unmöglich wissen, wie man KTL konjugierte.

»Nicht besonders gut, aber ich möchte es lernen, um in die israelische Armee eintreten zu können.«

Vollends gebannt, starrten die drei Ladies zu ihm herüber. Einen Moment lang hielten sie den Atem an, um sich ihrer Bewunderung für Harvey, den Helden, hinzugeben.

Lachend brach Mr. Halevy den Zauber.

»Da hast du noch ein bißchen Zeit, Harvey, zuerst mußt du die Schule beenden und Hebräisch lernen.«

»Es gibt wichtigere Dinge als Schule«, sagte Bernie grimmig und warf den Damen einen verwegenen, heldenmütigen Blick zu.

Doch Mr. Halevy ließ sich nicht beirren und zwang die Gruppe, sich Rina und Dan, dem Helden und der Heldin ihres Neuhebräischbuches, zuzuwenden. Bernie mußte in Lindas Buch mit hineinsehen, und einen Moment lang wurde ihm vom schwachen Duft ihres Parfüms und ihrer warmen Schulter dicht neben seiner ganz schwummerig. Doch Rina und Dan holten ihn wieder auf den Teppich zurück. Die beiden waren Pioniere in einem Kibbuz und verbrachten ihre Zeit mit Feldarbeit. Sie würden heiraten und in der Wüste einen neuen Kibbuz aufbauen. Beim Anblick der winzigen verschwommenen Photographien von Männern und Frauen mit langen und kurzen Gerätschaften in den Händen wurde Bernie bald klar, daß Harvey von diesen Typen in kürzester Zeit die Nase voll haben würde. Ihr

Leben erschien öde und hitzegeplagt, und sie mußten überallhin zu Fuß gehen.

»Heute begleiten wir Rina und Dan zur Ernte in den Orangenhain.« Diese Aussicht schien Mr. Halevy in freudige Aufregung zu versetzen, doch Bernie war darüber alles andere als begeistert. Wenn Orangen ins Spiel kämen, würde ihm Mendls schmutziges Taschentuch in seiner Hosentasche auf jeden Fall das Genick brechen. Wie sollte er es fertigbringen, selbst den primitivsten hebräischen Satz über Rina und Dan, die Jaffas pflückten, herauszubringen, wenn seine Hand auf dem in Orangenpapier eingewickelten Beweisstück Nummer eins ruhte? Er würde sich auf jeden Fall verraten.

»Harvey, mein Freund, wie sagt man in hebräisch: ›Guten Morgen, Rina, möchtest du eine Orange mit mir essen?‹«

Bernie wurde rot und biß sich fast auf die Zunge. Sein Mund war trocken, und seine Hand krampfte sich um die Orangenpapiere. Sie waren vollkommen durchnäßt.

»Oder versuch es mal mit: ›Ja, Dan, diese Orange ist sehr saftig.‹« Mr. Halevy sah ihn an, als wüßte er über Mendl und das schreckliche Schicksal seines Taschentuchs genauestens Bescheid. Bernie wünschte sich sehnlichst, wieder in Mr. Nirenblatts Kellerzimmer zu sitzen und unschuldige Spiele ums Schlachten in der Gegenwart, Vergangenheit und Zukunft zu spielen.

Linda rettete ihn.

»Orange ist TAPOOZ, oder?«

Während die Damen sich mit Mr. Halevy darüber unterhielten, auf wieviel verschiedene Arten man »saftig« sagen konnte, lugte Bernie verstohlen zu seiner Hosentasche hinunter. Es war mehr als peinlich: Auf seinem Oberschenkel hatte sich ein großer feuchter Fleck gebildet. Er war dunkel und schien auf dem grauen Flannel zu pulsieren wie ein Heer tödlicher Bakterien. Rosa würde ihn entdecken, noch ehe er überhaupt zu Hause angekommen war. Alle Alarmglocken würden losgehen, und ihre Suchscheinwerfer würden den Fleck ins Visier genommen haben, bevor er einen Fuß über die Schwelle gesetzt hatte. ERGIB DICH, BERNHARD. DU BIST UMZINGELT. HER MIT DEM TASCHENTUCH.

Linda stupste ihn mit der Schulter.

»Harvey, Harvey, du bist dran.«

Ihr Finger zeigte auf einen hebräischen Satz, und ein Wirrwarr unlesbarer Buchstaben und Wörter sprang ihm entgegen. Noch nie hatte er völlig kopflos und mit einer durchnäßten Hosentasche Hebräisch vorlesen müssen. Eigentlich war dies doch eine durch ewige Wiederholungen abgedroschene Sprache der Langeweile und des Gebets. Doch plötzlich war alles neu und anders, und es war nicht Mendls behaarter Finger, der dort auf die Seite tippte, sondern Lindas rotlackierter Nagel.

»Was würdest du Rina sagen, Harvey, wenn sie dich bitten würde, ihr eine Orange zu schälen?«

Mr. Halevy starrte ihn erbarmungslos an. Es war ein feindseliger, argwöhnischer Blick, der ihn eindringlich davor warnte, Rina nicht ernst zu nehmen oder ihr diese Bitte abzuschlagen.

»EKTOLEIHOO – ich werde ihn schlachten«, sagte Bernie mit fester Stimme. Da war es, Nirenblatts dämliches hebräisches Verb, auf wundersame Weise und genau für diese Gelegenheit in seinem Hirn gespeichert. Wie ein wilder Kriegsruf prallte es von der schäbigen Tischplatte ab, hüpfte auf die Schenkel der Damen und von dort direkt in Mr. Halevys verblüfftes Gesicht.

»Harvey, was ist los mit dir. Weißt du überhaupt, was das heißt?«

»Es ist ein vollkommen regelmäßiges hebräisches Verb.«

»Aber es ist völlig veraltet, und was hat es mit Orangen zu tun?«

»Ich dachte, man könnte es immer verwenden, wenn man was mit dem Messer schneidet.«

Mr. Halevy gab es auf und ließ ihn für den Rest der Stunde in Ruhe.

Gedämpft drangen hebräische Satzfetzen unterschiedlicher Stimmlagen an sein Ohr, während er versuchte, durch Übereinanderschlagen und festes Zusammenpressen der Oberschenkel den schrecklichen Fleck auszubügeln. Sein Gesicht mußte vor Anstrengung glühen, denn er bemerkte, wie die anderen ihn ansahen und vielsagende Blicke tauschten. Das ist Harveys Ende, dachte er. Kein Anwärter der israelischen Armee würde verbissen die Beine unterm Tisch übereinanderschlagen und dabei rot anlaufen. Harvey war erledigt.

Mit der Entschuldigung, er müsse den Bus kriegen, verließ er den Unterricht früher und wand sich in einer einzigen Bewegung aus dem Stuhl und zur Tür hinaus. Er stolperte die Treppe hinunter und überlegte, ob er das Taschentuch den Treppenschacht hinab in den Keller werfen sollte, wo all seine Probleme angefangen hatten, doch inzwischen war es ein Teil von ihm geworden, ein neuer Körperteil, der in seiner Tasche wuchs und den er nicht einfach herausreißen und wegwerfen konnte. Während er zum Bus rannte, ertappte er sich dabei, wie er Nirenblatts mörderisches hebräisches Verb vor sich hin konjugierte: EKTOL TIKTOL YIKTOL. Das klang wie Namen von Desinfektionsmitteln oder Ameisengift, doch es feuerte ihn an und verlieh seinem Lauf einen Rhythmus, während er zwischen den Passanten hindurch die laute Straße entlangrannte.

Als er zur Tür hineinkam, saßen sie bereits im kleinen Hinterzimmer am grünen Tisch, die Stapel Notizbücher zur Seite geschoben, und warteten auf ihn. Sie hatten ihre Listen gemacht, und Mendl war von den vielen Ziffern und Zahlenkolonnen ganz erschöpft.

Rosa traf direkt ins Schwarze: »Was hast du dir denn über die Hose gekleckert?«

Mein Stichwort, das ist mein Stichwort, dachte Bernie.

»Tee, es gab Tee beim Hebräischkurs, und ich hab was danebengegossen.«

»Kein Mensch kann gleichzeitig Tee trinken und Hebräisch lernen, und Menschen mit zwei linken Händen schon gar nicht«, sagte Mendl.

»Mit oder ohne Milch?« fragte Rosa und beäugte den häßlichen Fleck durch ihre dicken Brillengläser.

»Milch und Zucker«, kombinierte Bernie mit wissenschaftlichem Scharfsinn.

»Zieh dir deinen Schlafanzug an. Ich sehe zu, wie ich das rausbekomme. Und was habt ihr sonst noch gemacht, außer Tee verschütten? Ist Mr. Halevy gekommen?«

»Ja, und wir haben über einen Mann und eine Frau und Orangen gesprochen.«

Mendl machte ein skeptisches Gesicht.

»Über so einen Unsinn redet ihr im Hebräischunterricht? Gibt es nichts Wichtigeres, worüber ihr euch unterhalten könnt?«

»Orangen sind sehr wichtig«, sagte Rosa, »die wären da unten schon verhungert, wenn sie nicht ihre Orangen in die ganze Welt verkaufen würden. Und wer war sonst noch da?«

»Drei Frauen.«

»Jüdinnen?«

»Wer sollte denn sonst zu einem Hebräischkurs gehen, Japaner?«

»Und nächste Woche gehst du wieder hin, nicht wahr?«

»Mal sehen.«

Bernie ging nach oben, um sich den Schlafanzug anzuziehen. Er war müde und niedergeschlagen. Das Ding in seiner Tasche sah aus wie ein toter Fisch, auch der Gestank war fischig. Er verschanzte sich im Bad, spülte die Orangenpapiere das Klo hinunter und fing an, den Fischkadaver unter kaltem Wasser zu waschen. Allmählich wurden seine Hände rot, doch der Fisch wollte sich einfach nicht in ein Taschentuch zurückverwandeln. Er nahm Rosas Badeseife, schrubbte es längs und quer, doch egal, wie fest er rieb, es wollte nicht richtig schäumen. Es war schwer zu sagen, ob der Fleck verschwunden war oder sich nur unter der Nässe verbarg, um nach dem Trocknen wieder gelb und gehässig durchzuschlagen. Er hätte zu gern gebadet, doch es gab kein warmes Wasser, und den Spießrutenlauf in die Küche hinunter, um welches zu holen, zog er gar nicht erst in Erwägung. Er saß in der Falle.

Mendl klopfte an die Badezimmertür.

»Haste von dem Tee Magenschmerzen bekommen?«

»Nein.«

»Kommste runter zum Essen?«

»Ja.«

Mit all seiner schwindenden Kraft wrang Bernie Mendls Taschentuch aus. Er mußte ein Rosa-sicheres Versteck finden, bis es trocken war, vielleicht auf einer der Heizungen in der Schule. Dann mußte er es ordentlich zusammenfalten, bügeln und zurück in den Schrank legen. Doch das war nur ein Teil des Problems. Jetzt galt es, auf mögliche Symptome zu achten. Womöglich fing es mit einem kleinen Pickel auf der Nase völlig harmlos an, und zwanzig Jahre später konnte plötzlich die ganze Nase abfallen. Er betrachtete sich im Spiegel und sah ein bleiches Gesicht und blutunterlaufene Augen, die Augen eines Sterbenden. Moment, sagte er sich, jetzt mach dich nicht verrückt! Er hatte in Mendls Taschentuch gesteckt, ein sehr sauberes und festes Stück Stoff, dick genug, um die tödlichsten Erreger aufzuhalten. Er war die ganze Zeit über darin eingewickelt gewesen, und keine menschliche Hand hat ihn berührt. Es war so gut wie sicher, daß der kalte, nasse Klumpen in seiner Hand ihn vor dem Tripper bewahrt hatte.

»Komm jetzt essen, Bernhard.«

Sie würden Verdacht schöpfen, wenn er noch länger im Bad blieb. Behutsam faltete Bernie das Taschentuch so flach wie möglich zusammen, steckte es in seinen Pantoffel und ging nach unten. Während er seine Suppe löffelte, streichelte seine rechte Fußsohle vorsichtig das nasse Stück Stoff. Schweigend sahen Rosa und Mendl ihm beim Essen zu, als ob er mit jedem Löffel belastendes Beweismaterial zutage förderte. Bernie schluckte rhythmisch und sagte im Geiste die regelmäßigen Formen von KTL auf, dem vollkommensten und ältesten hebräischen Verb, das soviel wie schlachten bedeutete.

Thomas Lehr
Libertad

Wo soll ich anfangen? Es gibt eine Geschichte zu diesen Bildern, und du solltest sie kennen, bevor du die Zeichnungen siehst. Jedenfalls hat mir dein Großvater die Zeichnungen geschickt, warte, das muß noch in den fünfziger Jahren gewesen sein. Vernichten mochte er sie nicht, aber sie sollten aus dem Haus. Und weil ich wohl am meisten über ihre Entstehung und Bedeutung wußte, kam er auf die Idee, sie bei mir zu deponieren.

Ob die Bilder so schrecklich waren? Schrecklich – gewiß. Es sind in der Hauptsache Kriegsdarstellungen oder Visionen auf dem Untergrund der damaligen Ereignisse.

Aber richtig, die Geschichte also …

Im August 1936 bin ich deinem Großvater zum ersten Mal begegnet. Ich hielt mich bereits über ein Jahr in Barcelona auf, war zuvor in Holland gewesen, von wo aus wir Flugblätter und Broschüren ins Reich geschmuggelt hatten. Die DAS, die Gruppe Deutscher Anarchosyndikalisten, so nannten wir uns dort, hatte unverzüglich Kontakte zur CNT gesucht. Ich wurde in den Süden verschickt, weil ich Spanisch konnte. Übrigens gestaltete sich das Aufeinandertreffen unserer kleinen Salongruppe mit der CNT, einer millionenstarken anarchistischen Gewerkschaft, ziemlich reizvoll – ich weiß: dein Großvater und die Bilder. Und du kennst dich ja aus, in den Büchern über diesen Krieg.

Trotzdem – du mußt dir den Aufprall auf dieses harte und glühende Land vorstellen. Seine Buntheit, die Armut, seine furchtbaren sozialen Kontraste, die alten, blutigen Erinnerungen. Und der Hunger: *hambre* sagen sie, wütender, demütigender, jahrhundertelang bohrender Hunger. Und das alles, ausgelöst durch den Putsch der Generäle, wurde nun frei in einer unvorstellbaren Explosion, in Katalonien, in Barcelona, im Sommer 36.

Dein Großvater kannte niemanden in der Stadt.

Nun, unsere Gruppe gab Empfehlungsschreiben für den Eintritt in die Milizen aus, und so kamen wir dann zusammen, verstanden uns auf den ersten Blick und diskutierten und schwätzten eine ganze Nacht durch. Er war Mitte Vierzig damals, fast zwanzig Jahre älter als ich, mager, zäh – und unruhig, außerordentlich nervös. Das verstand ich zuerst nicht. Der Mann wußte, wo's langging, politisch, meine ich. Und er hatte doch schon den Weltkrieg mitgemacht. Aber es war der Künstler in ihm, er riß die Augen auf und fraß alles in sich hinein.

Barcelona während der ersten Revolutionswochen! Man brauchte keine Künstlerseele, um von der Stimmung überwältigt zu werden.

Ich führte deinen Großvater durch die Stadt. Man hatte die Toten verscharrt, und die Francotruppen rückten vom Westen her vor. Alles war in Bewegung. In blauen Arbeitsanzügen, mit Baskenmützen oder schwarz-roten Kappen und Halstüchern drängten sie sich. Leute in Anzügen, Krawatten und mit alten Stahlhelmen auf dem Kopf gingen über die Ramblas; jeder dritte war mit Pistolen und Patronengurten behängt. Spanische Frauen kamen plötzlich in Hosen daher, eine Mauser über der Schulter; die Kinder klammerten sich an die Lastwagen voll lärmender Milizsoldaten und flatternder Fahnen, die unablässig durch die Straßen brausten, und aus zahllosen Lautsprechern lärmten Nachrichten von der Front und anarchistische Kampflieder über die Menge. Es gab keine Dons mehr, keine Señores. Du konntest jeden ansprechen, und alle versuchten, dir weiterzuhelfen.

»Das in Deutschland. 1919, das in Deutschland«, murmelte dein Großvater fassungslos. Er konnte sich an nichts satt sehen und ließ sich von mir die Parolen und Plakattexte übersetzen. Das Lieblingswort hieß *incautadas*, beschlagnahmt. Es war eine Revolution der Bilder und Malereien, die neben zerschossenen Häuserfronten und hinter ausgebrannten Autowracks in die Zukunft leuchteten. Am besten malten die Eisenbahner. Dein Großvater meinte, es läge daran, daß sie so viele Landschaften kannten. Ich mußte ihn förmlich anbetteln, damit er uns eine Pause gönnte.

Wir setzten uns in ein Café. Draußen sah man die Columbussäule. Eine Leine, an der Dutzende schwarz-roter und roter Fahnen befestigt waren, spannte sich längs des hohen Steinschafts und bog sich in den wolkenlosen Himmel. Miliztrupps, die zur Front ausrückten, wurden von allen

Seiten bejubelt. Mühsam quetschten sich die in den Revolutionsfarben bemalten Straßenbahnen und Taxis durch das Getümmel auf der Plaza Puerta de la Paz.

»Das in Deutschland«, sagte dein Großvater noch immer. Vor ihm stand ein Teller mit geröstetem Brot und Tomaten. Während der ersten Wochen erhielt man kostenlos Speisen und Getränke.

»Sie haben schon die meisten Betriebe und Werkstätten kollektiviert.«

»Ich kann nicht sitzen bleiben, Anselm. Es ist, als würde alles zusammenbrechen, wenn ich nur etwas zu langsam atme oder mich an irgend etwas von früher erinnere.«

»Du bist sicher, daß du dich nicht überschätzt?«

Er lachte, gab aber keine Ruhe, bis wir wieder auf der Straße standen. Und ich wußte ja, was er meinte: ein ganz leises, hoffnungsloses, erwürgendes Gefühl, das diese Begeisterung und dieses Selbstvertrauen durchzog, ein gewisser zynischer Instinkt, eine leise Stimme, daß das alles zu früh kam – tausend Jahre zu früh, um auf die Straße zu gehen und ein Mensch zu sein, verstehst du?

Ich schlug deinem Großvater vor, in die POUM-Milizen einzutreten. Dort würde mehr Disziplin herrschen als in den anarchistischen Trupps. Ja, mein Gott, er kam mir trotz seiner Begeisterung doch zu deutsch vor für die Spanier.

Merkwürdig war sein Interesse für Kirchenschändungen. Ich glaube, sie boten den Inbegriff dessen, was er noch verstehen mußte an diesem Land. Nun konnte man auf den Hauptstraßen schwerlich wie ein Baedeker-Tourist eines der verwüsteten oder umfunktionierten Gebäude besichtigen. In einer ruhigen Seitengasse der Via Layetana wagten wir es schließlich, das halb zersplitterte Eingangsportal einer Klosterkirche aufzudrücken und uns ins Innere zu zwängen.

Die Augen versagten zunächst im Halbdunkel des Kirchenschiffes. Es kam mir vor, als hätte man den lichtberstenden revolutionären Mittag direkt hinter uns abgerissen wie ein Stück Papier. Es war still bis auf ein Rascheln, das von einer schwachen Luftströmung verursacht wurde. Ein süßer kalter Geruch stieg in unsere Nasen. Wir stolperten über Messingleuchter und zerschlagenes Chorgestühl.

»Die Gräber sind aufgebrochen«, sagte dein Großvater.

Über die weiße Marmorpyramide und das Gold des Altars waren blanke Schädel und welche, die nicht gründlich abgenagt wirkten, waren halbverweste Leichenteile und die Holztrümmer der Särge ausgestreut. Eine enthauptete Mönchsstatue steckte im Rahmen eines der schmalen gotischen Fenster. Überall lagen Kerzen herum. Man konnte sie in dem schummrigen Licht kaum von den Knochen unterscheiden. Ich zertrat versehentlich den Arm einer geschnitzten, mannsgroßen Jesusfigur, deren Hände und Füße noch an den Enden des abgerissenen Altarkreuzes klebten.

Schweigend durchquerte dein Großvater die Gewölbe.

»Könnten wir jetzt wieder nach draußen gehen und etwas Revolution machen?« fragte ich entnervt. »Ich hab genug. Hör zu, das ist ein alter furchtbarer Haß, den eine alte furchtbare Herrschaft in den Leuten angerichtet hat. Ich wollte, es hätte nie eine dieser gottverdammten Kirchen auf der Erde gestanden.«

Er nickte und hörte auf, mit dem Stiefel die Scherben eines zerborstenen Weihwasserbeckens zusammenzufügen.

»Das war gut, was du da gesagt hast«, erklärte er, als wir die Kirchentür von außen wieder gegen den Rahmen stemmten.

Wir hoben die Gesichter in die Sonne und atmeten tief durch.

»Möchtest du, daß wir irgendwo Zeichenmaterial auftreiben?« fragte ich versöhnt.

»Später, ja.«

Wir zündeten uns Zigaretten an und bummelten durch die engen Gassen der Umgebung. Über unseren Köpfen sah man einen blaß glühenden Himmelsstreifen, dann die oberen Stockwerke der Häuser, in ockerfarbenes Licht getaucht, die Balkons, geschmückt mit schwarz-roten Fahnen und herabhängenden Grünpflanzen.

»Hast du den Engel gesehen?« wollte dein Großvater plötzlich wissen.

»Wie?«

»Einen Putto, einen ungefähr säuglingsgroßen nackten Engel. Er hing rechts neben dem Altar an einer Säule.«

»Hat man ihm die Flügel gestutzt? Weißt du, es ist mir scheißegal, was sie mit ihren Heiligenknochen anstellen. Von mir aus können sie Suppe damit brühen.«

Er lächelte, verschränkte aber wie fröstelnd die Arme vor der Brust.

»Schau, sie reagieren schnell.« Ich deutete auf die gegenüberliegende Straßenseite. Dort war eine der ersten Verpflegungskooperativen eingerichtet worden. Es war Siesta, und wir konnten nur durch die Ritzen der hölzernen Jalousie spähen. Säuberlich geschichtet türmten sich Konservenbüchsen auf den Regalen, und Flaschen mit Öl, Wein und Limonade standen in langen schnurgeraden Batterien.

»Dieser Engel«, begann dein Großvater aufs neue.

Ich fuhr zurück.

»Er war unbeschädigt. Er sah aus, als würde ihm die Zerstörung Spaß machen. Als wäre er zufrieden, auf eine hämische Weise zufrieden. Dieser Laden hier ist großartig«, fuhr er fort, sich aufrichtend und mir ins Gesicht sehend. »Dieses Land ist großartig, ihr Organisationstalent, ihr Pathos ...«

»Und? Weiter?«

»Alles ist großartig. Großartig – Anselm, nachdem ich diese Kirche gesehen habe, weiß ich nur eines: Wir müssen siegen, verstehst du? Radikal und vollständig siegen. Hier darf überhaupt nichts beim alten bleiben. Jedes Stück Boden, das wir verlieren, wird zur Hölle.«

»Wie in München 1919?«

Er schüttelte den Kopf. »Schlimmer, viel schlimmer, denke ich.«

Nun, er sollte recht behalten.

Das, Anton, ist schon der erste Teil der Geschichte. Übrigens hat er an diesem Tag noch nicht mit den Bildern begonnen. Was heißt Bilder, in Spanien waren es immer nur

Skizzen in einem Notizbuch. Die größeren Ausführungen, und die habe ich aufbewahrt, wurden erst nach 45 gemacht.

Soll ich weitererzählen? – Natürlich ist dieser Engel auf den Bildern. Sonst hätte ich damit ja nicht angefangen ... Dieser Putto, ja, und andere Engel. Es sind eine Handvoll Tuschezeichnungen mehr realistischer Art und vier oder fünf Ölgemälde. Erinnerst du dich jetzt? Der Engel? Nein? – Auch die Tuschezeichnungen sind grün eingefärbt. An das Grün erinnerst du dich also. Ein leuchtendes, verrücktes, schillerndes Grün, wie aus einem Himmel von El Greco, sagte dein Großvater, aber daher hat er es nicht.

Ein dreiviertel Jahr nach unserer Kirchenvisite, im Mai 1937, begegneten wir uns zum zweiten Mal.

Du weißt, wie die militärische Lage aussah. Das Land war flächenmäßig in etwa gleich große Teile aufgespalten. Die Faschisten, unterstützt von Mussolini und Hitler, hielten den Südzipfel, weiter hoch einen sehr breiten Streifen entlang der portugiesischen Grenze, dann einen kräftigen Querbalken, der von Galicien bis tief nach Osten vorgriff – ein Gebiet, das insgesamt einer gewaltigen Axt ähnelte. Der Stiel lag in Marokko, die Schneide wies auf Katalonien. Dort, an der Aragon-Front, war dein Großvater zum Einsatz gekommen. Er gehörte seit der vierten Kriegswoche den POUM-Milizen an, hatte also meinen Rat befolgt. Sein Bataillon nannte sich *José Rovira*. Ursprünglich waren das dreihundertfünfzig Mann, größtenteils Deutsche, Holländer und Schweizer. Aber Mitte März waren sie fast aufgerieben worden bei den Kämpfen um das ehemalige Irrenhaus von

Huesca. Dein Großvater bekam Fronturlaub; so liefen wir uns plötzlich wieder in Barcelona über den Weg, auf der Rambla de las Flores mit ihren Blumen- und Vogelhändlern, den Durchhalteplakaten, den hohen Platanen, im Frühling, aber was heißt Frühling – ausgerechnet am dritten Mai!

»He! Die Columna Lenin!« rief ich ihm zu.

Er kam aus der POUM-Zentrale, einem zweckentfremdeten Theater gegenüber dem Hotel Falcón.

»Von wegen Kolonne Lenin«, sagte er, nachdem wir uns umarmt hatten. »29. Division heißt das jetzt. Disziplin kehrt ein, selbst bei euch in der CNT. Und wir haben jetzt auf einmal ›Hundertschaftsdelegierte‹, stell dir vor.«

»Aber sonst scheint es noch nicht so wild zu sein«, erwiderte ich. Er trug als Uniform einen staubigen blauen Overall wie man ihn an jeder Straßenecke sah, zusammengehalten von einem leeren Patronengurt. Dagegen waren die Internationalen Brigaden und die neue reguläre Armee schon längst bis in die Kleiderordnung durchhierarchisiert.

»Ich bin nicht gegen mehr Organisation«, versicherte er mir, sich das bartstoppelige, ausgezehrte Gesicht reibend. »Es sind zuviel blutige Dummheiten gemacht worden. Aber ich habe mich umgesehen: Es gibt Schwarzmärkte; der Brothandel ist frei, und die Presse wird zensiert; auf dem Land fangen die Stalinisten an, die Kollektive zu demontieren.«

Eine seltsame Koalition aus Kleinbürgertum, Liberalen, gezähmten anarchistischen Ministern und der moskauhörigen PSUC befand sich auf bestem Wege, den Errungenschaften des Sommers den Garaus zu machen. Gewiß: Nur

Rußland unterstützte die Republik mit Waffen und Beratern. Aber man durfte sich über Stalins Interessen nicht täuschen. Was er brauchte, war Ablenkung von den Schauprozessen im eigenen Land, neue Solidarisierungskampagnen, damit er die Arbeitsnormen erhöhen und seine Industriepläne durchpeitschen konnte. Wegen Spanien würde er es nicht zu einem aussichtslosen Kampf mit Deutschland kommen lassen. Er sah gewissermaßen schon einen Krieg über den spanischen hinaus, er behielt seine zukünftigen Alliierten im Auge. Das massiv anti-revolutionäre Programm, das die spanischen Kommunisten in seinem Auftrag betrieben, war eine Theatervorstellung für England und Frankreich. Deshalb hielt er die anarchistische und revolutionäre Linke nieder. Wie gnadenlos, das sollte gerade dein Großvater bald erfahren.

»Glaub mir«, sagte ich zu ihm, »wenn's drauf ankommt, kann kein Land sich auf ein anderes verlassen.«

Wir hatten uns ein Café ausgesucht, in dem man wenigstens ein einfaches Gericht aus Kichererbsen bekam. Er zündete sich eine Pfeife an. »Noch ist Largo Caballero an der Regierung«, meinte er.

»Largo Caballero hat kein Konzept. Er ist ein ehrlicher alter Gewerkschaftler, aber den Staat haben längst die Bürger und der sowjetische Geheimdienst übernommen. Geh um die Ecke – und die PSUC kämpft für das freie Spanien. Geh eine Ecke weiter – die GPU foltert für Rußland.«

»Wo?«

»In der Avenida Puerta del Angel«, sagte ich. »Sie hocken in einer früheren Grafenvilla.«

»Der sowjetische Geheimdienst in einer Straße, die Engelstor heißt?« Vor Überraschung hätte er beinahe seinen Wein umgestoßen. Auch ich fand die Sache kurios. Aber ich begriff das Ausmaß seiner Erregung nicht. Ein wildes Lächeln, triumphal, regellos, gespenstisch in diesen erschöpften mageren Gesichtszügen, ließ ihn fast irrsinnig erscheinen. »Der Engel, Anselm ... das ... das ist köstlich!« Er zog einen schwarzen Notizblock aus der Brusttasche. »Weißt du nicht mehr? An meinem ersten Tag in Barcelona? Hier, siehst du?« Die Skizzen, die das Notizbuch enthielt, waren mit Bleistiften unterschiedlicher Härte ausgeführt. Sie zeigten das Elend an der Front und in den überfallenen Dörfern. Aus düsteren, fein abgestuften Graphitschleiern stiegen die Gesichter der Toten auf, der verkrüppelten Kinder, der Milizsoldaten ... Und überall, wie eine Signatur oder besser wohl als Versinnbildlichung eines hämischen Grauens, erschien dieser nackte Engel, der ihn in jener zerstörten Kirche so fasziniert hatte.

»Später«, erklärte er, »wenn der Krieg vorbei ist, muß das alles sorgfältig aufgearbeitet werden. Man muß genau sein mit den Toten.«

Ich erinnere mich noch, daß ich etwas fragen und das Notizbuch vom Tisch nehmen wollte – als die ersten Schüsse fielen.

Sekunden später liefen wir schon die Ramblas in Richtung Norden hoch, mein Gott, das war der Auftakt des berühmten blutigen Mai, wir rannten, stolperten, wir prallten auf Flüchtende, die uns entgegenkamen, und links und rechts krachten die Rolladen der Cafés und Geschäfte auf die Fenstersimse, während die Leute schrien und das Gewehrfeuer sich verstärkte.

»Die Telefonzentrale!« brüllte ich deinem Großvater zu.

Wir mußten die Plaza de Catalunya überqueren, um mehr von der Schießerei zu sehen. Überall versuchten die Menschen, an die Ränder dieses weiten, kreisförmig angelegten Platzes zu kommen. Manche verhedderten sich in den weißen Gartenstühlen, die in der Parkanlage standen, rappelten sich auf, rannten und fielen erneut; andere hatten es schon geschafft und flüchteten in die Hauseingänge; wir sahen auch ganz Vorsichtige, die hinter den Bäumen oder Springbrunnenbassins in Deckung lagen.

»Tatsächlich, die Telefonzentrale!« Dein Großvater hielt mich an der Schulter zurück. Die breite Straßenkreuzung, wo die Ronda de San Pedro auf den Paseo de Gracia stieß, war menschenleer. Eine Straßenbahn stand verlassen auf der Strecke. Fahrräder lagen herum, ein Kinderwagen mit herausgezerrten Kissen, der aussah, als wäre etwas in ihm zerplatzt. Und hinter dieser leergeräumten Szenerie tobte das Feuergefecht zwischen dem Hotel Cólon, dem Hauptquartier der kommunistischen PSUC, und der Telefónica, sechs- oder siebenstöckigen Gebäuden, denen jetzt der Putz von den Mauern splitterte und die Fensterscheiben zerkrachten.

»Die haben vorgesorgt, überall Sandsäcke!« rief ich.

Dein Großvater sah zum Cólon hinüber. Wie schwarze Nadeln regten sich die Gewehrläufe neben Spruchbändern und großen Lenin- und Stalinporträts.

»Vielleicht kann uns der da drüben was sagen«, meinte er und deutete auf einen untersetzten schnurrbärtigen Mann ganz in unserer Nähe. Während wir im Schutz einer Baumgruppe haltgemacht hatten, schien dieser Spanier von den herumpfeifenden Gewehrkugeln so unbeeindruckt wie das Frühlingswetter. Unter seinem linken Arm klemmte eine Mappe aus grauem Karton. Ein Farbtopf stand zwischen seinen pantoffelähnlichen Schuhen, die achtlos ein Büschel Tulpen niedertrampelten.

»Was ist los? Was ist passiert?« rief dein Großvater zu ihm hinüber.

»Die Sturmgarde hat die Telefonzentrale angegriffen! Etwa um zwei sind sie gekommen, Sala und seine Meute, in Lastwagen. Aber sie wurden im ersten Stock aufgehalten. Jetzt hocken sie im Erdgeschoß und ballern nach oben!«

Man muß wissen, daß sich die Telefónica seit Kriegsbeginn in den Händen der anarchistischen Gewerkschaften befand. Sowohl auf die Befehlsübermittlung der katalanischen Generalität als auch auf die Telefonverbindungen der Zentralregierung in Valencia mit dem Ausland ergaben sich dadurch gewisse Einflußmöglichkeiten. Jedoch war die Vermittlung zuverlässig, wenn man von einigem Unfug absah wie dem, daß ein CNT-Arbeiter einen Minister beim Telefonieren unterbrach, um ihm zu sagen, er solle weniger schwätzen und mehr arbeiten.

»Das ist die Lunte am Pulverfaß«, sagte dein Großvater. »Glaubst du, es ist eine Provokation, glaubst du, sie wollen reinen Tisch machen?«

Ich konnte nur die Backen aufpusten und demütig nach oben sehen.

»He – habt ihr Zigaretten?« rief der Mann mit der Zeichenmappe auf katalanisch herüber.

Wir nickten.

Er nahm seinen Farbtopf aus dem Tulpenbeet und schlenderte auf uns zu.

Inzwischen hatten sich überall auf den Dächern der Häuser, die die Plaza umgaben, Gewehrschützen eingefunden; MG-Salven gingen los; abgeprallte Kugeln fegten mit einem wirren, ekelhaften Singen die Mauern entlang.

»Nur russische«, sagte dein Großvater entschuldigend, als der Mann zu uns unter die kleinen Bäume trat.

»Ach, was soll's … Wo gehört ihr hin?« Er klopfte die Zigarette auf seinem schwarzbehaarten Handrücken auf und falzte dann gekonnt das Pappende in zwei Richtungen.

»CNT-Milizen.«

»Gut. Aus Schweizland?«

»Aus Deutschland. Glaubst du, daß es eine Provokation ist?« Mit dem Kopf wies dein Großvater auf die Telefonzentrale, wo das Feuer jetzt für einige Sekunden ruhte.

Der gedrungene Mann sog den Rauch aus dem Mund in die Nase. Seine Linke fuhr über die kantig gewölbte, schweißnasse Stirn und die zusammengewachsenen Augenbrauen. Dann erklärte er fest: »Man sollte diesem Hitler die Eier abschneiden.«

»Mit einem stumpfen Messer«, ergänzte dein Großvater.

Der andere zog die Mundwinkel nach unten. Er schien

den Vorschlag sehr genau zu erwägen. »Es ist eine Provokation. Sie haben die Volkspatrouillen abgeschafft und unsere Grenztruppen durch ihre Leute ersetzt. Es ist eine verdammte Scheiß-Provokation, und mich haben sie verdammt provoziert!« Bei diesen Worten klappte er seine Mappe auseinander, zeigte uns das erste Blatt und schlug sie gleich wieder zu. Wir konnten gerade erkennen, daß es sich um einen Plakatentwurf für die Internationalen Brigaden handelte. »Es ist eine verdammte Provokation, wenn man wie ich auch noch Bilder für die Kommunisten gemalt hat!« brüllte er, die Mappe drohend in Richtung Colón schwenkend.

»Gehen wir zurück«, schlug ich vor. »Wir können hier nichts ausrichten. Ich will wissen, was jetzt unternommen wird.«

Dein Großvater pflichtete mir bei.

Auch der Spanier schien damit einverstanden. Er bückte sich, griff seinen Farbeimer – erstarrte, als das Gewehrfeuer wieder einsetzte. »Provokation, Provokationsscheiße, scheißverdammte Provokationsscheiße«, flüsterte er. Sein schmaler, hochgewölbter Mund zitterte unter dem Schnurrbärtchen. Daß er den Hals recken mußte, weil eine Frühlingsbrise die Blätter über uns aufwirbelte, um sie als silbriggrünes Netz gegen die Sonne und vor die Aussicht auf die höheren Stockwerke der Telefonzentrale zu werfen, steigerte noch seine Wut. Eine weitere MG-Garbe ließ ihn auf den Boden spucken – und plötzlich marschierte er, so als hätte ihn gerade jemand furchtbar beleidigt und als ginge er nur ein paar wohlverdiente Ohrfeigen austeilen, direkt auf das Gewehrfeuer zu.

»Du lieber Himmel«, sagte dein Großvater leise.

Schon hatte der Mann die Straßenkreuzung vor den umkämpften Gebäuden erreicht. Rauchschleier und Wolken aus Verputzsplittern sanken herab. Eine Salve, hinter unseren Rücken abgefeuert, traf ein am Boden liegendes Fahrrad. Das war sehr dicht neben dem Maler. Er drehte sich denn auch empört um, schüttelte eine Faust in Richtung des Schützen und versetzte dem Rad einen Tritt. Wir hörten die Schutzbleche über das Pflaster schrammen und leise nachklappern.

»Du lieber Himmel«, murmelte nun ich, »was hat er vor?«

»Er steigt in die Straßenbahn.«

Ich sah deinen Großvater von der Seite her an, und mir fiel auf – weiß der Teufel warum, warum ausgerechnet jetzt –, daß seine Ohren zu groß waren.

»Siehst du?« sagte er gebannt.

Tatsächlich hatte der Katalane das Trittbrett des vorderen Wagens erklettert. Erleichtert oder immer noch wütend fuchtelte er mit den Armen in der Luft und lief im Inneren der leeren Straßenbahn auf und ab. Ja, und dann erschien zum ersten Mal die Farbe, die du auf den Bildern deines Großvaters wiederfinden wirst. Sie kam aus dem Blecheimer des Spaniers. Zuerst war es ein breiter Längsbalken in diesem schillernden Grün, von innen an die von uns aus gesehen am weitesten rechts liegende Fensterscheibe gemalt.

»F«, sagte dein Großvater, »er schreibt sogar in Spiegelschrift.«

Der Maler arbeitete rasch und brachte deutlich erkennbare Buchstaben zustande, obwohl einige Gewehrkugeln das Dach seines Waggons streiften.

»F-A-I L-I-B-E-«, lasen wir.

Dein Großvater war fasziniert. »Was für eine Farbe! Verrückt. Aber das T-A-D muß er auf die andere Seite schreiben, ihm gehen die Scheiben aus.«

»Mein Gott«, rief ich, »da stehen wir rum und überlegen uns –«

In diesem Augenblick verstärkte sich das Feuer. Dort, wo das R von *Libertad* hätte erscheinen sollen – es war, als hätte man zwei prall gefüllte Beeren auf der Scheibe zerquetscht, und ihr blendend grüner und rostroter Saft spritzte über das splitternde Glas …

Das Nächste, woran ich mich entsinne, ist, daß ich hinter deinem Großvater in den Straßenbahnwaggon sprang: Ich landete auf dem Bauch und blieb zuerst einmal still liegen. Auf dem Boden zwischen den Sitzreihen waren Bonbontüten und Zeitungen verstreut, die die Fahrgäste in ihrer Panik hatten fallen lassen; es roch nach Schweiß und frischem Lack. Der Katalane mußte sich am entgegengesetzten Ende des Wagens befinden.

»Es ist nicht gefährlich«, hörte ich deinen Großvater flüstern. Warum flüsterte er? »Wir müssen nur auf der rechten Seite bleiben. Ich kann das Einschußloch sehen. Er hatte unglaubliches Pech, es war ein Querschläger.«

»Lebt er noch?«

»Ich weiß nicht, komm.«

Geduckt arbeiteten wir uns bis zu den hinteren Sitzreihen vor. Von der Telefónica her hörte man jetzt wieder vereinzelte Schüsse. Das Licht, das durch die grell bemalten Fenster zu uns in den Wagen fiel, bewirkte eine unnatürliche, treibhausartige Stimmung.

Der Spanier lag zwischen zwei Holzbänken. Unter seinem verdrehten Kopf war ein gezackter roter Schatten; und aus der Höhe des Nabels quoll, als rührte es von einem Bauchschuß, dieses leuchtende Grün und tropfte zäh auf den Boden. Den halb ausgeleerten Farbtopf hielt er noch schlaff in der linken Hand.

»Sieh nach«, sagte dein Großvater, der sich halb aufgerichtet hatte, um die Straße zu beobachten.

Ich neigte mich über den zusammengebrochenen Körper. An der Seite des kurzen Halses war kein Pochen zu spüren. Zwei Blutstreifen zogen sich waagerecht über das stoppelige, breite Gesicht, einer davon quer über die aufgerissenen Augen. Trotzdem hob ich den Kopf mit dem pechschwarzen Haar und den fülligen Wangen, in denen Glassplitter steckten, in die Höhe: Augenblicklich verbreiterte sich der rote Schatten darunter. Als ich den Kopf wieder sinken ließ, hatte ich das Gefühl, eine große Frucht auf die faulige weiche Unterseite zu setzen.

»Nichts, ganz sicher. Er ist weg.«

Dein Großvater fluchte.

Warum hatte er mich nachsehen lassen? Weil ich nicht an der Front gestanden hatte wie er, sondern in Barcelona herumsaß und Artikel für die CNT schmierte?

»Gehen wir zurück.« Er stieß mir in die Rippen, als ich nicht gleich reagierte.

Dann schlugen einige Kugeln in unserer Nähe ein; wir duckten uns, keuchten, benommen von dieser Treibhausstimmung.

»Raus, verdammt noch mal, raus hier, bevor sie ein MG auf uns richten!« schrie dein Großvater nach einigen Sekunden.

Während ich auf die Baumgruppe zurannte, wo wir vor kurzem noch mit dem Maler zusammen das Gefecht beobachtet hatten, glaubte ich, mein Kopf würde in rauschendes heißes Wasser getaucht. Erst als wir die Plaza hinter uns gelassen hatten, sah ich wieder klar. Da war das Hotel Continental und der Brunnen von Canaletas. Dein Großvater hielt zu meiner Verblüffung den Farbeimer des toten Plakatmalers in der Rechten. Ein Mann in zerrissener Milizuniform kam uns entgegen, eine schwarz-rote Kappe und ein Gewehr über dem Kopf schwenkend, das aussah, als stamme es aus dem vorigen Jahrhundert. »Jetzt passiert es, Kameraden!« brüllte er.

Hinter ihm wuchsen die ersten Barrikaden über die Rambla. Die Straßen füllten sich mit Arbeitern, die, gleich nachdem sie den Angriff auf die Telefonzentrale erfahren hatten, in den Streik getreten waren. Sie stellten leere Straßenbahnwagen quer; Bretter, Sandsäcke, Leiterkarren, Matratzen, selbst die Pflanzenkübel aus den Cafés stopften die Lücken. Man öffnete die Waffenverstecke; es gab keinen Befehl, keine Anordnung, nur dieses Gerücht von einem kommunistischen Putsch und die Wut der letzten Monate.

Bei Anbruch der Nacht standen sich die feindlichen Lager mit schußbereiten Gewehren gegenüber. Gegenüber ist ein viel zu bestimmtes Wort. Man stand durcheinander, sollte ich sagen, denn niemand wußte genau, wer die nächste Barrikade besetzt hielt.

Was es nicht gab, war ein halbwegs durchdachter Plan. Hier fiel ein Schuß, da schrie jemand ins Dunkle. Flugblätter gingen herum, auf denen zu lesen stand, was ohnehin schon jeder machte: Abwarten! Dann fuhr ein Krankenwagen um die Ecke. Noch um Mitternacht flackerten zahllose kleine Feuer wie auf Lavaströmen in den Straßen. Wir warteten. Und wir hörten dem hohen Wind zu, der sich in den Türmen der Kathedralen verfing.

Du weißt, wie die Geschichte endete, Anton.

Brigitte Reimann
Frau Hellwig erzählt

Seit Einbruch der Dämmerung war Franziska in der Stadt herumgelaufen. Sie schlug jetzt den Weg zum Anger ein, sie zählte die Steinplatten: wenn am Ende der Straße eine ungerade Zahl rauskommt, treffe ich ihn … An der Tür zum Restaurant wäre sie beinahe wieder umgekehrt, er ist nicht da, es gibt ihn nicht, ich bin die ganze Zeit einer fixen Idee nachgejagt. Frau Hellwig lehnte an der Theke und rauchte. Es war still wie in einer Kapelle, aber warm und hell, und die aufsteigende Wärme drehte den Adventskranz unter der Decke. Auf dem Zapfhahn stand ein grellgrünes Christbäumchen, eine dieser handhohen, mit glitzerndem künstlichem Schnee bestreuten Papiertannen, die Fernfahrer auf dem Armaturenbrett befestigen. Die sieben Gäste saßen an sieben Tischen, jeder für sich allein, jeder eingeschlossen in seinen Kreis einer besonderen Einsamkeit, die keines anderen Menschen Einsamkeit vergleichbar war, weil seine Geschichte mit keiner anderen zu vergleichen war, die besondere, besonders schmerzliche Geschichte seiner Niederlagen und verlorenen Illusionen.

Ein Alter in Wattejacke schlief, sein eisengrauer Kopf lag mit seitlich gedrehtem Gesicht auf der Tischplatte, und er lallte und sabberte im Schlaf, voll wie eine Strandhaubitze, dachte Franziska, sie nickte dem bleichen Louis zu, sieh mal an, sonst immer die große Schnauze und anderen Beine stellen, aber ohne seine Meute weinerlich und zum Erbarmen wie ein Kellerkind, na, das gibt sich, wenn wir die Stille Nacht, Heilige Nacht überstanden haben. Und da saß auch Gertrud, die Stirn von sorgfältig gebrannten Löckchen umkraust, Gertrud in einem sensationellen Strickkleid, mindestens Wien, und führte zierlich, mit abgespreiztem Finger, die Kaffeetasse zum Mund.

Franziska ging an die Theke und gab Frau Hellwig die Hand. »Bloß auf einen Sprung, das rauschende Fest der Einspänner sehen ... Nein, keinen Wodka. Nun gerade nicht.«

Ein rothaariger Junge spielte Schach mit sich selbst, er grübelte lange über jeden Zug nach und setzte bedächtig bald einen weißen Läufer, bald einen schwarzen Springer, und sein Gesicht war finster vor Konzentration. Neben dem Garderobenständer und mit so weit zurückgebeugtem Nacken, daß ihr schwarzgefärbtes Haar die Wand berührte und ihre Augen zur Decke gerichtet waren, saß eine Frau in einer Perlonbluse, unter der man die blauen und rosa Träger von Büstenhalter, Hemd und Unterkleid sehen konnte; ihre Lippen waren breit und blutrot geschminkt wie ein Clownsmund, sie bewegte sich nicht und trank nicht, sie bewegte nur ihren Zeigefinger, sie klopfte unaufhörlich mit dem Zeigefinger an die Kaffeetasse, und ihr Nagel machte ein tickendes Geräusch.

»Ach, geben Sie schon einen her«, sagte Franziska. »Für Sie auch – aber nicht den Trick mit der Wasserflasche.« Sie lehnten nebeneinander an der Theke und tranken, und der Alte rückte röchelnd seinen Kopf auf dem Tisch, und der Rothaarige zog finster und konzentriert die Weißen und die Schwarzen, und die Frau tickte mit dem Nagel gegen die Tasse, sie trägt keinen Ring, dachte Franziska, wenn ich jetzt nicht abhaue, fange ich an zu schreien. Sie trank ihr Glas aus, sie sagte zu Frau Hellwig: »K-komisch, ich dachte, h-heute treff ich ihn hier, m-meinen Schulfreund von f-früher.«

»Vielleicht ist er's gar nicht«, sagte Frau Hellwig.

»T-trotzdem«, sagte Franziska. [...]

Die Kellnerin schaltete das Radio ein, und festlich toste Glockengeläut durch das Lokal, stieg und fiel, stieg und fiel mit den aufgerissenen Glockenmäulern und erzenen Zungen. »Das sind unsere«, sagte Franziska aufgeregt, »unser Dom, schön, ja?« Sie blickten sich an, zwei erwachsene Kinder, und horchten auf den Ruf zurück, zurück, bis das Geläut leiser wurde und sich entfernte, aber so, als ob sie sich entfernten, auf einer Straße, nachts, zwischen verschneiten Feldern, über denen der Wind die Glockentöne verwehte, schwach wie Seufzer, und dann erhob sich ein Chor von hohen und reinen Knabenstimmen. Es ist ein Ros entsprungen, sangen sie, adrett in Matrosenanzüge gekleidete Engel auf der Empore einer Kirche, die Bubengesichter mit geschult runden Mündern nach oben gekehrt, und Gertrud mischte ihren Säuferbariton in den süßen Chor, sie summte und sang, schmerzlich dehnend die halbe Nacht, und wiegte sich in den Schultern. Frau Hellwig legte den Finger auf die Lippen. Gertruds Augen rutschten weg. »Ach, ihr –«, röhrte sie, »leckt mich doch –« Sie fing an zu weinen, mühelos und lautlos, mit weit offenen Augen.

Franziska, zwischen Lachen und Tränen, fühlte sich aufgerufen zu Trost und Mitgefühl, dem Mitgefühl einer großen Schwester für die schwächere Kleine, sie streichelte linkisch Gertruds Arm und Hand und murmelte: »Heute haben sie es auf uns abgesehen … Macht nichts, das geht vorbei … Ja, ja, wir tun uns schrecklich leid, egal, man muß sich zusammennehmen.« Ach, sie hatte die Gesten der Zärtlichkeit verlernt, es widerte sie an, fremde feuchte Haut zu berühren, und ihre Stimme klang streng. »Putzen Sie sich die Nase. Haben Sie kein Taschentuch?« Gertrud wischte sich mit dem Strickärmel übers Gesicht. »Ich hab auch keins, zu dumm. Frauen ohne Männer … Komisch, alle Frauen borgen sich zum Naseputzen das Taschentuch von ihrem Mann.«

Gertrud zog durch die Nase hoch, schluckte und schniefte, hörte aber auf zu weinen, na also, und ging in die Damentoilette, um sich das Gesicht zu waschen, sie knallte die Tür hinter sich zu, und der Alte in der Wattejacke fuhr hoch und tappte über den Tisch und warf ein Glas zu Boden. Frau Hellwig fegte die Scherben zusammen, und Franziska drehte sich um und sah ihr zu, ihren flinken und runden Bewegungen, ihrem Gang aus hoch ansetzenden Hüften, die der Rock hauteng umspannte … Der Alte krächzte nach einem Stonsdorfer.

»Wir haben genug, Opa«, sagte Frau Hellwig, »wir gehen jetzt schön ruhig nach Hause ... Bezahlen können wir morgen.« Der alte Mann sträubte sich, erst einen Stoni, bloß einen, Frau Oberin, er brummte und schwenkte wie ein Eisbär den zottigen Kopf, während Frau Hellwig ihn auf die Beine brachte, die Wattejacke über seiner Brust zuknöpfte und ihm die Mütze aufstülpte, eine Fellmütze mit Ohrenklappen, die wie pelzige Schlappohren herabbaumelten. Sie faßte ihn unter, und er torkelte ergeben zur Tür: Frau Hellwig, in Häubchen und gestärkter Schürze, hatte die sanfte Resolutheit einer Krankenschwester.

So eine hübsche Frau, und Beine wie Marlene ... [...]

»Sie haben eine fabelhafte Figur«, sagte Franziska, »und fünf Kinder glaubt Ihnen kein Mensch.«

Frau Hellwig strich sich mit beiden Händen, deren Fingerspitzen leicht aufwärts gebogen waren, über die Hüften, sie sagte in ihrem singenden Küstendialekt: »Meine fünf, die hat eine andere für mich zur Welt gebracht ... Ich habe sie bloß großgezogen, sie sind tüchtige Leute geworden, alle fünf, der Älteste studiert, und die Kleine verdient schon, die ist im Dorf geblieben, auf der Hühnerfarm, so ein Mädelchen, aber goldene Hände ...«

Haufen Gören, und nicht mal die eigenen, na, die Frau hat Nerven. »Auch nicht verwandt«, sagte Frau Hellwig. Franziska schnupperte ihren frischen Duft nach gestärktem Leinen und Kölnisch Wasser, ein Wunder, wie eine so kühl und proper bleiben kann, den Tag oder die halbe Nacht in Rauch und Bierdunst, zwischen den Kerlen, die ihr auf den

Hintern starren, den Witzbolden, die einen Fuß vorschnellen, Schürzenbänder aufziehen und ihre Bierfilze mit Strichen gegen Filze ohne Striche austauschen. »Der Große wird mich ja wohl nun zur Oma machen. Studenten, stellen Sie sich vor, er hat nichts, sie hat nichts, und dann die Examen, und wer nimmt das Kind?«

Im Oktober war ein Herr vom Leipziger *International* hier gewesen, er hatte mit Frau Hellwig gesprochen, er wollte sie anwerben, entzückt von ihrem Dialekt: seine Gäste hörten gern den gedehnten Singsang der Leute von der Küste. Und bei Ihrer Erscheinung, sagte er, ich nehme Sie in die Rezeption. Mit dem bißchen Schulenglisch, nein, für den Empfang muß man mindestens zwei Fremdsprachen können, heutzutage. Dann lieber Bar, das ist ihr Traum, Barfrau vor einer funkelnden Wand von Flaschen mit bunten Etiketts, White Horse, Cinzano, Martell, Wermut und Wodka, Danziger Goldwasser und polnischer Żubrówka, gefärbt von einem Büffelgrashalm, und sie im schwarzen Kleid, immer Schwarz zum weißblonden Haar und eher streng geschnitten, bloß eine Handbreit Dekolleté; sie wird sich schnell einarbeiten, Phantasieflips mixen und blumige Namen erfinden, keine Sorge, sie ist erst zwei Jahre Kellnerin und leitet schon eine Gaststätte … Sie wird auch wieder Englisch lernen; sie hat vier Jahre Lyzeum, zu mehr langte es nicht und war schon Opfer genug für die Eltern mit ihrem Lädchen, Kolonialwaren en gros und en detail, aber en gros bloß in der Schrift überm Ladenfenster, und im Krieg nicht mal mehr en detail: die Regale füllten Kohlköpfe statt der goldgelben Bananenbüschel und der Pyramiden von Apfelsinen und Mandarinen, und von Kaffee und Kakao blieb nur der Duft, der noch jahrelang in den Schubfächern nistete. Später sollte sie das Geschäft übernehmen, lieber Gott, Schokoladenmehl in graue Tüten wiegen, Bonbons, Seidenkissen, aus hohen Gläsern schaufeln, Möhren und Kohlrabi bündeln ...

»Leipzig, ja, das würde mir gefallen«, sagte Frau Hellwig. »Ein gutes Haus, und dann studiert ja auch der Große in Leipzig –«

»– der Sie zur Oma macht, genau, und ich sehe Sie schon hinterm Windeltopf statt hinter der Bar«, sagte Franziska mißmutig, und Frau Hellwig lächelte, als habe sie unbemessene Zeit vor sich, Zeit der Jugend und des Plänemachens und der glatten Haut, Zeit, noch einmal fremde Bälger aufzuziehen; ihrem Gesicht nah, entdeckte Franziska ein Netz von Fältchen um die blauen Augen, überpudert, noch nicht Krähenfüße, aber als Spuren von Krähenfüßen nicht zu verleugnen – und welches Hotel von Rang (hier wird englisch, französisch, russisch gesprochen, hier werden in Zahlung genommen Dollar, Pfund, Schweizer Franken), welches Hotel präsentiert seinen Gästen eine Bardame mit welkem Hals, ich bitte Sie, Messestadt, Ausländerverkehr, man stellt wieder Ansprüche, Ober mit Frack, Liftboys (blasse und clevere Buben in Livree), Nachtklubs, Mädchen mit Hüftschlag, ein bißchen Striptease, Trikot auf der Haut, aber immerhin ... »Sie sollten lieber mal an sich selbst denken«, sagte Franziska; aus den Augenwinkeln betrachtete sie mißtrauisch das aus dem Nacken gekämmte und am Hinterkopf hochfrisierte Haar, das im Lampenlicht flimmerte: bei diesen ganz hellen Blondinen fallen ein paar weiße Haare noch nicht auf.

»Ja, das sollte ich wohl«, sagte Frau Hellwig, sie formte mit den aufgebogenen Fingerspitzen ein Dach. »Gott, und dann die Wohnung im achten Stock – aber das wissen Sie nicht, Frau Linkerhand, wie es einen verlangen kann nach vier Wänden, in denen man allein ist, Musik hört, irgendwas Hübsches, Schumann, und kann die Beine hochlegen nach den hundert Kilometern jeden Tag. Fünfzehn, nein: siebzehn Jahre habe ich darauf gewartet …«

Im Krieg war sie als Pflichtjahrmädchen aufs Land geschickt worden. Ein Mittelbauernhof, der Mann im Feld, ein tauber alter Knecht, vier kleine Kinder, die Bäuerin schwanger mit dem fünften … Sie waren zu jung damals, Sie kennen nicht mehr die Bücher vom fröhlichen Leben unserer Arbeitsmaiden und die spaßigen Geschichten, wie unsere prächtigen Mädels zum erstenmal melken und eine Schwanzquaste um die Ohren gehauen kriegen, haha, und wie aus blassen Stadtmädels Bauerndeerns werden, drall und lebfrisch, und treten den Reigen unter der Dorflinde, Kraft durch Freude … Die Hellwig wär beinahe draufgegangen am gesunden Landleben, am Säckeschleppen, zwölf, vierzehn Stunden Arbeit am Tag und Angst vor Kühen und Pferden und allem Getier mit Hufen oder Krallen …

Im Winter auf fünfundvierzig zogen Trecks durchs Dorf; krepierte ein Pferd am Weg, spannten sich die Frauen vor die Deichsel, alle starr vor Frost und vor Furcht, als folgten ihnen die Kosaken schon auf den Fersen; sie schleppten Wagen voll Bettzeug, Vogelkäfige, Kinder und Läuse. Im Februar starb die Bäuerin an Flecktyphus. Die Hellwig blieb mit den Kindern allein, das kleinste drei Wochen, Beine wie Fädchen, spuckte jeden Tropfen Milch wieder aus, trotzdem brachte sie es durch, wer weiß wie. Im April kamen die Russen, sie hängte ein Laken ans Hoftor und versteckte sich hinter den Kindern, das kleine Mädchen an die Brust gedrückt. In der Kreisstadt wurde gekämpft, bis zum letzten Mann, bis zum letzten Blutstropfen; am Bahnhof flog ein Munitionszug in die Luft. In der Küche hockten sie um eine Kerze, sie sahen die Feuersäule über der Stadt, der Knecht bewegte betend die Lippen, wie bei Gewitter, und bekreuzigte sich mit breitem Daumen.

Sie blieb. Was denn sonst? Sie wartete auf den Bauern, den Vater der fünf. Sie wartete drei Jahre, dann kam er eines Nachts, wie ein Wolf, scheu und böse, er war krank, Wasser in den Beinen bis zum Knie, er drückte weiße Dellen in das schwammige Fleisch: So haben sie uns fertiggemacht, zweihundert Gramm Brot am Tag ... Wir hatten auch nicht mehr, sagte die Hellwig, aber Kartoffeln, sagte er gehässig.

Konnte man dem, mit seinem Wolfsblick über die Teller, fünf Kinder aufhalsen und sich davonmachen? Ein langes Pflichtjahr ... Was soll man noch erzählen? Sie blieb, das Leben ging weiter, einfach so – man steht um vier auf, füttert das Vieh, wäscht, kocht Zichorie, Malzkaffee, Bohne (die Zeiten werden wieder besser), die Kinder sagen Mutter, man stopft ihnen die Strümpfe, übt mit ihnen Lesen und Schreiben und gibt ihnen, wenn's sein muß, eins hinter die Ohren.

An den Bauern gewöhnte sie sich, sie lebte mit ihm, das hatte sich so ergeben, auch ganz einfach, Mann und Frau unter einem Dach, er war nicht übel, sogar ein Mann zum Gernhaben, seit er wieder wie ein Mensch auf den Tisch und auf die Teller der anderen blicken konnte. Sie hielt auf Ordnung und Sauberkeit. Als sie vom Heiraten sprach, besann er sich auf das Andenken seiner Frau. Eine Weile kränkte sie sich, wenn sie das Brautbild, im Rahmen aus holzgeschnitzten Eichenblättern, auf dem Vertiko abstaubte; sie war aber auch froh, weil eine Tür nach draußen offenblieb. Sie dachte immer noch an Weggehen, so, als sei ihr Leben hier, im Dorf, nur die Vorbereitung auf ihr Leben, eine Aufgabe, die zuvor gelöst werden mußte, und sie steckte sich bunte Fähnchen: Sobald der Große aus der Schule ist, sobald ... Sie ließ ihre Zielfähnchen hinter sich, eins nach dem anderen, wie das so ist: immer kommt was dazwischen, ein Kind wird krank, das älteste Mädchen ist im schwierigen Alter und braucht eine feste Hand, im Dorf wird ein Kulturhaus gebaut, man besinnt sich undeutlich, daß die Hellwig aus der Stadt kommt, Lyzeum hat, also eine Bücherei einrichten kann ... jetzt, gerade jetzt, kann sie nicht weglaufen. Wer, wenn nicht du? An ihrem dreißigsten Geburtstag überfiel sie Panik, ihr war, als läge ein feuchtes, dumpfriechendes Tuch über ihrem Gesicht, ihrem zum Schreien aufgerissenen Mund.

Eine Woche später flüchtete der Bauer über die Grenze, der Direktor von der Traktorenstation wurde verhaftet, die

Hellwig ins Verhör genommen, wußte aber nichts von Geschäften mit schrottreifen Maschinen und wurde freigelassen. Das letzte Stück Weg, von der Bus-Haltestelle hinter den Schnitterkasernen, rannte sie, und die Kinder rannten ihr entgegen und umklammerten sie mit Armen und Beinen.

Die letzten Jahre, schien ihr, flogen bloß so dahin. Auf einmal saß sie mit Erwachsenen am Tisch, da war keiner mehr, dem sie Pflaster aufs Knie kleben, dessen entschlüpften Feuersalamandern sie nachjagen mußte, keine, der sie Vokabeln abhören, das Haar bürsten, ein Perlonkleid für den ersten Tanzabend nähen mußte: unmerklich, ohne festlichen Lärm war, wie man so sagt, der Tag der Freiheit angebrochen; sie hatte auch nicht das Empfinden von Befreiung, eher von Verlust. In der Zeitung las sie die werbenden Aufrufe eines Kombinats, an der Litfaßsäule die Plakate, auf denen ein Mann unterm Schachthelm lachte, ein zufriedener Mann mit strahlendem Gebiß, einer Perspektive, Qualifizierung, Wohnung und gesicherter Zukunft. Sie fuhr nach Neustadt.

Im Bahnhofsrestaurant bestellte sie Kaffee, sie saß gegenüber einem mannshohen, mit Messingleisten vergitterten Spiegel und sah tief erstaunt eine schöne Frau. Sie mußte lange auf ihren Kaffee warten, die grauhaarige Kellnerin murrte, ich bin allein, kein Personal, ihre Füße in plumpen schwarzen Gesundheitsschuhen waren geschwollen. Ich kann gleich anfangen, sagte die Hellwig und lachte. Abends servierte sie schon, die Gäste drehten sich nach ihr um, und ohne einen Blick in den Spiegel, an dem sie hundertmal vorbeieilte, war sie sich ihrer Existenz so stark bewußt, daß sie sich wie berauscht fühlte. Nachts zog sie, um ihre Finger geschmeidig zu machen, Glacéhandschuhe über ihre erdbraunen, rissigen Hände; alles andere an ihr war in Ordnung, fest und glatt, Gesicht, Busen und Beine.

Nach zwei Jahren übernahm sie das Restaurant in einem neuen Stadtteil, einen verlotterten Goldgräber-Saloon: ein schwieriges Objekt, sagte die Direktion, zwei Vorgänger sind daran gescheitert. Die Hellwig wurde aber mit ihren Desperados ganz gut fertig, denen ihre Unerschrockenheit, ihre männliche Kraft imponierte; Gaststättenverbot verhängte sie nur in den ärgsten Fällen: hier habe ich die Jungs unter meinen Augen, sagte sie, besser, als wenn sie sich auf der Straße rumtreiben und Gott weiß was anstellen. Sie sorgt immer für Tischdecken und Blumen, die, laut Verordnung, nicht zur Preisstufe gehören, und im Sommer wird sie die Terrasse ausbessern, bunte Sonnenschirme aufstellen, graziöse Stühlchen wie auf dem Bild von diesem französischen Maler …

»Ach was, die Meute zertrampelt doch alles, die tanzen auf den Tischen, die verdammten Kerle«, sagte Franziska zornig, war aber nicht zornig auf die Meute, schon gar nicht auf Frau Hellwig, vielmehr auf etwas Ungreifbares, Unbegreifliches: das also ist Schicksal, dachte sie, diese niederträchtige Verkettung von Zufällen; sie war empört wie über einen krassen Fall von Ungerechtigkeit. »Sie haben keine Geduld«, sagte Frau Hellwig und lächelte ihr zu, und Franziska schüttelte den Kopf, nein, sie will das gar nicht erst lernen, Geduld, Selbstlosigkeit, die altmodischen Tugenden, die man den Frauen wie Handschellen anlegt. Jeder Mensch hat ein Recht auf sein eigenes Leben, sein Glück, die freie Wahl dessen, was er für sein Glück hält …

Franziska war entschlossen, keine Opfer zu bringen – irgendeinem Mann, irgendwelchen Kindern –, sie hätte nicht die zwanzig Pflichtjahre in einem mecklenburgischen Nest abgeleistet, dachte sie, nicht ahnend, daß, was Frau Hellwig damals für Vorbereitung gehalten hatte, schon das Leben selbst gewesen war, vielleicht sogar die ihr gemäße Art von Glück.

Hong Ying
Im Haus der Chengs

Das ganze Haus der Chengs atmete den Geist einer Frau. Alles war ordentlich und sauber. Wo ein Bild hingehörte, war eines angebracht, und wo die Wand besser leer bleiben sollte, hing auch nichts. Hier fand sich nichts von dem fröhlichen Chaos, in dem seine Mutter wohnte. Ein riesiger Wandteppich im Wohnzimmer, der Männer und Frauen in alter Tracht bei Musik und Wein zeigte, gefiel ihm besonders. Er mochte die verblichenen und doch warmen Farbtöne des Teppichs, die von Lebensfreude und Lust kündeten.

Auf dem Kamin stand ein kleiner Rahmen mit einem Zeitungsausschnitt. Julian trat näher. Es war ein Foto aus der »Peipinger Morgenpost« von 1924 mit chinesischer Bildunterschrift. Es zeigte Lin, Cheng und ein Dutzend anderer. Im Zentrum des Bildes stand ein Inder mit langem Bart.

»Tagore?« fragte Julian.

»Richtig«, antwortete Cheng, »unser Heiratsvermittler.«

Der bengalische Dichter war zuerst in London berühmt geworden, doch mittlerweile war er in China noch beliebter. Für die Chinesen gebe es keine faszinierendere Gedichtsammlung als »Gitanjali«, erklärte Cheng. Der bisher einzige asiatische Nobelpreisträger sei das hochverehrte Vorbild der Neumondgesellschaft, selbst ihr Name entstamme einem seiner Werke.

Die Asiaten hielten sich an ihresgleichen, dachte Julian. Er hatte zwar Tagore gelesen, konnte in dessen Gedichten jedoch keine intellektuelle Spannkraft erkennen. Daß Yeats und Pound Tagore über alle Maßen lobten, war in Julians Augen kaum mehr als koloniales Gönnertum.

Lin stand vor der Kommode mit dem Grammophon und sagte nach einigem Zögern: »Welche Musik haben Sie gern? Nehmen Sie sich doch heute abend einfach einige Platten mit! Musik kann Ihnen die hiesige Kultur näherbringen.«

Sie hatte recht. Bisher war Julian nur mit Büchern gut versehen. Lin wählte sorgfältig einige Schallplatten für ihn aus. Julian sah auf die Hüllen mit der fremden Schrift und fragte Cheng, ob er sich die Platten tatsächlich ausborgen dürfe. Dieser erwiderte, daß die Gastgeberin von »mitnehmen« und nicht von »borgen« gesprochen habe.

Julian war begeistert. »Einfach großartig«, rief er.

Cheng wurde von Julians guter Laune angesteckt und sagte auf chinesisch zu Lin: »Er benimmt sich wie ein Kind.«

»Er ist ja auch noch in dem Alter«, erwiderte sie.

Sie hatten schnell gesprochen, so daß Julian nur das Wort »Kind« und seinen Namen aufschnappen konnte. Er fragte, worum es gehe, doch die beiden sahen sich nur lachend an. Cheng sagte, Lin habe es gern ruhig zum Schreiben. Früher jedoch, vor mehr als zehn Jahren in Peking, als sie beinahe täglich mit ihren Freunden aus der Neumondgesellschaft beisammen gewesen waren, sei das Grammophon ununterbrochen gelaufen. Lin konnte es damals nicht turbulent genug haben und wollte dauernd Musik hören, ganz anders als jetzt.

Julian fühlte sich wohl bei Cheng und Lin. Anders als die meisten Chinesen betrachteten sie ihn nicht als Außenseiter und waren ihm gegenüber offen und herzlich. Das irreale Gefühl, das Julian seit seiner Ankunft in Wuhan hatte, war plötzlich verschwunden.

Später suchte Lin einen von Xus Gedichtbänden heraus und reichte ihn Julian. Xu, erinnerte er sich, war die zentrale Figur der Neumondgesellschaft und in aller Munde. Auf dem Einband war ein Foto. Xu trug, wie alle chinesischen Intellektuellen, eine Brille, und für einen Mann wirkte er recht zierlich. Julian blätterte in dem Buch. Die senkrechten Zeilen waren sauber angeordnet und fast alle gleich lang. Da jedes Zeichen eine Silbe darstellte, hatten alle Strophen den gleichen Rhythmus und folgten offenbar den Gesetzen der französischen Metrik, vermutete Julian. Aber Cheng behauptete, moderne chinesische Lyrik sei, wie die englische Poesie, durch Versfüße charakterisiert. Er bat Lin, das Gedicht in ihrem Pekinger Hochchinesisch vorzutragen.

Jeder chinesische Schüler könne einige Gedichte von Xu auswendig, meinte Lin, besonders »Erneuter Abschied von Cambridge« kannten alle. Wenn man von Klassikern der chinesischen Moderne sprechen könne, dann gehöre dieses Gedicht zweifellos dazu. Lin las insgesamt sieben Strophen, die siebte ein Echo der ersten.

Julian wollte sie nicht unterbrechen, es klang einfach wunderbar, wenn sie Chinesisch sprach, wie wahrhaftige Musik. Am Ende fragte er sie, ob sie ihm dieses Gedicht über seine Alma mater übersetzen könne.

Lin kannte eine gute aktuelle Übersetzung und rezitierte das Gedicht auswendig:

> Leicht, ganz leicht bin ich gegangen,
> Wie ich leicht gekommen bin;
> Leicht, ganz leicht heb ich die Hand
> Grüßend zu den Wolken hin.
>
> Die goldene Weide am Ufer,
> Die Braut im Sonnenuntergang;
> Die prächtigen Schatten der Wellen
> Spielen mein Inneres entlang.

Die abschließende Strophe lautete:

> Still und leise ging ich,
> So wie ich still und leise kam;
> Die Ärmel schwenkend,
> Und keine Wolke nahm.

Als der letzte Reim verklungen war, hielt Julian es nicht mehr aus. Er konnte sein Lachen kaum noch unterdrücken und fürchtete, bald zu ersticken. Was für ein drittklassiger Shelley! Sein Gesicht war schon ganz rot und geschwollen, aber Lin und Cheng hatten offenbar noch nichts bemerkt. Also tat er so, als hätte er sich am Wein verschluckt, und stürmte prustend hinaus in den Garten.

Im Verlauf des Abends lasen Lin und Cheng keine weiteren Gedichte mehr vor, statt dessen redeten sie begeistert von Xus Londoner Erfahrungen im Jahr 1923.

Sogar der größte Sinologe Englands, Arthur Waley, habe den damaligen Auslandsstudenten Xu um Rat gebeten, berichteten sie. Julian kannte den Mann, er arbeitete im British Museum und war dort für den Fernen Osten zuständig. Waley wohnte am Gordon Square 36. Er fuhr jeden Tag mit dem Rad zur Arbeit, man traf sich oft auf der Straße. Waley bewunderte den Bloomsbury-Kreis, und weil chinesische Gedichte damals in der angloamerikanischen Szene en vogue waren, lud man ihn ein. Vanessa und die anderen fanden ihn dann aber zu langweilig und ließen ihn später nicht wiederkommen. – Julian verkniff es sich allerdings, jetzt etwas gegen den braven Waley zu sagen.

An einem regennassen Abend, erzählte Cheng, habe sich Xu ganz allein auf den Weg in die Bond Street gemacht, um das Haus von Katherine Mansfield zu suchen. Sie wollte ihn erst nicht empfangen, als er jedoch darauf bestand, gab sie ihm zwanzig Minuten. Mansfield trug eine zartgelbe Bluse aus hauchdünner Seide und einen weinroten Wickelrock. Darin sah sie aus wie eine Tulpe. Sie saß mit ihm auf einer blauen Couch. Das matte Licht fiel auf ihre wundervollen Schultern, und Xu sah sie wie unter Hypnose an. Sie fragte ihn, ob er chinesische Gedichte übersetzt habe, denn sie war sich sicher, daß nur Muttersprachler chinesische Gedichte übertragen konnten. Das war ihr einziges Treffen, denn einen Monat später starb sie an Tuberkulose. Als Xu wieder nach Europa kam, reiste er extra nach Fontainebleau, um Blumen und Gedichte auf ihr Grab zu legen. Er weinte am Ort ihrer letzten Ruhe wie ein treuer Geliebter.

Lin könnte die chinesische Mansfield werden, hatte Xu ihnen gegenüber behauptet. »Das war jedoch zuviel der Ehre«, sagte Cheng bescheiden im Namen seiner Gattin. Damit ging er hinaus in den Garten.

Ein zweites Mal konnte Julian den schlechten Geschmack der chinesischen Literaten nicht mehr hinnehmen. »Tante Virginia konnte Katherine Mansfield nicht leiden«, sagte er langsam. »Sie fand sie kitschig, billig und sentimental. Ihre Sprache ist zwar in Ordnung, aber sie läßt auch ihre übertriebene Gefühlsduselei nur noch stärker hervortreten. Virginia hatte die Nase voll von Mansfields Kitsch. Er erinnerte sie an billiges Parfum.« Eigentlich mochte er es nicht, wenn seine Tante eine verstorbene Kollegin angriff, doch im Moment war ihm selbst danach. »Ich finde es gar nicht erstaunlich, daß Xu ihre Geschichten so bewunderte.«

Lin hatte mit Julian zusammen auf dem Sofa gesessen. Nach seinen Worten stand sie auf und blickte in den Garten, wo Cheng sich an irgend etwas zu schaffen machte. Julian hatte sich noch nie um die Gefühle anderer gekümmert, warum sollte er also jetzt auf sie Rücksicht nehmen? Lin tat zwei Schritte und drehte sich dann mit einem breiten Lächeln im Gesicht zu ihm um. Diese Frau konnte sich sehr gut beherrschen, und ihre Nachsichtigkeit suchte ihresgleichen.

Sie bat ihn, sich umzudrehen und das Bild neben dem Fenster zu betrachten. Es handelte sich um ein Aquarell, eine Schäferszene, nichts Besonderes.

»Dieses Bild ist ein ungewöhnlicher Schatz für mich«, sagte Lin. Damals, vor vier Jahren, habe Xu anscheinend gespürt, daß ihm etwas zustoßen könnte, und so vertraute er ihr einige persönliche Gegenstände zur Aufbewahrung an, hauptsächlich Geschenke aus Europa. Dieses Bild habe ihr Xu damals zum Andenken geschenkt. Roger Fry wiederum habe es ihm gewidmet.

Verblüfft trat Julian näher. Das Gemälde ließ tatsächlich seinen Stil erkennen, und die Unterschrift erlaubte keinen Zweifel. Julian fehlten die Worte. Xu hatte sich also keineswegs nur als Rogers Student ausgegeben, er mußte mit Roger und auch mit G. L. Dickinson sehr vertraut gewesen sein und hatte wohl tatsächlich Zutritt zur englischen Gesellschaft erhalten.

Julian tat es weh, das Bild zu sehen. Roger Fry lebte nicht mehr. Als Kind hatte Julian in ihm so etwas wie einen Vater gesehen, und er konnte nicht verstehen, war um Roger diesen abscheulichen Xu so freundlich behandelt hatte. Der Kerl war doch nicht mehr als ein Emporkömmling, der sich in London stets an die Rockschöße berühmter Leute gehängt hatte.

Die Köchin unterbrach seine Gedanken: »Gnädige Frau, soll ich hier oder draußen im Garten auftragen?«

»Fragen Sie den gnädigen Herrn.«

Cheng kam gerade wieder herein. Die Herbstnächte seien kühl, meinte er, wenn sie den Eßtisch ans Fenster stellten, könnten sie ebenso die Landschaft genießen.

Die Umrisse der Berge und Bäume zeichneten sich in der Dämmerung ab. Die letzten Sonnenstrahlen ließen die Wolken über dem Wasser silbern glänzen. Nur die Blumen im Zimmer wirkten im Zwielicht der hereinbrechenden Nacht unverändert frisch.

Die Speise auf dem Tisch heiße »zusammengerollter Drache«, erklärte Lin, obwohl sie recht gewöhnlich aussehe. Sie und Cheng liebten das Gericht, weil es so mysteriös sei. Das Rezept sei schon vierhundert Jahre alt. Man drehe das Fleisch durch den Fleischwolf und hacke den Fisch klein; dann werde das Ganze in Teigstreifen eingewickelt und gedünstet, so daß der Inhalt verhüllt sei. Sie saßen in einem Halbkreis um den Tisch, Julian war als Gast in der Mitte plaziert, gegenüber der Glastür zum Garten. Auf dem Tisch brannten zwei rote Kerzen, das Bier kam aus Deutschland.

Im folgenden servierte die Köchin eine dampfende grüne Suppe aus einer Schüssel feinsten Porzellans. Das Gemüse in der Suppe war noch ganz frisch und bißfest. »Was für ein herrliches Aroma!« rief Julian nach den ersten Löffeln. Dieses Essen war noch viel schmackhafter als das aus dem »exquisiten Duft« und um Längen besser als alles, was die beiden Kerle in seinem Haus zustande bekamen. Er müsse seine Diener entlassen, um noch einmal in den Genuß einer derart wohlschmeckenden Suppe zu kommen, schmeichelte Julian seinen Gastgebern.

Cheng sah Lin zufrieden an und erklärte ihm, daß seine Frau eine Feinschmeckerin sei, die jedes berühmte Gericht im Reich kenne. Die Suppe, fügte Lin hinzu, bestehe aus Erbsensprossen. Jetzt sei zwar eigentlich nicht die Saison dafür, aber manche Händler hätten sich darauf spezialisiert und verkauften auch jetzt noch frische Sprossen. Man nehme nur die zartesten Triebe, höchstens so lang wie ein halber Finger, und gieße die Brühe von einer ganzen Ente kochend heiß über die Sprößlinge. Diese Speise habe man extra für ihn zubereiten lassen. Julian verbeugte sich und dankte für die Ehre.

In diesem Moment klopfte jemand ans Tor. Der Hausherr werde verlangt, meldete ein Diener. Cheng ging hinaus und kam nach einer Weile mit der Nachricht zurück, daß die Studenten die Verwaltung besetzt hielten; sie wollten die ganze Universität zum Streik bewegen, um gegen das schrittweise Nachgeben der Regierung angesichts der japanischen Aggression zu protestieren, berichtete er. Die Situation drohe außer Kontrolle zu geraten. Da der Rektor allein nicht damit fertig werde, habe er alle Dekane um Hilfe bei der Verhandlung gebeten.

»Das ist sicher wieder eine neue japanische Provokation«, sagte Cheng sehr niedergeschlagen. »Wenn die Regierung schon nichts tun kann, was sollen wir dann machen?« Er nahm noch zwei Bissen, entschuldigte sich und brach auf. Aus Sorge um ihren Mann hieß Lin die beiden Diener ihn begleiten und ihr Bericht erstatten.

Plötzlich war es still im Haus. Lin und Julian waren etwas

beklommen und fanden nicht gleich die Worte für ein Gespräch. Schweigend aßen und tranken sie weiter. Lin mochte etwas zuviel getrunken haben, denn auf einmal sagte sie stotternd: »Julian, warum verspotten Sie meinen besten Freund?«

Ihren besten Freund? Also konnte sie doch nicht so leicht wegstecken, was er über Xu gesagt hatte. Aber sie drückte sich immer noch sehr gewählt aus, und diese vollendete Höflichkeit konnte er nicht länger ertragen. Es drängte ihn, diese Dekansgattin zu attackieren.

»Wie war denn der Dichter Xu im Bett? Hat er da auch so viel geleistet?«

Lins Gesichtszüge erstarrten, während Julian scheinheilig lächelte. Nach einer Ewigkeit brach es endlich aus ihr heraus: »Wie können Sie nur so etwas sagen? Chinesische Intellektuelle machen so etwas nicht!« Ihr Englisch kapitulierte vor dieser unerwarteten Beleidigung. Sie schwitzte und mußte ihre Brille abnehmen, um sich mit der Serviette das Gesicht abzuwischen.

Zum ersten Mal sah Julian sie ohne Brille. Er hätte nie gedacht, daß Lin so schön war. Die Röte ließ ihr Gesicht sehr fein und glatt erscheinen, und wenn sie zornig wurde, wölbten sich ihre Lippen ein wenig, als ob sie ihn zu einem Kuß verführen wollten. Ohne daß sie Lippenstift aufgetragen hätte, wirkten sie voll und rot.

In ihrer Verlegenheit stand Lin auf, um die heruntergefallene Serviette aufzuheben. Erst jetzt nahm er auch ihr traditionelles Kleid wahr. Der Qipao bestand aus weißem

Satin, hatte einen eingefaßten Kragen, der mit durchbrochenen Elfenbeinknöpfen verziert war, und war ganz anders als die sackähnlichen Baumwollkleider der Studentinnen. Es lag eng auf der Haut an und war bis zum Oberschenkel geschlitzt. Alle Kurven ihres Körpers kamen zum Vorschein. Im Haarknoten steckten drei Nadeln mit blauen und weißen Edelsteinen.

Gott, ich muß blind gewesen sein! warf er sich vor.

Dachte er an seine ersten Tage, fiel ihm ein, daß sie sich doch von Anfang an von dieser fremden, wogenden Masse abgehoben hatte. In ihrer Nähe fühlte er sich wohl, und tief in seinem Innern wußte er, daß er sie begehrte. Was hatte ihn also zurückgehalten? Ihre Brille war es, die verdammten Augengläser. Daß sie sie nun abnahm, war ein Wink der Götter, und endlich öffneten sich auch Julians Augen.

Lin setzte sich gerade hin und zog die Dochte der Kerzen höher, so daß es ein wenig heller wurde. Dann rückte sie in den Halbschatten und vermied es, ihn anzusehen. Im behaglichen Schein der Kerzen war sie Julian so vertraut, als ob sie einander seit langem kannten. Lin spielte weiterhin die perfekte Gastgeberin und schenkte ihm Rotwein ein, als wenn nichts geschehen wäre. Julian achtete auf jede ihrer Bewegungen. Er wußte, daß er sich nicht mehr zurückhalten konnte, er mußte sie aufschrecken, sie um ihren Anstand bringen. Rücksicht auf seinen Vorgesetzten und seine Stelle wollte er nicht nehmen, und so kehrte er ungeniert zum alten Thema zurück.

»Chinesische Intellektuelle haben also keine Affären? Da

haben die englischen Lehrer ihren chinesischen Studenten aber nicht genug beigebracht.«

In ihrer Verwirrung schien Lin ihn nicht ganz verstanden zu haben, also redete er von seiner eigenen Familie, so als würde er eine Dichteranekdote im Unterricht erzählen. Als seine Mutter mit ihm schwanger gewesen sei, habe sein Vater Clive ein Verhältnis mit Tante Virginia gehabt. Nach seiner Geburt habe sich seine Mutter Vanessa Roger Fry als Geliebten genommen und Clive ermutigt, mit ihren Freundinnen anzubändeln. Sein Vater habe sich darauf mit dieser oder jener in Paris oder London herumgetrieben. Vanessa jedoch habe ihm zu Hause immer ein Schlafzimmer, ein Studio und ein Wohnzimmer bereitgehalten, die mit ihren Wandgemälden dekoriert waren. Sie kümmerten sich umeinander und blieben immer noch Mann und Frau. Mutters Dauerlebensgefahrte Duncan Grant sei bisexuell, fuhr Julian fort. Wenn sein Freund kam, schlief er mit seinem Freund, wenn keiner kam, schlief er mit Vanessa. Julian habe zwei Geschwister, Quentin und Angelica, aber Angelica sei die Tochter von Duncan und nicht von Clive.

»Und sie machen einander keine Szenen?« fragte Lin ungläubig.

Als seine Mutter entdeckt habe, daß ihre jüngere Schwester und ihr Mann eine Affäre hatten, habe sie lediglich gemeint: »Die beiden sind die liebsten Menschen in meinem Leben, und daran wird sich auch jetzt nichts ändern.« Clive brachte oft seine Freundinnen mit, um sie Vanessa vorzustellen, und Vanessas Freunde haben sich auch immer gut mit Clive verstanden. Roger und Clive zum Beispiel seien seit eh und je die besten Freunde gewesen. Vaters Theorie zur modernen Ästhetik und Kultur etwa sei von Roger Fry überarbeitet worden und sei nun auch als »Bell-Fry-Theorie« bekannt. Vanessa und Virginia waren nicht zuletzt Geschwister im Geiste, mit ihrem Charme und ihrer Intelligenz bildeten sie das Zentrum des Bloomsbury-Kreises. Es ging ihnen nicht um die Männer oder um das Geschlechtliche – allerdings, hielt Julian inne, könne man ebensogut sagen, daß es ihnen ausschließlich darum ging. In seiner Familie gebe es also keine plumpe Eifersucht. Von klein auf sei ihm der Anblick von nackten Männern und Frauen vertraut gewesen. Duncan liebte es, männliche Körper zu malen. Manchmal habe er sie in akrobatischen erotischen Stellungen arrangiert, und während Duncan malte, habe seine Mutter daneben gestanden und den Anblick genossen.

Julian kam immer mehr ins Reden. Voller Stolz sprach er von seiner Familie, ihren anti-viktorianischen Idealen und ihrer freizügigen Sexualität. Lin hörte sich seine detaillierten Schilderungen an und hielt verlegen den Kopf gesenkt. Im Kerzenschein schimmerte ihr Haar tiefschwarz. Unter ihrem Fransenpony schaute sie auf das Tischtuch, wo die geschnitzten Eßstäbchen aus Horn neben der Brille lagen. Lin war deutlich erregt und wußte nicht, wohin sie mit ihren Händen sollte. Nervös hob sie sie von ihren Beinen auf den Tisch und legte sie wieder zurück.

»Und was ist mit dir, Maizi bucuo?« sagte Julian.

Lin hob erstaunt den Kopf und sah ihn an. Sie war sichtlich überrascht, den hiesigen Dialekt zu hören, stärker noch war ihre Verlegenheit. Julian hielt es nicht mehr auf seinem Stuhl. Er hatte sich an seinem eigenen Bericht über das süße Leben in Bloomsbury ebenso berauscht wie an ihrer sichtlichen Erregung. Impulsiv, wie er war, stand er auf, ging um den Tisch herum und zog sie in seine Arme. Sie wehrte sich kaum.

Sein Gesicht berührte ihre brennend heiße Wange. Er küßte ihren Hals, ihr Antlitz, suchte nach ihren Lippen. Seine Hände fuhren von ihrer Taille bis zu ihren Schultern empor, um zu ihren Brüsten zu wandern. Ihre aufgerichteten Brustwarzen zeichneten sich unter dem hauchdünnen Kleid ab und machten ihn rasen. Auch Lin brannte vor atemlosem Begehren.

Das Zimmer war groß, und nur der Eßtisch wurde von den Kerzen und der Lampe beleuchtet. In stiller Verabredung rückten sie an die Wand und in die Ecke, wo das Licht schwächer wurde. Lins Lippen berührten jetzt sein Gesicht. Ihre Hände hingen nicht mehr untätig herunter, sondern umfaßten seine Hüften mit leichtem Druck.

Nino Filastò

Der anonyme Brief

»›Wenn ich Sie recht verstehe‹, überlegte ich, ›hängt die Identifizierung des Verstandes des Schlüsse-Ziehenden mit dem seines Gegners von der Genauigkeit ab, mit der der Verstand des Gegners beurteilt und gemessen wird.‹«

E. A. Poe, *Der entwendete Brief*

Schneeregen fiel an jenem Nachmittag in dicken Flocken zur Erde, die sofort zu konturlosen Tropfen verliefen, als wäre alles, was sie berührten, glühend heiß. Auf dem Boden bildeten sich schmutzige Pfützen.

Doktor Gabriele Riguatti, ehemaliger Leiter der Sonderkommission für Serien- und Kollektivverbrechen, kurz SKSKV – ein Zungenbrecher, der an die gleitenden Bewegungen einer Schlange erinnerte –, blieb vor dem Eingang eines Kinos stehen.

Riguatti langweilte sich, ein Gefühl, das ihn seit fünf Jahren begleitete. Er hatte sich nicht dazu durchringen können, wie einige seiner pensionierten Kollegen ein eigenes Detektivbüro zu gründen. Urkundenfälschungen, schmuddeligen Familienangelegenheiten, Patentverletzungen und ähnlichen Lappalien hinterherzuschnüffeln wäre ihm, der jahrelang die hiesige Tagespresse beschäftigt hatte und in den Sendungen bekannter Showmaster interviewt worden war, erniedrigend vorgekommen.

Um die Langeweile zu bezwingen, hatte er eine Zeitlang mit dem Gedanken gespielt, sich einen Hund anzuschaffen.

Besonders die Vorstellung, das Hündchen seinem eisernen Willen zu unterwerfen und abzurichten, reizte ihn. Dann jedoch kam ihm in den Sinn, daß Hunde stinken, bellen, Krankheitserreger übertragen, sich zur Paarungszeit widerlich triebhaft verhalten und, wenn sie sich an ihr Herrchen gewöhnt haben, dessen Freiheit mit ihrer Anhänglichkeit gehörig einschränken und schließlich nur noch im Wege sind. Da hatte er sich doch lieber für die Langeweile entschieden; dafür, weiter in der Stadt herumzubummeln, erneut auf den Pfaden seiner ruhmreichen Taten zu wandeln und sich die denkwürdigen Momente der Vergangenheit ins Gedächtnis zurückzurufen.

Auf einem altmodischen Filmplakat, das im Schaukasten neben dem Eingang des Vorortkinos hing, waren in Schwarzweiß die groben, abgetretenen Schuhe und die Hosenbeine eines Mannes abgebildet, dessen Oberkörper man nicht sah. Unter seinen klobigen Füßen breitete sich eine feuerrote Blutlache aus. Das bis zum Plakatrand laufende Blut befleckte und unterstrich gleichermaßen den Filmtitel: *MANIAC*. Ein fluoreszierender Streifen, der quer über der Scheibe des Glaskastens angebracht war, trug die Aufschrift: *Festival des Horrorfilms. Klassiker aus drei Jahrzehnten.*

Riguatti runzelte die dichten Augenbrauen und starrte das Bild auf dem Plakat an. Dann zog er ein letztes Mal an seiner halben Toscano extravecchio. Er stampfte mit den Füßen auf das nasse Straßenpflaster und wartete einen Augenblick, bis sich der dichte Rauch verzogen hatte und nur der Geschmack des kalten, zwischen seinen Lippen zerdrückten

Tabaks blieb. Dann betrat er das Kino und näherte sich der Kasse.

»Hier ist Rauchen verboten«, teilte ihm eine hübsche, rundliche Blondine in gelangweiltem Ton mit und schaute dabei nicht einmal von ihrem Kassenbuch auf.

»Sie ist aus«, Riguatti kaute weiter auf seinem Zigarrenstummel herum. »Ich nehme sie nie aus dem Mund.«

»Sie sollten sich beeilen.« Das Mädchen riß eine Eintrittskarte ab und reichte ihm ein Faltblatt. »Der Film fängt gleich an.«

Was für ein eigenartiger Einfall, im Jahr 2010 Filmwochen zu veranstalten. Und dann noch über dreißig Jahre alte Horrorfilme auszugraben! Der Prospekt, den die Dame an der Kasse ihm zusammen mit der Eintrittskarte ausgehändigt hatte, enthielt das Programm des Festivals.

Erneut runzelte der ehemalige Polizeibeamte die Augenbrauen. Die Filme schienen einer bestimmten Logik zu folgen: NACKT FÜR EINE HANDVOLL HELDEN. THE NIGHT OF THE GENERALS. CANNIBAL FEROX. SCHIZOID. KILLER IN DER NACHT. MANIAC. BLACK CAT. HÄNDE WEG VON DIESER TÜR. NIGHTMARE.

Die Anzahl der Filmtitel stimmte fast genau mit der der Doppelmorde überein, die zwischen 1968 und 1985 in der ländlichen Umgebung der Stadt von einem Subjekt begangen worden waren, das in der Presse sofort als »Monster« Schlagzeilen gemacht hatte. Es war nur ein Titel zuviel. Der Film am Anfang der Liste war damals sogar offiziell in die

Prozeßakten eingegangen: Das erste Paar, das dem Doppelmörder 1968 zum Opfer fiel, hatte zuvor genau diesen Film gesehen. Man nahm an, daß der Täter den beiden nach dem Kino gefolgt war, um sie wenige Minuten später zu überfallen.

Diesen Film hätte Riguatti gern noch einmal gesehen, doch leider war die Reihe schon fast am Ende angelangt. Zur Zeit der Ermittlungen hatte er ihn über sich ergehen lassen müssen: Um den Verlauf des Abends rekonstruieren und so den Todeszeitpunkt des Liebespaares genauer bestimmen zu können, hatte er die Länge des Films gemessen. Diesmal kein amerikanischer, sondern ein japanischer Film, der in einem Feldlazarett während des Chinesisch-japanischen Krieges im letzten Jahrhundert spielte. Die Dramaturgie des Streifens war, obwohl mit unerträglichem Sadismus überladen, beinahe brauchbar. Die Hauptfigur, eine schöne und sehr freizügige japanische Krankenschwester, gewährte inmitten der Blutlachen, der mit grausamem Realismus nachgestellten Amputationen, inmitten von Gestöhn, Schmerz und Verzweiflung der Verwundeten und Sterbenden allen ohne Einschränkung ein letztes Vergnügen. Wirklich allen, so schmutzig, entstellt, verstümmelt sie auch waren; vorausgesetzt, sie verfügten noch über das dafür notwendige Körperteil. Einzige Ausnahme bildete ihr Gegenpart, ein durch eine Überdosis Kokain impotent gewordener Chirurg. Zuletzt bombardierte ein feindliches Flugzeug das Lazarett und tötete alle Insassen bis auf die gutherzige Krankenschwester, was dem Film ein wohltuend kathartisches Ende verlieh.

Daß nun aber gerade der Film MANIAC an ebendiesem Tag gezeigt werden sollte, kam Riguatti wie ein schlechter Scherz vor, als hätte es jemand darauf angelegt, ihn zu provozieren.

Obwohl seitdem viel Zeit verstrichen war, spürte der ehemalige Chef der SKSKV wieder den beklemmenden Verdruß von damals in sich aufsteigen. Von diesem Film hatte der Verteidiger eines Angeklagten lang und breit gesprochen. Er hatte vehement, allen gegenteiligen Meinungen zum Trotz, auf seiner Bedeutung beharrt.

Riguatti wollte sich gerade durch Beiseiteschieben der staubigen Vorhänge Zutritt zum Kinosaal verschaffen, machte statt dessen jedoch kehrt und trat wieder an die Kasse heran. Die hübsche Blondine hatte bereits das Fensterchen ihres Kabinetts geschlossen und kramte nun, schon in Hut und Mantel, in der Handtasche nach ihren Autoschlüsseln.

Riguatti klopfte an die Scheibe. »Verzeihen Sie, ich hätte gern eine Auskunft.«

Die junge Frau öffnete die Glasklappe: »Der Film fängt jeden Moment an.«

»Ich glaube nicht, daß ich viel verpasse. Können Sie mir sagen, wer das Festival organisiert hat?«

»Wie meinen Sie, organisiert?«

»Ich meine, wer hat die Filme ausgewählt?«

»Woher soll ich das wissen? Ich verkaufe hier nur Karten und interessiere mich nicht im geringsten für alte Horrorfilme. Keinen einzigen davon habe ich mir angeschaut.«

Riguatti machte von dem Stirnrunzeln Gebrauch, das er in der Vergangenheit stets bei seinen Verhören eingesetzt hatte.

»Können Sie mir wirklich gar keinen Hinweis geben?«

»Ich weiß nur, daß mein Chef ein fanatischer Kinofan ist«, sie senkte die Stimme, »und daß ihm ein Freund bei der Auswahl der Filme hilft.«

»Ein Freund? Ist dieser Freund zufällig Anwalt?«

Verärgert über seinen Tonfall, kehrte sie ihm den Rücken zu, trat zur Tür ihres Kabinetts und drehte sich für die Antwort nicht einmal mehr um.

»Ich glaube nicht, daß er Anwalt ist. Aber wenn er sie so interessiert: Im Saal treffen Sie ihn bestimmt. Er verpaßt keinen einzigen Film! Der Herr ist schon älter und ungeheuer groß.«

Wenige Zuschauer saßen vereinzelt in den Reihen des kleinen Kinosaals.

Riguatti suchte sich einen Platz nahe der Leinwand – seine Sehkraft hatte seit einiger Zeit nachgelassen, trotzdem weigerte er sich hartnäckig, eine Brille zu tragen. Irgendwie fühlte er sich herausgefordert, obwohl er nicht mehr erwartete als einen zweitklassigen Hollywoodstreifen, mit vorhersehbaren Pointen und der üblichen langweilig manierierten Erzählweise, an der sich seit Jahrzehnten nichts verändert hatte. Der Film würde wie gewöhnlich ein Blutbad nach dem anderen zeigen, hier und dort unterbrochen von den spitzen Schreien der weiblichen Opfer, wenn sie mit

Entsetzen die gezückte Waffe wahrnahmen, ehe sie ihnen eine klaffende Wunde riß. Vergewaltigungen würde der Zuschauer, dank der Selbstzensur des Autors, wahrscheinlich nur vor seinem geistigen Auge sehen.

Riguatti begab sich zu einem Platz inmitten der fünften Reihe. Da der Saal schon verdunkelt war, mußte er aufpassen, nicht über die Füße der anderen zu stolpern.

Auf der Leinwand warb ein Vorspann für die Filme des Festivals, die noch nicht gezeigt worden waren.

Ein minderbemittelter Sheriff mit finsterem Gesicht drosch gerade blindwütig auf einen erschrockenen Jungen ein.

Soweit man es dem Trailer entnehmen konnte, war der Streifen erstaunlich gut gefilmt und wirkte sogar spannend.

Aus dem Augenwinkel nahm Riguatti, trainiert darauf, die kleinste Auffälligkeit zu bemerken, eine schlaksige Gestalt wahr, die sich einige Reihen schräg hinter ihm von ihrem Platz erhob.

»Verzeihung … Darf ich?« Rücksichtsvoll und so leise wie möglich bahnte sich der Mann einen Weg durch die Reihen, und Riguatti spürte, daß er den Platz direkt hinter ihm ansteuerte. Der alte hölzerne Parkettsitz knarrte, als sich die riesenhafte Gestalt langsam zusammenbog und darauf niederließ.

»Seien Sie gegrüßt«, raunte die Stimme.

»Wie bitte?« Riguatti drehte den Kopf ein wenig in ihre Richtung.

Er fühlte sich merkwürdig angespannt, als hätte sich hinter seinem Rücken ein großer Raubvogel niedergekauert. Sein Sitz kam ihm plötzlich unendlich hart und unbequem vor.

»Sie sind doch Doktor Riguatti?« Der Raubvogel beugte sich etwas vor, so daß der Polizeibeamte seinen warmen Atem spürte.

»Und wer sind Sie?«

»Tatsächlich! Doktor Gabriele Riguatti persönlich! Ich habe Sie an der Zigarre erkannt.« Die Stimme kicherte leise.

Riguatti überlegte kurz, ob es nicht besser wäre, sich umzusetzen. Doch dann erschien es ihm allzu grob und unhöflich, obwohl ihm der durchdringende süßliche Geruch, der von seinem Nachbarn ausging, Übelkeit bereitete.

Von der Leinwand ertönte plötzlich das ohrenbetäubende Gekreische einer Kettensäge. Ein Zombie mit Kapuze war gerade dabei, einen jungen Mann in Stücke zu schneiden.

»Haben Sie diesen Film schon gesehen?« flüsterte die Stimme des Unbekannten dicht neben seinem Ohr. Riguatti wandte sich ab, ohne zu antworten.

»Wenn nicht, müssen Sie unbedingt noch reingehen. Er wird morgen gezeigt. Ein wunderbarer Film. Ich habe ihn unzählige Male gesehen.«

Auf der Leinwand erschien inzwischen der minderbemittelte Sheriff in Großaufnahme, wie er mit törichtem Grinsen einem Mädchen Handschellen anlegte.

»Sie müssen ihn gesehen haben, das war ein Kassenschlager! HÄNDE WEG VON DIESER TÜR ist der bekannteste Film, den das Festival zu bieten hat. Gestatten Sie mir eine Frage ...«

Erneut beugte sich die riesenhafte Gestalt so weit vor, daß sie fast Riguattis Kopf berührte. Wieder wich Riguatti mit einer hastigen Bewegung zurück, ohne seinen Unwillen zu verbergen.

»Meinen Sie, der Sheriff weiß, daß der Irre mit der Säge all die Jungen getötet hat?«

Die Antwort, auf die der Mann in Riguattis Rücken wartete, blieb aus. Sein Gesprächspartner erhob sich vielmehr und machte Anstalten zu gehen.

»Bitte, bleiben Sie! Diese Filmreihe ist gewissermaßen zu Ihren Ehren veranstaltet worden. Sie wissen nicht, wie glücklich ich bin, daß Sie endlich gekommen sind.«

Riguatti war sich nun sicher, daß der Mann hinter ihm der Freund des Kinoinhabers war, von dem die Blondine gesprochen hatte. Er schnaubte unwillig, nahm aber doch wieder Platz.

»Meiner Meinung nach hat der Sheriff nicht die leiseste Ahnung«, fuhr der schlaksige Riese in überzeugtem Ton fort. »Das ist ein Schwachkopf, der nichts kapiert, genausowenig wie all die anderen im Dorf, mit Ausnahme des Kindes vielleicht, das aber weiter keine Rolle spielt ... Anspielung verstanden?«

»Welche Anspielung denn?«

Anstatt zu antworten, kicherte er und rieb sich die riesigen Hände, die selbst angesichts seiner beachtlichen Körpergröße noch überdimensioniert wirkten. Riguatti drehte sich nach hinten, um ihn im bläulichen Reflex der Leinwand besser betrachten zu können. Er war alt, sicher über Sechzig, und sah mit seinem scharf geschnittenen Gesicht, der gebogenen Nase und den hohlen Wangen wirklich aus wie ein Raubvogel. Besonders stachen seine großen, tief in den Höhlen liegenden Augen hervor, deren Blicke ihn in dem halbdunklen Saal wie Röntgenstrahlen zu durchdringen schienen.

Nun lief ein anderer Filmausschnitt über die Leinwand: NIGHTMARE. Eine Messerschneide zerteilte von oben nach unten ein Stück Vorhang, hinter welchem sich zwei nackte junge Leute ihrem Liebesspiel hingaben.

Und wieder flüsterte die Stimme seines riesenhaften Hintermannes:

»Und das sagt Ihnen gar nichts, Herr Doktor? Warum hat der Mörder des französischen Liebespaars das Zelt nur vierzig Zentimeter weit aufgeschnitten – durch so ein Loch paßt niemand durch. Was bezweckte er damit? Ein schönes Rätsel, finden Sie nicht?«

»Nun sagen Sie endlich, wer Sie sind und was Sie wollen!« erboste sich Riguatti.

Das Licht im Kinosaal ging an. Der Riese hatte seinen Platz verlassen. Riguatti sah, wie er nahe am Eingang dem jungen Snackverkäufer mit Bauchladen einen übervollen Pappeimer Popcorn abkaufte.

Wieder wurde es dunkel. Die trockene Luft roch nach staubigem Teppichboden. Unter der Leinwand warnte eine flaschengrüne Leuchtschrift davor, das Rauchverbot, welches in allen öffentlichen Räumen herrschte, zu übertreten. Riguatti fühlte sich ertappt, obwohl die Zigarre, die er fortwährend von einem Mundwinkel in den anderen schob, aus war.

Der Alte hatte inzwischen wieder unauffällig hinter ihm Platz genommen, angelte sich nun Popcorn aus seinem Eimer und zermalmte es übertrieben geräuschvoll zwischen den Zähnen.

Jetzt lief der Vorspann zu MANIAC. Man sah von hinten einen Mann am Steuer seines Wagens; so groß, daß er fast mit dem Kopf gegen das Autodach stieß. Er fuhr gemächlich durch einen ärmlichen Vorort. Die Straße, vollgestellt mit Mülltonnen, zog sich unter dunklen Bahnüberführungen entlang. Die Stimme einer Frau, die man sich alt und autoritär vorstellte, kommentierte die Szene in gereiztem Ton: »Ich habe dir doch gesagt, daß du das Haus heute nacht nicht verlassen sollst! Jedesmal passiert das gleiche. Das ist sinnlos und führt nirgendwohin. Glaube nicht, ich wüßte von alldem nichts und hätte nichts verstanden! Ich lese doch Zeitung! Ich weiß ganz genau, was du tust, und irgendwann werden es alle anderen auch wissen.«

Der Vorspann war zu Ende. Der Fahrer zuckte zusammen und schüttelte sich, als fröstele ihn, als wolle er sich von der inneren Stimme befreien. Synchron zur Bewegung des Darstellers ertönte ein lautes Rascheln aus der Popcorntüte. Mit den geschärften Sinnen des professionellen Ermittlers nahm Riguatti wahr, wie der Raubvogel hinter ihm mit seiner

Pranke in den Eimer langte, um sich dann deren Inhalt auf einmal in den Mund zu stopfen und gierig zu zermalmen. Das Kaugeräusch wurde immer lauter, fast schien es dem Ex-Polizisten, als höre er die Knochen eines Skeletts knacken. Anstelle der Off-Stimme kamen nun Streicher mit einer mäßig suggestiven Kadenz zum Einsatz. Auf der Leinwand fuhr das Auto, ein alter, dunkler Buick, auf der befestigten Uferböschung eines Flusses entlang. Und wieder erklang die verärgerte Stimme aus dem Off: »Ach, im Grunde hast du ja recht. Sie sind alle gleich! Obwohl einige besonders dreist sind. Ich sage ja nicht, daß sie keine Strafe verdienen ... Aber trotzdem ...«

Abermals schüttelte der Schauspieler den Kopf, worauf die Stimme sofort verstummte, als hätte sie jemand ausgeschaltet. Der Wagen durchfuhr nun ein noch dunkleres und verkehrsärmeres Gebiet, am Flußufer wechselten sich Lagerhäuser und Anlegestellen ab. Die Frauenstimme hob wieder an: »Du weißt genau, wie sie sind. Auch wenn du nicht dasselbe tun kannst wie sie, heißt das nicht, du würdest nichts begreifen ... Was solltest du denn auch machen? Ich weiß doch, daß es dir nicht reicht, lächelnd vor ihnen zu sitzen und ja und amen zu sagen. Ihre Haare, ihre Blicke, die rot bemalten Lippen in den frech geschminkten Gesichtern und ihre ... das alles macht dich *wahnsinnig*!«

»Ein wenig kindisch, finden Sie nicht?« Die Stimme des Alten klang, als hätte er den Mund voller Kies.

»Wie bitte?«

»Nein, ich meine ... zu primitiv, zu vorhersehbar, finden Sie nicht? Ein professioneller Ermittler hätte das sicher authentischer darstellen können … mit exakten, wissenschaftlichen Termini, passend zum Krankheitsbild …« Der Alte hielt kichernd inne. »*Ich hasse niemanden, aber ich muß das tun, um zu leben …* Das ist mal ein Satz, der sie perfekt umschreibt, diese Krankheit! – Diese sogenannte Krankheit … damit wir uns richtig verstehen …«

Riguatti fuhr auf seinem Sitz zusammen, der letzte Satz hatte einen empfindlichen Nerv getroffen. Er wandte den Kopf, um dem Unbekannten ins Gesicht zu sehen:

»Was haben Sie gerade gesagt?«

»Aber Herr Doktor, sagen Sie nicht, Sie würden sich nicht mehr an den anonymen Brief erinnern! Der Brief, den Sie so vorschnell weggeworfen haben. Ein wirklich gewissenhafter Polizist hätte ihm mehr Beachtung geschenkt, wenn Sie mir die kritische Bemerkung erlauben …«

»Auf welchen Polizisten spielen Sie an?«

Jemand aus dem Publikum zischte: »Ruhe!«

»Tja«, seufzte der Alte noch leiser. »Ich kenne Sie, sehr gut sogar, und kann mir vorstellen, daß Ihnen mittlerweile bewußt geworden ist, wie falsch Sie lagen. Oder irre ich mich?«

Der ehemalige Leiter der SKSKV wandte abermals den Kopf, um seinen zudringlichen Gesprächspartner gründlich zu mustern. Kein Zweifel, er hatte ihn noch nie gesehen. Ein solches Gesicht hätte er so schnell nicht vergessen. Es wirkte in diesem Moment beinahe edel. Seine Züge hatten etwas Ruhevolles und Kindliches angenommen, so wie alle faltigen

Gesichter, die ohne Reue und in Würde altern, wenn Lust und Begierde sich legen und man dem Unvermeidlichen gelassen entgegensieht.

Als sich ihre Augen im Halbdunkel des Kinosaals begegneten, hielt der feste Blick des Alten den des anderen lange gefangen. Außer der Ruhe, welche aus den welken, an trockenes Brot erinnernden Gesichtszügen sprach, spürte Riguatti noch etwas anderes … Beim Anblick der tiefen, von dichten weißen Brauen beschatteten Augenhöhlen überkam ihn ein beklemmendes Angstgefühl. Ihm war es, als durchzuckten schwarze Irrlichter diese Augen, als könne der schadenfrohe Alte die Überraschung, die er ihm bereiten würde, kaum erwarten. Hatte er diesen Blick vielleicht doch schon gesehen? Aber wo?

Unterdessen fuhr das Auto auf der Leinwand langsam an den Docks eines Großstadthafens vorbei. Die Frauenstimme aus dem Off wurde schrill:

»Nein … So habe ich das nicht gemeint … Es ist nur … sie wissen nicht, wann Schluß ist. Nie wissen sie, wann Schluß ist! Natürlich ist es richtig, daß du ihnen zeigst, wo Schluß ist! Aber bitte nicht so, nicht auf diese Weise! Bitte! Du mußt vorsichtig sein! Du mußt auf mich hören! Es ist immer dasselbe, du hast dich nicht unter Kontrolle! Ich habe Angst, daß sie dich kriegen … Aber wenn du tust, was ich dir sage, kriegen sie dich nie, das schwöre ich dir!«

»Das soll die Stimme der Mutter sein, verstehen Sie?« wisperte der Alte.

»Wessen Mutter?«

»Des Hauptdarstellers natürlich. Gleich werden Sie ihn in Aktion erleben …«

Ein wütendes »Psssst« lief durch die Sitzreihen. »Nun haltet doch endlich mal den Schnabel!« rief jemand.

Riguatti wandte nun den ganzen Operkörper um und reckte sich ein wenig zu dem Alten hoch, um ihn möglichst leise zu ermahnen:

»Seien Sie still, zum Donnerwetter! Merken Sie denn nicht, daß Sie mich und alle anderen im Saal stören?«

Statt der Frauenstimme erklang nun wieder Musik. Die Filmkamera hatte den Vorplatz einer Diskothek ins Visier genommen. Im zuckenden Widerschein der bunten Spots, die den Eingang umzüngelten, traten zwei Gestalten ins Freie. Ein Junge und ein Mädchen gingen eng umschlungen zu ihrem Auto und stiegen ein.

Jetzt rückte der Fahrer des Buick wieder ins Blickfeld. Unter riesigen Brückenpfeilern lenkte er seinen Wagen von einem Schatten zum nächsten. Die Kamera schwenkte nach oben und zeigte die schwindelerregende Höhe der New Yorker Verrazzano Bridge mit dem dunklen Himmel darüber. Ein rötlicher Dunst, der von der Stadt her aufstieg, verschluckte die Sterne.

Der Autofahrer, den man wie zuvor von hinten sah, kam in Bewegung: Der alte Buick folgte dem Wagen des Liebespaares, das gerade im Schutz eines Brückenpfeilers hielt. Auch der Buick hielt unter einem Pfeiler und wirkte in der Draufsicht wie eine große schwarze, lauernde Küchenschabe. Die Fahrertür wurde geöffnet, und ein außergewöhnlich großer Mann stieg aus. Behutsam, um keinen Lärm zu machen, schloß er die Tür wieder und näherte sich geräuschlos dem Auto des Liebespaars.

Im Innern ihres Wagens beginnen die beiden ihr Liebesspiel. Atemlos nesteln sie an Knöpfen und Reißverschlüssen, halten nur gelegentlich inne, um sich zu küssen. Kurz taucht der Umriß einer entblößten Mädchenbrust auf, die von einer Jungenhand umfaßt und zärtlich gestreichelt wird. Ein Schatten verfinstert das linke Wagenfenster. Als das Mädchen den Spanner bemerkt, entfährt ihr ein erstickter Schrei. Da sieht ihn auch der Junge, öffnete das Autofenster, doch noch bevor er den kleinsten Laut von sich geben kann, drückt ihm der Mörder eine Pistolenmündung ins Gesicht. Blitze schießen aus dem Kleinkaliber, es knallt laut, als klatsche jemand in die Hände, der Kopf des Jungen wird mit aller Wucht nach hinten geschleudert. Sein verdutztes, von der Schußwunde in der Stirn verunstaltetes Gesicht erscheint in Großaufnahme.

Riguatti wandte seinen Blick von der Leinwand ab und beugte sich nach unten. Die Zigarre war ihm aus dem Mund gefallen.

»Aber was machen Sie denn? Sie schauen weg? Haben Sie den jungen Mann auch richtig gesehen?« Die Hand des Alten berührte Riguattis Schulter.

Natürlich hatte er das Gesicht des Jungen gesehen, und

wie!, in dieser bildfüllenden Großaufnahme, die das Entsetzen und den makabren Anblick des blutenden Einschußloches richtig zur Geltung brachte. Die Ähnlichkeit war verblüffend! Die gleiche schmale Stirn mit dem niedrigen Haaransatz – nicht gerade ein Zeichen für überdurchschnittliche Intelligenz –, die Gelfrisur, die gleichen hübschen schwarzen Augen, obwohl angstvoll aufgerissen, immer noch reizvoll, die gleiche kurze Nase mit den ein wenig geweiteten Nasenflügeln. Auch das glatte, gepflegte Schnurrbärtchen und das Grübchen im markanten Kinn waren geradezu identisch. Riguatti erinnerte sich noch genau daran: Das Bild des zusammen mit seiner Freundin in der Nacht zum 22. Oktober 1981 ermordeten Jungen war durch alle Zeitungen gegangen. Es zeigte den jungen Stefano halbaufgerichtet auf einem Sofa, den Arm um seine Freundin gelegt, den Kopf leicht nach hinten geneigt. Die ernste, ein wenig einfältige Miene war dieselbe wie im Film, auch wenn sie dort durch Verliebtheit und hier durch Verwirrung hervorgerufen wurde. Jener sture Anwalt hatte es wieder und wieder gesagt: Der Film MANIAC hatte den Mörder des realen Paares zu seiner Tat inspiriert.

»Schauen Sie! Verdammt, so schauen Sie doch hin!«

Riguatti kramte in seiner Brusttasche nach einer neuen Zigarre und richtete die Augen wieder auf die Leinwand.

Der Mörder geht um das Auto der beiden jungen Leute herum. Seine Bewegungen sind vorsichtig, aber sicher, frei von jeglicher Erregung. In seiner Rechten hält er einen kleinen Dolch mit messerscharfer Schneide. Er packt das

Mädchen unter den Achseln und zieht es aus dem Wagen, während sie schwach versucht, sich zu befreien. Im Hintergrund liegt der Junge reglos auf dem Fahrersitz, tot. Der Mörder verpaßt dem Mädchen zwei Messerstiche ins Herz, ohne besondere Brutalität, mit der Präzision eines operierenden Chirurgen. Dann legt er ihren leblosen Körper auf den Boden. Er packt sie an den Haaren und schneidet die Haut über der Stirn ein. Das Blut fließt. Mit einem kräftigen Ruck vollendet der Mörder die Skalpierung.

»Haben Sie das gesehen?« flüsterte der Alte. »Er hat den Skalp mitgenommen.«

»Ruhe!«

»Sie sehen betroffen aus, Doktor.«

»Ach was, betroffen! Ich möchte diesen dämlichen Film in Ruhe zu Ende sehen!«

»Ich wette, daß auch Ihnen der zeitliche Zusammenhang damals aufgefallen ist.«

»Welcher Zusammenhang?«

Ein Zuschauer stand auf.

»Sind Sie nun endlich still, oder was ist! Verdammt! Wenn Sie quatschen wollen, setzen Sie sich in ein Café!«

Szenenwechsel. Ein Keller, vollgestellt mit altem Krempel, Stühle ohne Sitzfläche, ein Schaukelpferd, ein paar Zinnsoldaten, auf dem Boden verstreut, ein alter, stellenweise blinder Wandspiegel, dessen Rahmen vom Holzwurm zerfressen ist. Darin gespiegelt, im schwachen Licht einer von der

Decke baumelnden Glühbirne, die Gestalt eines Mannes, der dabei ist, eine weibliche Schaufensterpuppe anzuziehen. Er streicht das Hemd über der Brust glatt und sortiert die Rockfalten. Dann holt er aus einer Plastiktüte den Skalp des Mädchens hervor. Er setzt der Puppe den Skalp auf den kahlen Kopf und wischt ihr mit einem Taschentuch etwas Blut von der Stirn. Schließlich tritt er einen Schritt zurück, um sein makabres Werk zu begutachten.

Der Alte war aufgestanden und ließ sich auf dem Platz zu Riguattis Rechter nieder, der leider frei war. Der süßliche Geruch wurde stärker, es roch nach Tod. Der Alte neigte den Kopf, um in sein Ohr zu sprechen:

»Ein ungewöhnlicher Zusammenhang, meinen Sie nicht? Dieser Film, *MANIAC*, wurde nur an drei Tagen gezeigt – den Tagen vor dem Doppelmord von 1981. Er lief in einer Stadt in der Nähe des Dorfes, in dem das Verbrechen geschah. Erinnern Sie sich an das Schlußplädoyer dieses Anwalts, Ihres erbitterten Gegners? Erinnern Sie sich daran?«

Riguatti sprang auf. Mit schnellen Schritten erreichte er die Tür, über welcher in rot leuchtenden Lettern TOILETTE geschrieben stand. Er trat ein, zündete sich die Zigarre an, zog gierig daran und legte den qualmenden Stummel auf den Rand des Waschbeckens. Dann wusch er sich die Hände, erfrischte sein Gesicht und strich mit den nassen Fingern über sein spärliches Haar. Als er aufblickte, um sich im Spiegel zu betrachten, sah er ein verstörtes Gesicht. Was war es – Wut, Groll, Enttäuschung? Nachdem es ihm durch seine Ermittlungen gelungen war, eine kleine Gruppe Alkoholiker aus dem Nachbardorf vor Gericht zu bringen, und diese auch verurteilt wurden, hatten Presse und Fernsehen ihn als Enthüller des Geheimnisses um die Monster-Morde gefeiert. Die Verurteilten, alles Trinker und Dorftölpel, waren in der Zwischenzeit verstorben. Lediglich einer büßte die letzten Jahre der lebenslänglichen Zuchthausstrafe in einem ansehnlichen Pflegeheim ab. Aufgrund der Bemühungen jenes unerträglichen Anwalts wurde die Strafe damals in häuslichen Gewahrsam umgewandelt. Von da an hatten hier und da einige bösartige Jounalisten, glücklicherweise nur wenige, begonnen, Zweifel an den Resultaten seiner Ermittlungen zu erheben. Dann wuchs Gras über die Sache. Schließlich kam, etwas verfrüht, die Pensionierung; und damit begannen seine einsamen Spaziergänge, während deren er darauf wartete, daß ihn jemand auf der Straße erkannte, ihn ansprach, um ihm – der so etwas wie ein Fernsehstar gewesen war – zu gratulieren. Statt dessen jedoch begegnete ihm völlige Gleichgültigkeit. Es war schmerzlich gewesen, plötzlich wie jedermann behandelt zu werden, sogar seine Frau sah nicht mehr mit derselben Bewunderung zu ihm auf wie zu seiner Blütezeit.

»Auch hier herrscht Rauchverbot. Wenn Sie erwischt werden, winkt Ihnen eine Strafe, so hoch wie die Hälfte Ihrer Rente.«

Der Spiegel reflektierte das Bild des Alten, der lächelnd seine langen gelblichen Zähne zeigte. Riguatti fiel auf, daß außer seinen Händen auch die anderen Glieder nicht zu seinem Körper paßten: Durch die langen Arme wirkte er wie ein großer Affe, seine Beine glichen denen eines Stelzvogels, und die in klobige, rissige Schuhe gezwängten Füße erinnerten ihn an die Gestalt auf dem Filmplakat.

»Wissen Sie, worin Ihr fundamentaler Fehler bestand?« fragte der Alte. »Ein ganz grundlegender Fehler, der auf mangelnde Bildung, gepaart mit einer übermäßigen Portion Narzißmus, zurückzuführen ist. Weil Sie zu keinerlei Ergebnis gekommen sind, haben Sie ungeniert in einer ganz anderen Richtung weiterermittelt. Sie haben sich eine neue Art Serienmörder ausgedacht, etwas ganz Außergewöhnliches: den Serien- und Kollektivverbrecher vom Lande. So wurde zunächst ein Dorftrottel ins Visier genommen. Sie haben ihn so beeinflußt, daß er schließlich Ihre Sicht auf die Dinge geteilt hat. Der arme Trottel, durch Ihre Erfindungsgabe zum Hauptverdächtigen des Falles geworden, obwohl er vom Tathergang weniger wußte als das, was darüber in den Zeitungen stand, verwickelte einen Bekannten in den Fall. Jener identifizierte sich, zweckmäßig von Ihnen gelenkt, sofort mit seiner neuen Rolle als Hauptverdächtigter und manipulierte damit seinerseits den Ermittlungsverlauf. Aber mit seiner mangelnden Intelligenz hat er ein solches Wirrwarr angerichtet, daß niemand mehr irgend etwas verstanden hat, auch er selbst nicht. Derartige Scheinverfahren sind seit dem 19. Jahrhundert bekannt, ein Philosoph – Vertreter des amerikanischen Pragmatismus – hat für dieses selbstbetrügerische Vorgehen den Begriff ›fallacy‹ geprägt … «

Doktor Gabriele Riguatti trocknete sich eilig Hände und Gesicht, nahm seine Zigarre und drückte sie an einer weißen Fliese aus, auf der ein schwarzer Abdruck zurückblieb. Dann steckte er sich den Stummel wieder in den Mund und kaute so heftig darauf herum, daß ihm einige Tabakfäden in den Hals rutschten. Der ehemalige Leiter der SKSKV hustete sich fast die Seele aus dem Leib, während er in den Kinosaal zurückkehrte.

Die dramatische Filmmusik ist lauter geworden. Es hat ein Szenenwechsel stattgefunden, die Handlung spielt nun in einer ärmlichen Vorstadtgegend: Farbe blättert von den Türen heruntergekommener Reihenhäuser, deren Eingangsstufen seitlich von Eisengeländern begrenzt sind. Eine brünette Prostituierte, trotz des fortgeschrittenen Alters noch reizvoll, sitzt auf einer Treppenstufe. Als der große Mann, den man bereits aus den vorangegangenen Szenen kennt, vorbeikommt, spreizt sie ein wenig die Beine und lockt ihn mit neckischem Lächeln. Über der Eingangstür blinkt ein neonfarbenes Leuchtschild mit der Aufschrift HOTEL in kurzen Intervallen auf. Der Mann folgt ihr in ein Zimmer. Auf einem lackierten Eisenbett fällt er über sie her. Im Vordergrund erscheint sein verschwitztes Gesicht und dann wieder das der Frau, die Kamera stellt ihren spöttischen Gesichtsausdruck den ungeschickten Bewegungen des Mannes gegenüber. Da legt er seine Hände um ihren Hals und drückt langsam zu. Ihr Gesicht verzerrt sich, der Mund öffnet sich zu einem stummen Schrei, die krampfartigen Zuckungen lassen das Bett erzittern, bis sich der Körper schließlich nicht mehr bewegt. In der rechten Hand des Mannes blitzt das kurze, breite Messer auf ... Und wieder wird skalpiert.

»So leicht werden Sie mich nicht los!«

Der Alte setzte sich aufs neue neben ihn, obwohl Riguatti diesmal seinen Platz mit Bedacht im hinteren Teil des Saals ausgewählt hatte. Die Neugierde auf das Ende des Films war stärker gewesen als der Drang, das Kino einfach zu verlassen.

»Im Grunde sind Sie mein Gast«, fuhr der Quälgeist fort. »Was glauben Sie, wer auf die Idee gekommen ist, diese Filmtage zu veranstalten? Wer hat sich Ihrer Meinung nach die Mühe gemacht, die Filme einen nach dem anderen zusammenzusuchen – und ich versichere Ihnen, es war nicht leicht, sie aufzutreiben? Ich kann den Kinobesitzer als meinen persönlichen Freund bezeichnen. Und im übrigen hat das Festival sogar Erfolg gehabt. Lassen Sie sich nicht täuschen, während der Abendvorstellungen ist der Saal voll. Sie haben doch die Szene gesehen, in der die Prostituierte ermordet wurde. Erinnert Sie das nicht an etwas? Warum hätte das sogenannte ›Monster‹ zwischen seinen Liebespaar-Morden so lange Pausen einlegen sollen? Sie werden hoffentlich bemerkt haben, daß in der Zwischenzeit andere Morde geschehen sind – Prostituierte, allzu freizügige Mädchen, Homosexuelle, Spanner. Ist es denn denkbar, daß jemand eine für ihn lebensnotwendige Handlung einfach unterläßt – denken Sie an den anonymen Brief –, daß das pochende Verlangen zu morden für lange Jahre einschlafen kann? Haben Sie sich die brünette Dirne in dem Film gut angesehen? Gleicht sie nicht der Prostituierten, die mitten im Stadtzentrum zu Hause in ihrem Bett getötet wurde, wie eine Zwillingsschwester? Und all die anderen, die nach und nach ermordet wurden? Was war mit den Homos im Park? Und der adlige Päderast, ermordet in der Villa seiner Ahnen? Alles ungelöste Fälle, nicht wahr?«

»Wer zum Teufel sind Sie?« stieß der ehemalige Ermittlungsbeamte so heftig hervor, daß sich einige Köpfe in seine Richtung drehten.

»Wer ich bin?« Der Alte breitete mit kummervoller Miene die Arme aus. Im Schein des gebündelten Lichtes, das aus dem Vorführraum drang, schien es Riguatti, als würde im linken Auge des alten Störenfrieds eine Träne glitzern.

»Betrachten Sie mich als gescheiterten Künstler, als Maler, dessen Fresken jemand mit einer weißen Kalkschicht überzogen hat. Den Kalk haben Sie aufgetragen, indem Sie sich mit ehrgeizigem Starrsinn auf diese armen Teufel versteiften. Es ist Ihre Schuld, daß der Künstler gescheitert ist, daß niemand seine Größe erkannt hat. Aber seien Sie beruhigt, ich bin zu alt und zu müde, um es Ihnen heimzuzahlen …«

Riguatti erhob sich. Er stürzte zum Ausgang. Nur hinaus, an die frische Luft, auf die vertrauten Straßen der Stadt mit ihren Autos und den ganz normalen Fußgängern auf den Trottoirs! Er floh wie gehetzt, ohne achtzugeben, und stieß dabei gegen den schwerbepackten Snackverkäufer, dessen

Bauchladen, in Erwartung der nächsten Pause, mit randvollen Popcorntüten bestückt war. Der Junge wankte, verlor das Gleichgewicht, und die weißen Puffmaiskörner flogen in alle Richtungen, bevor sie niederfielen und den Boden bedeckten wie seltsamer Schnee.

Helga Schütz
Halt in Hornberg

Das ist ein Haltepunkt. Kein Bahnhof. Hier wartet der Junge auf den Nachmittagszug. Die Strecke kommt aus der Ebene und geht in die hüglige Ferne fort, noch dreißig Kilometer, noch zwei Stationen. Vor dem Gebirge ist Schluß. In einer Stunde wechselt der Lokomotivführer seinen Sitz. Die Schwanzlokomotive zieht nun als Kopfmaschine zurück. Eine halbe Stunde später kommt der Zug hier wieder vorbei. Leer und leer fährt er weiter. Es ist der Rückzug. Uli Kurzweil, zwölf Jahre alt, wartet auf den herkommenden, den Göttinger, in dem meist ein paar Reisende sitzen. Es ist ein Anschlußzug. Er bringt Umsteiger aus der Stadt mit, die heimkommen, oder Ausflugler, die ins Gebirge wollen.

Auch hier, wo er wohnt und nun geduldig auf der Wartebank sitzt, gibt es schon einen Hügel, einen Gebirgsausläufer. Der Ort, der sich hinterrücks in Parallelwegen am Südwesthang hinaufzieht, heißt sogar nach dieser Erhebung, Hornberg, nicht zu verwechseln mit dem Ort dieses Namens, wo das Schießen war. Hornbergs Berg wird von den Schieferdächern einer Augustiner-Klosteranlage gekrönt. Ein sauber restaurierter Kirchturm spitzt in den Himmel.

Sämtliche Kriege, die lokalen Scharmützel und die europäischen Feldzüge und Schlachten, hatten in den Jahrhunderten den Hügel und seine Bewohner heimgesucht. Die Schäden der Gemäuer wurden über kurz oder lang je nach den Möglichkeiten der Gemeindekasse sowie der Kreativität der frisch heranwachsenden und zuwandernden Einwohner repariert. Ein neuer Zeitgeist und andere Besitzer oder Verwalter zogen ein. Bettelmönche. Eine gräfliche Schloßverwaltung. Das Tabaklager einer Zigarrenmanufaktur. Während der letzten Kriegsjahre lebten unter SS-Bewachung Mitglieder der belgischen Königsfamilie im früheren Dormitorium. Gleich nach dem Zusammenbruch kampierten die Amerikaner auf dem Hornberg. Man erzählt von einem Soldaten mit elektrischer Gitarre. Die ersten Sommerwochen, bevor die Besatzung nach Frankfurt am Main und Kaiserslautern verlegt worden war.

Seit den sechziger Jahren haben sich zum Vorteil des Ortes, man kann schon sagen zu seiner Gesundung, in den Hauptgebäuden der Klosteranlage verschiedene Vereine niedergelassen. Der stärkste ist der einstmals von Daniel Gottlieb Moritz Schreber gegründete Gartenverein. Die Schreberjugend besitzt hier Räumlichkeiten zum Übernachten und eine Küche, in der die Ortsfrauen auf Vereinsniveau kochen. Der Mann der Wirtschaftsleiterin besorgt in der Frühe die Backwaren aus der Stadt. Er bringt auch gleich die Post, die Zeitungen und die Angebote vom Markt mit. Die Küche stellt sich darauf ein. Hier können auch andere essen, die Zivildienstleistenden zum Beispiel, wenn sie in den Klosterscheunen oder in den renovierten Stallungen das Schriftgut räumen und stapeln. Oft allerdings sind die beiden jungen Helfer von früh bis zum Abend mit dem Kombi unterwegs. Es reißt ja nicht ab mit der Bücherflut. Angefangen hat es, als im Osten nach dem Mauerfall die Bücher aus den Verlagen, Bibliotheken und Lagerhäusern auf Halden gefahren wurden. Da ist der hiesige Pfarrer, ein Mensch mit bedenklichen Leidenschaften für Gedrucktes, zur Tat geschritten, und zwar mit dem eigenen Auto und erst einmal ganz allein ohne einen zweiten Mann, also nur mit Gottes Hilfe, der allerdings für sein Schaf in Hornberg viel mehr Prüfungen als Förderungen bereithielt. Straßenglätte, unverhoffte Umleitungen, betrunkene Anhalter, die zum Himmel stanken. Pfarrer Cotta stellte sein Auto neben die Container. Er entlud ein Paket zusammengefalteter Umzugskartons, hielt vor dem verklappten Gebirgsstock kurz inne, darauf griff er in frommer Frische zu. Er hatte es erst nicht glauben wollen. Doch es war so, wie es war. Goethe, Kleist, Dickens, Franzosen, Russen. Medizin für Fachleute und für Laien. Schulbücher. Bildbände. Was du dir denken kannst. Unter freiem Himmel. Bei Regen und Wind. Druckwerke dem Wurm, der Papierlaus, der Gautschmotte, der Müllmikrobe zum Fraß gegeben. Wenn man allein bedenkt, was das gekostet hatte und welche Werte darin schlummerten. Aber ein solcher Gedanke erwies sich bald als ganz falsch. Ein Goethe, ganz zu schweigen ein Werk von einem zeitgenössischen Poeten, war in diesen Zeiten keinen Pfifferling mehr wert. Pfarrer Cotta hatte wohl von Anfang an nicht so sehr an das im Dreck liegende Geld gedacht als vielmehr an das Maß sauren Schweißes und Fleißes, ans heiße Bemühen, an den Einsatz von Mut. Herzblut. Seelenpein. Nachtschlaf. Was alles in dem weggeworfenen Auswurf der Druckereien stecken mochte. Weisheiten und Irrtümer. Lügen über Lügen. Wer wollte das im Leben voneinander scheiden.

Cotta karrte die leicht verderblichen Sachen nach Hornberg, er füllte sein Haus bis unter das Dach, stapelte in den Nebengelassen, und dann fragte er in der Nachbarschaft herum. Wer Bücher haben möchte. Heinrich Mann. Klaus Mann. Wenn du willst, auch was vom Thomas, der hat ja am meisten geschrieben. Umsonst. Einzig das große Wilhelm-Busch-Album hatte im Dorf Interessenten gefunden. Der Kombi mit Busch war nach drei Tagen leer. Doch damit hatten die Hornberger in ihren Schrankwänden schon genug. Porzellantassen, Kerzenleuchter, das Buch.

Cotta redete mit der Gemeindevertretung, mit der Kirchenleitung. Auch mit dem Denkmalschutz. Er brauche wenn schon keine Museumsräume, so doch wenigstens eine Lagermöglichkeit für das gerettete Kulturgut. Etwas Trockenes und Großes. Cotta hatte Glück. Die Förderung für das einstige Zonenrandgebiet bilanzierte unverhofft einen Überschuß. Die Vereine, die Kirche, inklusive das Kirchendach, hatten ihr Teil mit gutem Puffer bekommen. Es reichte noch für einen anderen guten Zweck.

Dem Pfarrer wurden zwei sanierte Wirtschaftsgebäude des Klosters und zwei Zivis als Hilfskräfte zugewiesen. Mit Zeitvertrag konnte er sogar eine arbeitslose Bibliothekarin einstellen. Seine Aktion wurde inzwischen in den Medien als beispielhafte Bürgerinitiative gewürdigt. Cotta war Ehrenmitglied des PEN-Clubs geworden. Die Landesregierung hatte ihm eine Auszeichnungsmappe und Blumen überreicht. Die Kulturseiten der Zeitungen veröffentlichten Fotos und ganzseitige, von guten Leuten geschriebene Reportagen. So hat es in Deutschland schon einmal angefangen. Wer Bücher vernichtet, der bringt auch Menschen um. Manche Artikelschreiber warnten vor einer späteren Zeit, vor einem Irgendwann. Der bringt irgendwann einmal Menschen um. Es gab auch welche, die schrieben: Wer Bücher verbrennt, der verbrennt auch Menschen. Sie wollten mit der Beschwörung dieses Feuerbildes an den Platz nahe der Linden-Oper in der Reichshauptstadt, an die Bücherverbrennung 1933, und an die Verbrennungsöfen in den Konzentrationslagern erinnern. Das ging Pfarrer Cotta zu weit, aber eine Art Held war er schon, auch und gerade weil er so zupackend war, mit seiner mageren Frau, die sich die Haare selber abschnitt und Pullover strickte, mit seinem alten ungewaschenen Auto, keine Satellitenschüssel am Haus, Urlaub im nächsten Jahr, wenn's paßt, wieder einmal in der Patengemeinde Kyritz an der Knatter im früheren Osten. Man mußte ihn nur sehen, Sandalen, unrasiert, bescheiden und stetig.

Was einmal in einem geschichtsträchtigen Augenblick im Sommer neunzig angefangen hatte, das fand bis zum Tag seine Fortsetzung. Inzwischen mußten die Verlags- und Versandhäuser kein schlechtes Gewissen mehr haben. Sie konnten sich die Kosten für die Papierkippe sparen. Ein Anruf in Hornberg. Am nächsten oder übernächsten Tag waren die Zivis mit dem Auto da, um den Ramsch abzuholen. Ramsch, so viel wußten die Leute im Ort unterdessen, das war eigentlich kein böses Wort, Ramsch hieß noch etwas anderes als alter Krempel oder Plunder. Ramsch meinte sogar das Gegenteil. Die Bücher in den Scheunen sahen neu aus und sauber, keine ausgelesenen Schwarten. Ramsch, so stand es auf den Papieren. Abholung Ramsch *Freude mit Kakteen,* Landwirtschaftsverlag. Ramsch heißen Bücher, die der Markt nicht mehr haben will. Christlich gesinnte Hornberger halfen beim Entladen und Unterdachbringen.

Bei so viel Fleiß hatte der Länderhaushalt die Gelder in einer bürgernahen wie auch ostfreundlichen Geste noch etwas aufgestockt. Zu wenig, um ein richtiges Projekt zu beginnen, zu ungewiß, um auf Dauer zu planen. Aber der Mensch freut sich. Cotta lud von da an einmal im Monat einen Schriftsteller nach Hornberg ein. Er konnte allerdings nur solche nehmen, die mit nichts oder höchstens mit hundertfünfzig Mark Honorar plus Reisekosten zweiter Klasse plus Bett in der Herberge der Schreberjugend zufrieden waren. Er betonte die günstige Reisemöglichkeit per Bahn, versprach frische Semmeln zum Frühstück, Eier von Freilandhennen. Ziemlich gesunde Luft. Bücher beinahe geschenkt. Höchstens für eine nach unten und oben offene Spende in das getöpferte Schwein am Tor zur Bücherscheune. Ein eigener Beitrag zu den eigenen Unkosten, die so eine Einladung machte. Für Publikum war verbindlich gesorgt, denn die

Hornberger Kirchgemeindemitglieder taten ihrem Pfarrer auch diesen Gefallen. Sie halfen nicht nur Bücher auszuladen, sie hörten einmal im Monat dem angereisten Schriftsteller beim Vorlesen zu. Sie brachten, ohne daß vorher darüber geredet werden mußte, Gebackenes mit und wußten inzwischen während der Veranstaltung verständnisinnige Miene zu machen. Die Kuchenplatten wanderten von Tisch zu Tisch. Wenn der Klosterhund unter dem Harmonium lauthals gähnte, wurde er mit einem Tritt zur Ruhe gebracht. Schläferinnen wurden beizeiten geweckt, denn es sollte nicht wieder vorkommen. Der laute Schnarcher genau in der Pause zwischen den Kapiteln. Das Röcheln der verkalkten Kaffeemaschine.

Das Scharren unter dem Tisch. Die Suchmanöver, weil dem einzigen männlichen Zuhörer jedesmal vor lauter Stillsitzen die Tabakpfeife aus dem Mundwinkel fiel. Laß liegen. Halt Ruhe, lange kann es ja nicht mehr dauern. Noch zwei Seiten oder drei. So versprach es das rote Lesezeichen im Buch. Allerhöchstens noch zehn Minuten.

Nach der Lesestunde würde man wissen, welcher Kuchen diesmal zuerst aufgegessen worden war. Taktik, Konkurrenzdruck. Wieder die Donauwellen. Wer sich anstandshalber zurückgehalten hatte, ärgerte sich nun. Und es ärgerten sich auch die, deren Kuchen liegengeblieben war. Man mußte sich fragen, warum. Warum aßen die Hornberger immer noch keinen schlesischen Streuselkuchen? Es ist mehr als fünfzig Jahre her, daß die Flüchtlinge hier so was backen. Kurzweil Ursula zum Beispiel.

Der Name Kurzweil ist ein Flüchtlingsname. Den haben die Schlesier vor sechzig Jahren mit hierhergebracht. Wie den Streuselkuchen, den vermeintlich trockenen, in dem aber in Wahrheit viel gute Butter steckt.

Uli wartet auf den Nachmittagszug. Er macht das aus freien Stücken. Ungerufen sitzt er am Gleis.

Diesmal steigt eine Frau aus. Sie hat kein Gepäck bei sich. Nur eine leichte Umhängetasche. Für Uli gibt es nichts anzupacken. Er kann nur Auskunft geben. Immer geradeaus, bis hoch auf die Kuppe. Das Vorlesen findet im Gemeindesaal statt. Neben der Kirche. Siebzehn Uhr.

Habt ihr hier im Ort eine Post?

Nur einen Briefkasten.

Eine Schule? Die Frau fragt weiter nach einem Doktor, einem Kindergarten und sagt dann: Wer soll denn da heute kommen? So mitten am Tage.

Uli hat schon manchen getröstet. Die Leute kommen auch im Finstern, erzählt er der Frau, auch wenn es regnet oder schneit. Bloß meine Oma, die kommt heute nicht auf die Beine. Sie hat eine Tablette genommen, sie liegt auf dem Sofa, weil ihr der Kopf weh tut.

Pfarrer Cotta heizt den Ofen. Es ist das erste Mal, daß wir den neuen Ofen anfeuern. Es freut mich, sagt er, daß es diesmal mit uns geklappt hat. Was werden Sie lesen?

Wie am Telefon besprochen, was Altes aus der *Barfüßlerin,* zwei, drei Kapitel, den Anfang und den Schluß.

Bloß nicht zu lange. Die Leute sind zwar inzwischen einiges gewöhnt, aber heute hängt der Bibelkreis noch dran, weil wir das Erntedankfest vorbereiten müssen. Zu Anfang singen wir immer ein Lied.

Die Frau sortiert im Kopf noch einmal das Programm. Nach der Begegnung mit dem Kind am Bahnhof und dem Aufstieg durch das Dorf hatte sie schon in Gedanken etwas Text gestrichen. Sie wird nur das Kapitel vom Waschtag im Schloß und eins von den Gänsen in der Katzbach lesen.

Jemand von der Zeitung wird da sein und eine Frau aus Göttingen, die will Sie unbedingt treffen. Sie fragt schon lange nach Ihnen.

Ein junger Mann mit Blitzlichtapparat paßt den Moment ab, wo die Vorleserin den Blick vom Buch hebt und vielleicht sogar ein freundliches Gesicht macht. Aus der Ecke geschossen, so ist der neue Ofen auf dem Foto hoffentlich deutlich als solcher zu erkennen. Danach steckt der Zeitungsmann den Apparat in den Koffer. Er knöpft seine Kapuzenjacke zu. Den Namen des diesmaligen Gastes hat er sich vorher aufgeschrieben. Oktoberlesung auf dem Hornberg. Er braucht auch noch etwas Text zu dem Bild. Es soll morgen im Kulturteil erscheinen. Neuer Ofen im Gemeindesaal. Erinnerungen an eine schlesische Kindheit.

Sie liest schnell. Sie läßt keine Pausen und schaut nicht auf. Weil sie das Publikum für voll nehmen will. Keine Standesunterschiede, ob Akademie Tutzingen oder die Küche von Bäuerin Hunziger, wohin sie sich am Rand einer

Wanderung im Oderbruch zum Vorlesen hatte bitten lassen. Sie kennt die Sätze. Versucht manchmal eine andere Betonung. Noch mehr Tempo vor allem. Wieder denkt sie während des Lesens an andere Sachen. Ob sie noch heute abend nach Hause fahren kann? Vielleicht gibt es einen Spätzug, und jemand bringt sie vielleicht mit dem Auto an die Berliner Bahnstrecke? Sie nimmt keine Rücksicht auf die wandernde Kaffeekanne, das unter dem Tisch verschwundene Wollknäuel, auf das Husten. Sie achtet darauf, daß sie beim Lesen nicht einschläft. Davor hat sie ein Kollege gewarnt. Er war am Lesepult eingenickt, in den Schlaf gewiegt von seiner Stimme, dann war etwas stehengeblieben. Eine Uhr? Ein Bächlein? Etwas fehlte in seinem Ohr. Seine Stimme. Die verschollene Stimme hatte ihn in nämlicher Sekunde aus dem Schlummer gerissen. Die Uhr tickt. Das Bächlein murmelt. Der Text fließt.

Die Besucher im Saal wischen sich verstohlen die Augen. Eine tiefe innerliche Ergriffenheit, die hat es auch schon einmal gegeben. Schluchzen, weil in einer Geschichte ein Kind in letzter Sekunde vor dem Ertrinken gerettet wird. Weil der Liebste, obwohl vom Giftpfeil getroffen, nicht sterben muß.

Tränen rollen. Der Hund winselt. Er kratzt an der Tür, weil er raus will. Der Raucher soll wenigstens die Pfeife ausmachen. Der Husten läßt sich nun nicht mehr hinter Taschentüchern dämpfen. Es wird laut gebellt, gerotzt und nach Atem gerungen. Der Pfarrer muß einsehen, daß es der neue Ofen ist, der die Luft verpestet. Die Augen brennen. Es dauert, ehe eine Entscheidung fällt. Erst heißt es die untere, dann, im Gegenteil, die obere Ofenklappe fest schließen. Beim ersten Versuch drückt der Qualm aus dem Rohr, beim zweiten hüllt sich der ganze Ofen in eine Schwefelwolke. Darauf werden alle Fenster aufgerissen. Zum Gestank kommt die Kälte.

Die Vorleserin ist mit ihrem Text fast am Ende, als sie mit sämtlichen Tassen und Kaffeekannen, mit Selterwasser, Kuchenplatten und Buch in den Aufenthaltsraum der Herberge wechseln. Dort sitzen die Schreberjugendlichen noch beim Abendessen, aber was stört uns das, die jungen Leute haben auf Geheiß der Heimordnung Filzschuhe angezogen. Manche kommen auf leisen Sohlen näher heran. Hören ein paar Sätze, wenn es immer noch nichts zum Lachen gibt, schleichen sie wieder fort. Löffel knallen auf den Steinfußboden.

Das tut mir sehr leid, sagt der Pfarrer. Es sind aber doch wieder alle gekommen, fast alle. Diskussion machen wir ganz selten. Wer Fragen hat, wird sich bestimmt melden. Hier ist keiner mehr schüchtern.

Das beweist in diesem Augenblick der Bibelkreis, der robust und redselig die Tische beiseite schiebt.

So sind sie. Wie die Kinder. Ist bei Ihnen sonst alles klar mit der Unterbringung. Haben Sie den Schlüssel und das Bettzeug?

Der Junge hat mich gut betreut, sagt die Frau.

Der Kurzweil Uli, sagt der Pfarrer.

Ein freundlicher Bub, sagt die Frau.

Wir sehen uns morgen früh, dann zeige ich Ihnen unsere

Schätze in den Scheunen. Nun überlasse ich Sie einer Leserin. Sie ist mit dem Fahrrad aus Göttingen herübergekommen und will diesen Abend wieder heim.

Die Frau, die zwischen den Stühlen gewartet hat, tritt nun hinter Cottas Rücken hervor und reicht die Hand.

Ich bin das Kind aus dem Schloß.

Richard Wagner

Etwas wird sein

Die Frau lag im Wasser. Sie hatte eine Rose zwischen den Lippen. Das erschien ihm so seltsam, daß er erwachte.

Riccardo Blunck stand sofort auf und ging in die Küche. Als er dort ankam, fragte er sich, warum er in die Küche gegangen war.

Aus Verlegenheit trank er ein Glas Leitungswasser. Er trank sonst nie Leitungswasser, immer nur Mineralwasser, italienisches, San Pellegrino, keinen deutschen Sprudel. Deutscher Sprudel war für ihn ein billiges Imitat. Wie Faßbrause. Diese Art Getränke galten ihm als Beweis für die gering ausgeprägte Lebenskunst der Deutschen.

Blunck war Argentinier. Deutschargentinier. Er wuchs zweisprachig auf. Seine Eltern waren Kommunisten, Tote auf Urlaub, wie sie damals dachten, heute würde man sagen: Stalinisten. Sie waren wegen der Nazis nach Paris gegangen und dann immer weiter, immer auf der Flucht, bis sie im Rinderland strandeten.

Beide arbeiteten tagsüber im Büro eines Fleischgroßhändlers, der sie wegen der Sprachkenntnisse angeheuert hatte. Das Land lebte vom Export. Abends lasen sie in den

Broschüren der Komintern, die sie regelmäßig von irgendwelchen geheimnisvollen Kontaktpersonen bezogen, denn auch Buenos Aires blieb nicht von den Segnungen der Moskauer Weltrevolution verschont.

So hatten sie selbst im fernen Lateinamerika ihre konspirative Parteiheimat, ihren Parteiheimatersatz, die Wortgeborgenheit der Internationale. Sie führten viel später noch ihre für das Kind kryptischen Gespräche, dem diese zeitweilig wie in einer fremden Sprache klangen, wahrscheinlich handelte es sich aber bloß um Parteichinesisch.

Und so vergingen die langen Jahre, in denen die beiden auf den alles entscheidenden Auftrag des Proletariats warteten, aber dieser Auftrag kam nicht. Sie blieben aus vielerlei Gründen nach dem Krieg im Evita-Land, in dem der Sohn geboren wurde, das einzige Kind.

Oft redeten sie von Berlin und Hamburg, und wenn sie von Berlin und Hamburg redeten, war es wie bei der Reisner. Ihre große Zeit war die Zeit der Reisner. Die Reisner aber war tot. Dafür standen ihre Reportagen im Regal. Blunck, das Kind, las sie, und eine Tür ging auf nach Deutschland. Blunck wurde mit diesem Reisner-Deutschland groß. Er sollte es später suchen und niemals finden: In großen Städten vergeht ein Aufstand spurlos.

Der junge Blunck, der an seinen Eltern das meiste schätzte, aber nicht die Parteidisziplin, bezeichnete sich selbst als Anarchisten, als Tänzer am Abgrund. Er hatte ein loses Maul und verkehrte in den Kreisen der Che-Mützenträger von

Buenos Aires, jener jungen Leute, die, wie damals überall in den großen Städten, die Verdammten dieser Erde spielten. Als er einmal das Handbuch der Stadtguerilla von Marighella mit nach Hause brachte, stellte ihn sein sonst duldsamer Vater zur Rede. Er sprach von Kinderkrankheiten und klang nach einer Broschüre der dreißiger Jahre aus dem Bücherregal, in das das Kind gegriffen hatte, als suche es ein Märchen. »Du bist alt«, sagte Blunck nach einer Weile.

Weil eines Tages, in den Jahren des Schmutzigen Kriegs, als er durch die Stadt streifte, zu Hause die Militärs nach ihm suchten, floh er – er hatte Glück – nach Europa. Zuerst nach Frankreich, wie die meisten, danach in die DDR. Einige seiner Pariser Freunde hielten ihn deshalb für verrückt. Sie sagten: »Paris ist Paris.« Und dann fügten sie hinzu: »Nicht einmal Yves Montand glaubt noch an den Ostblock. Du wirst es bereuen.«

Blunck wurde, nach einem Quarantäneaufenthalt in der Brandenburgischen Ödnis, während dessen man herauszubekommen versuchte, ob er nicht doch von einem der zahllosen Geheimdienste dieser Welt in den Staat der deutschen Bolschewiken geschickt worden sei, Übersetzer. Aber er lebte nicht davon. In der DDR gab es Dolmetscher aus dem Spanischen mehr als genug, alles Verfolgte, die leben wollten, Exilgeister, von Heimweh geplagt, in Scharmützel verwickelt, von alten Freundschaften wie Wechselbäder gebannt. Gescheiterte und Sieger im Scheitern. Als hätten sie, die Revolutionäre, das Meer gepflügt.

Bei Radio Berlin International, dem Auslandssender der

DDR, fand Blunck Arbeit. Er wurde dort Redakteur der spanischen Abteilung. Seine Aufgabe bestand vor allem darin, die von den deutschen Kollegen vorgefertigten Texte ins Spanische zu übertragen und sie dem Sprecher mundgerecht vorzulegen, der Stimme der DDR den Latino-Klang zu geben, fürs Hörbuch Neues Deutschland. Jeder Arbeitsplatz ein Kampfplatz für den Frieden. Das Wort »Frieden« kam in den Radiotexten so oft vor, daß man daran, so Bluncks in den Augen der Genossen unerhebliche Meinung, nur zweifeln konnte. Gegen Nato-Waffen Frieden schaffen.

Das war seine Tätigkeit bis zur Wende. Zumindest am Vormittag. Nachmittags las und übersetzte er Bücher. Fünf von ihm übersetzte Romane erschienen im Lauf der Jahre. Sie waren Teil des Lateinamerika-Booms. Die Tupamaros, Che und hundert Jahre Einsamkeit. Die Magie der Zeitlosigkeit und der Waffe. Seine anarchistischen Umtriebe hatten sich aus der Realität in die Fiktion verlagert, die Revolution war der Literatur überantwortet worden, und dort schien sie auch ganz gut aufgehoben zu sein, Compañera. Bis die Wende wie ein Naturereignis über das Ganze hereinbrach, wie ein Wetterschlag, und der Propagandasender abgewickelt wurde. Blunck war arbeitslos und auch in dieser Rolle nicht der einzige.

Da auch die Verlage im schwarzen Loch verschwanden oder sich in einem Umbruch mit unsicherem Ausgang befanden und der Westen ebenfalls keinen Mangel an Übersetzern aus dem Spanischen aufwies, hatte der vom Arbeitslosengeld lebende Blunck plötzlich viel Zeit. Er änderte seinen Lebensrhythmus, machte die Nacht zum Tag und den Tag zur Nacht. Er wurde ein großer Leser, aber nicht von Revolutionären, die hatte er hinter sich, er hatte sie übersetzt. Jetzt las er die Gelehrten, früher hätte man gesagt, die Rechten, Bioy Casares und Sabato. Er trieb sich in der unruhigen Stadt herum, als gäbe es darin nicht nur was zu sehen, sondern auch zu erkennen, Zeichen der Zukunft, aber sein Leben erschien ihm wie ein Zwischenstadium, wie ein Vergänglichkeitsdrehbuch. Etwas mußte noch kommen, etwas würde sich noch ereignen. Er wußte es, obwohl ihm die vereinigte deutsche Realität Berlins, diese 3-D-Nabelschau, nicht viel Anlaß dazu gab. Etwas wird sein.

Angefangen hat es mit einer Zufallsbegegnung. Sarita hieß sie. Sie waren irgendwo in Mitte ins Gespräch gekommen, er hatte im *Clarín* gelesen, die Kolumne von Najdorf, und so war sie auf ihn aufmerksam geworden. Es war in einem der damals neuen Cafés an der Oranienburger Straße, mitten im Ruinenschick, auf den die jungen Leute aus dem Westen bedingungslos abfuhren. Ihre Ostbegeisterung war so groß, daß sie sogar ihre Wohngemeinschaften in die neue Stadtmitte verlegten. Daß sie damit die Eckkneipenossis vertrieben, war ihnen nicht der Rede wert, erst als nach ein paar Jahren die Laptopverschwörer ins Viertel drängten, schrien die Lampenputzer auf. Der Kapitalismus zeige seine Fratze, riefen sie angesichts der Cappuccinotrinker und deren Blondpuppen. Die Puppen erwiesen sich im übrigen bald als mäßig erfolgreiche Pop-Journalistinnen, die Kaffeekumpels wiederum verloren ihr Geld mit Börsenpapier. Es war alles Luft und gewiß kein Triumph des vielgescholtenen Kapitals.

Sarita war Anfang Zwanzig, ebenfalls Argentinierin und als Studentin nach Westberlin gekommen. Ein Jahr zuvor. Sie studierte irgendwas mit Handelsbeziehungen, träumte vom diplomatischen Dienst oder von einem Mann der Diplomatie. Immerhin in dieser Reihenfolge. Nachdem sie für ein Stündchen ihr argentinisches Spanisch ausgetauscht hatten, mit Namen und Speisen und Wind und Wetter, waren sie sich darin einig, daß sie sich wiedersehen wollten.

Er ging mit ihr nach ein paar Tagen in einen der Latinoclubs im alten Westberlin tanzen. Sie tanzten die Nacht durch, Sarita war begeistert. »Du bist ein echtes Talent«, sagte sie bewundernd. Er war tatsächlich ein großer Tänzer, während seiner DDR-Jahre ein beliebter Gast auf den wilden Partys der Hauptstadt vom Mont Klamott. Auf den legendären Ostbesäufnissen mit der Zigarrenstimme von Tamara Danz und der melancholischen Geige von City. Wer die Platten hatte, war privilegiert, konnte seinen Ostkater damit behandeln. Der Ostkater war etwas Einzigartiges, vor ihm hatten alle Respekt, bisweilen sogar das Regime. Der Ostkater hatte viele Väter, und die Quizfrage lautete: Was war zuerst, der Wodka oder die Mauer?

Die beiden gingen regelmäßig in die Clubs und gehörten dort bald zum festen Programm, als das beliebte Duo »Sarita und Riccardo«. Eines Morgens, als sie müde und trotzdem beschwingt eines der Tanzlokale verließen und ihnen die Rumbas von Xavier Cugat noch im Ohr klangen, *tierra va tembla*, sagte Sarita: »Ich habe meinen Freund rausgeschmissen.«

Riccardo nickte, legte den Arm zielsicher um ihre Schultern. Saritas Freund war ein BWL-Student. Er stammte aus Iserlohn, und was ein Tanzschritt ist, war ihm unbekannt. Jedesmal wenn Riccardo Sarita zum Tanzen abholte, stand der Wirtschaftsclown in der Küche rum. Er war einer dieser Endlosstudenten, bei denen man annehmen mußte, daß sie mehr zur Naturkost neigten als zur Buchhaltung. Jedesmal wenn Riccardo vor der Tür stand, hörte er Sarita sagen: »Mein Tanzpartner ist da.«

Sie hatte ihn also rausgeschmissen. Eine halbe Stunde später betraten sie gemeinsam Saritas Wohnung in Charlottenburg.

Ihr Zusammenleben änderte nicht viel an ihren Gewohnheiten. Die Tanzpartitur blieb die Grundlage ihrer Unternehmungen. Sonst ging jeder seine eigenen Wege. Sarita hing an der Uni rum oder mit einer ihrer Freundinnen in den Studentencafés. Riccardo spazierte durch die Ku'dammgegend, nahm den Doppelstockbus, saß oben, vorne, über dem Fahrer, genoß den Panoramablick, ließ die Gedanken treiben, stieg am Heinrichplatz aus oder gar am Neuköllner Rathaus. Las an den Häuserwänden Parolen, die so alt waren, daß man sie für Gedichtzeilen halten konnte. Er folgte einer Windhose.

Wenn er davon erzählte, verdrehte Sarita bloß die Augen. Sie hatte keinen Sinn fürs Flanieren. Ihre Tätigkeiten hatten alle einen Zweck, mindestens in ihrer Darstellung. Ob sie mit dem Studium entscheidend vorankam, blieb offen. Sie war stets dabei, etwas zu erledigen oder mindestens in die Wege zu leiten, selbst wenn sie nur beim Billiginder, dem Vegetarier in der Goethestraße, gesessen hatte.

Wenn sie dann fragte, was er den Tag über gemacht habe, hörte es sich regelmäßig wie ein Vorwurf an. Wobei unklar blieb, ob sie es als Vorwurf gemeint hatte. Vielleicht war es bloß ihr Unvermögen, die Ziellosigkeit Riccardos zu verstehen. Oder sie sah in ihrer zweckgebundenen Hektik auch etwas von seiner Ziellosigkeit gespiegelt.

»Wenn du glaubst, du bist Gardel«, sagte Sarita eines Tages, »irrst du dich.«

»Ich bitte dich, Sarita«, sagte Riccardo.

»Du bist nicht Gardel«, sagte sie und verschwand in der Küche, als wäre es die Tangobar.

Der Streit, den sie manchmal hatten, verlief stets nach einem solchen kryptischen Muster. Im Grunde ging es, wenn die Frage aufkam, wer der bessere Tänzer sei, darum, wessen Lebenskonzept das richtige wäre. Sarita wollte vom Tangoexperten nicht nur geführt werden, sie wollte auch die Idee dahinter verstehen und damit das Drama überwinden. Die Spannung, die den Tango erst möglich machte, auflösen, ohne auf den Tanz zu verzichten.

»Warum heben wir dieses Gespräch nicht auf ein philosophisches Niveau?« fragte Riccardo, ohne von dem Buch, in dem er gerade las, *Abaddon,* aufzublicken.

Sie stand hinter ihm, blickte ihm über die Schulter.

»Du liest nur Reaktionäre«, sagte sie, »ist dir das schon

mal aufgefallen?« Der Satz hätte von ihrer Freundin Julia stammen können, einer antiimperialistischen Ökomaus, die gegen das Bombodrom bei Wittstock kämpfte und für die Rechte der Bananenpflücker in Honduras eintrat.

»Sarita«, sagte er, »laß uns Frieden schließen.«

»Frieden mit einem Tänzer?« fragte sie.

So wurden sie zum Krisenpaar. Die Genervte und der Dickschädel. Was sie auch anfingen, es endete immer im Streit. Hatte sie vorher die Nähe glücklich gemacht, so wurden sie jetzt davon krank. Als Deutscher hätte man sagen können, die Wohnung sei zu klein, sie aber waren Latinos, und es war nicht die Wohnung. Es gab, wie meistens in solchen Fällen, nichts, was man als den Grund der Verstimmung bezeichnen konnte. Das Klima zwischen ihnen hatte sich geändert. Der Tango fing sie nicht mehr auf.

Nach zwei Jahren verließ Sarita ihren Tanzpartner Riccardo wegen eines chilenischen Emigranten, eines Maoisten, was selbst für chilenische Verhältnisse ungewöhnlich war, und gescheiterten Dichters. Überflüssig hinzuzufügen, daß er einen grottenschlechten Tänzer abgab. Chilenen können nicht tanzen. Sarita aber behauptete, es sei ihr egal, sie liebe den Mann nun mal. Bald darauf veröffentlichte der chilenische Seeleningenieur, der bei jeder Gelegenheit erzählte, er habe Salvador Allende persönlich gekannt, einen Gedichtband mit dem Titel: »Rosas por Sarita / Rosen für Sarita«. Das Buch erschien zweisprachig in einem dem Schriftstellerverband nahestehenden Kleinverlag, die Druckkosten übernahm der Ausländerbeauftragte der Stadt.

Obwohl Riccardo jederzeit unter einem guten Dutzend Angeboten eine neue Tanzpartnerin hätte auswählen können, zog er es vor, allein in den Clubs zu erscheinen. Er betätigte sich fortan als Eintänzer für die Damen, und seine Beliebtheit wuchs und schlug sich in einer beachtlichen Zahl von One-Night-Stands nieder. Die Frauen nahmen ihn regelmäßig mit nach Hause, wo er nicht nur in den Genuß ihres Körpers kam, sondern auch zahlloser Emigrantenschicksale. Er hätte mehrere Romane schreiben können, wäre er ein Chilene gewesen. Argentinier aber sind diskret, sagte er sich. Und er wollte Argentinier bleiben. Mindestens in dieser Frage.

Sarita aber ging ihm trotz aller Verrenkungen mit den Tanzdamen nicht aus dem Kopf. Manchmal hatte er den Eindruck, sie am Boulevard in der Menschenmenge gesehen zu haben, und zu Hause ertappte er sich dabei, daß er ihren Namen laut sagte und erschrak. Die abwesende Sarita beschäftigte ihn mehr als früher die anwesende. Es war ihm, als seien seine Gefühle für sie, seit sie sich ihm entzogen hatte, auf unerklärliche Weise stärker geworden. Es war eine Tangoverzweiflung, die sich seiner bemächtigte.

Jedesmal wenn er einen Gegenstand in der Wohnung fand, der ihr einmal gehört hatte, eine Porzellanschale, einen Messingkerzenständer oder eine verschnörkelte Puderdose, wie man sie nur noch auf dem Trödelmarkt findet, deponierte er diese in der Vitrine des Wohnzimmerschranks. Es wurde seine Sarita-Sammlung.

Manchmal, in der Stille des Mittags, wenn er nach der

Tanznacht, nach der Eintänzernacht, seinen Schlaf nachgeholt hatte, nahm er eine dieser Sarita-Devotionalien, legte sie auf den Couchtisch und betrachtete sie lange schweigend.

Zwei Wochen war es her, daß er Sarita zufällig wiedergesehen hatte. Es war im »El Barrio«. Sie befand sich in Begleitung eines ihm unbekannten Mannes. Er schien kein Latino zu sein. Die beiden sprachen miteinander deutsch, ausländerdeutsch. Sarita grüßte Riccardo kurz, wie einen flüchtigen Bekannten. Das kränkte ihn. Sie stellte ihm den Mann nicht vor. Auch das kränkte ihn. Die beiden blieben an der Bar, während Riccardo sich seinen Tanzpflichten widmete und nach der Frau für die kommende Nacht Ausschau hielt. Er blickte mehrfach in Richtung Bar und sah, wie Sarita mit einer Rose spielte.

Es muß ein Araber sein, ging es ihm durch den Kopf, die tanzen nicht.

Als er die Frau, mit der er gerade über das Parkett gewirbelt war, zu ihrem Tisch zurückbrachte, verlor er Sarita und ihren Begleiter aus den Augen. Wieder auf der Tanzfläche, merkte er, daß die beiden nicht mehr an der Bar standen. Sie mußten das Lokal verlassen haben. »Das geht zu weit«, sagte er plötzlich so laut, daß die Frau, mit der er tanzte, ihn erstaunt anblickte und dann mit einer solchen Überlegenheit lächelte, daß er einen Augenblick daran dachte, sie zu erwürgen.

Riccardo sah auf die Uhr und beschloß, nicht mehr zurück ins Bett zu gehen. Er sprang unter die Dusche, zog sich an und verließ das Haus. Er lief einmal um den Block, machte ein paar Tanzschritte, zum Erstaunen der stummen Hundebesitzer, die an ihm vorbeigingen. Beim Bäcker, der bereits geöffnet hatte, kaufte er zwei ungesunde Schrippen und am Kiosk die BZ.

Als er wieder in der Wohnung war, machte er den Fernseher an. Er setzte einen Kaffee auf, widmete sich der Zeitung. Zuerst dem Wetterbericht, dann den Lokalnachrichten. Dort stieß er plötzlich auf die Meldung: Die in der Szene bekannte Tänzerin Sarita M. sei vorgestern im Schlachtensee tot aufgefunden worden. Zwischen den Zähnen der Leiche habe man eine Rose gefunden. Die Polizei tappe noch im dunkeln, aber es handle sich wohl um einen Mord, wahrscheinlich ein Eifersuchtsdrama in der lateinamerikanischen Emigrantenszene.

Riccardo legte die Zeitung weg. »Der Chilene oder der Araber«, murmelte er. Oder …? Ich? Er dachte kurz an seinen Traum, und plötzlich fing er an, allein einen Tango zu tanzen: *Mi Noche triste*. Im Hintergrund lief das Frühstücksfernsehen weiter. Es wurde gerade ein Rosenzüchter interviewt.

Barbara Frischmuth

Die Pfändung

Wie die Worte mir ins Ohr kriechen, du machst dir keine Vorstellung, sag' ich, während wir so dasitzen und arbeiten. Ich weiß selbst kaum, wie es geschieht, es kommt und geht, flüstert und schreit, und lange ist mir nicht klar, was es heißen soll. Bis mir was einfällt dazu, ein Satz erst und dann eine ganze Geschichte. Vor allem nachts, wenn ihr schlaft und ich aufwache, aus einem Traum oder wenn ein Geräusch mich geweckt hat. Und dann fange ich an, darüber nachzudenken, und ich denk' und denk', auch tagsüber, bei der Arbeit, sogar jetzt, während ich die Stiefel einfette. Und wenn ich mir alles ausgedacht hab', muß ich es wem erzählen, um es selber zu hören, entweder dir oder Kari oder sonst jemandem. Verstehst du, was ich meine?

Ja, sagt Stanek, und dann mußt du es wem erzählen, um es selber zu hören, entweder mir oder Kari oder sonst jemandem.

Wenn ich es niemandem erzähle, läßt es mir keine Ruhe, und die Worte kriechen mir wieder ins Ohr und wieder und wieder. Dann kann ich nicht schlafen, und zum Schluß verlier' ich auch noch den Appetit. Da ist es doch besser, ich erzähl' es, oder?

Und Stanek leuchtet das ein.

Ich frag' euch aber immer zuvor, ob ihr es wirklich hören wollt, ich kann euch nicht zwingen, mir zuzuhören. Ich will, daß es euch Spaß macht, wenn ich euch was erzähle. Ich will euch auf keinen Fall lästig fallen damit oder auf die Nerven gehen. Im Gegenteil, und sag bloß, es macht dir keinen Spaß, wenn ich dir abends vor dem Schlafengehen, morgens nach dem Aufstehen, während der Arbeit oder beim Essen was erzähle?

Wenn dir danach ist, sagt Stanek, dann erzähl nur. Von uns hat dich noch niemand daran gehindert.

Ich hätte es aber gern, daß ihr mich wenigstens ein einziges Mal darum bittet, von euch aus, so als würdet ihr es wirklich wollen, daß ich euch was erzähle, als wäre es euch ein echtes Bedürfnis.

Also bitte, sagt Stanek, fang an.

Aber so, wie das klingt, muß ich etwas dagegen sagen. Nicht jetzt, sag' ich, das gilt nicht. Wir haben ja gerade darüber gesprochen. Du sollst mich einmal darum bitten, wenn nicht die Rede davon war, wenn du gar nicht dran denkst.

Wie kann ich dich drum bitten, fragt Stanek, wenn ich gar nicht dran denke?

Doch, sag' ich, es muß dir plötzlich in den Sinn kommen, wie ein heftiger Wunsch, der auf einmal da ist und den du nicht unterdrücken kannst, verstehst du?

Ja, sagt Stanek, und wir arbeiten schweigend weiter. Es ist kalt in der Stallkammer, dennoch fangen wir zu schwitzen an. Da fällt mir gerade wieder was ein, und ich weiß nicht, wie ich anfangen soll. Stanek redet nur, wenn es sein muß, und jetzt muß es nicht sein, und so ist es an mir, was zu sagen, und sei's nur, ihn zu fragen, ob er was hören will.

Es vergeht eine Weile, und ich schau' immer öfter von der Arbeit auf, um Stanek anzuschauen – vielleicht sagt er doch etwas –, und nach dem vierten oder fünften Mal spür' ich, daß auch er mich anschaut, während ich die Augen gesenkt habe, und ich schau' sofort wieder auf, aber da schaut er schon wieder weg, und während ich wieder wegschaue, schaut er mich wieder an, bis unsere Blicke sich zufällig treffen.

Was gibt's? fragt Stanek.

Du, sag' ich, mir ist schon wieder was eingefallen.

Darauf schweigt Stanek und schaut mich wieder nicht an, und ich schau' wieder von Zeit zu Zeit zu ihm hin, bis er es nicht mehr aushält und mich fragt, was mir denn in Gottes Namen eingefallen wäre.

Eine Geschichte, sag' ich, aber ich weiß nicht, ob sie dich interessiert.

Dauert sie lang?

Ich kann sie auch kurz erzählen, sag' ich und lege die Bürste aus der Hand. Der Anfang ist am schwierigsten, da finde ich nie die rechten Worte, aber es fängt ungefähr so an – stell' dir einen tiefen Wald vor –, daß der Gerichtsvollzieher mit einem Schuß, der seinem verpfuschten Leben ein Ende machen soll, der ihn aber nicht trifft, eine Füchsin, die sich keine zwei Schritte von ihm entfernt aufhält, dermaßen erschreckt, daß sie das Maul aufreißt und die soeben gefangene Beute entwischen läßt.

Da verharren nun beide eine Sekunde lang in dumpfem Schweigen und werden einander richtig gewahr. Es hat ihnen sozusagen die Rede verschlagen, und erst als der Gerichtsvollzieher seine Pistole in hohem Bogen von sich wirft und dabei den Kopf schüttelt, hat die Füchsin sich wieder so weit in der Hand, daß sie die Lage ruhig überblicken kann. Und sie sagt, das hätte ich Ihnen gleich sagen können, daß das schiefgeht.

Wieso? fragt der Gerichtsvollzieher, der noch etwas wirr im Kopf ist.

Es fehlt Ihnen offensichtlich an der Übung, Sie Bester, Sie.

Mag sein, antwortet der Gerichtsvollzieher, und somit ist vorderhand alles gesagt.

Das Schweigen, das nun eintritt, dauert eine gewisse Zeit, in der nichts geschieht, als daß der Gerichtsvollzieher sich auf die Erde setzt, seine Aktentasche an sich zieht und geistesabwesend darin zu wühlen beginnt.

Der Füchsin sagt ihr Geruchssinn, daß in der Tasche sich mehr als schales Papier befindet, und sie beschließt, die Dinge in Ruhe abzuwarten. Schließlich steht der Gerichtsvollzieher in ihrer Schuld, seinetwegen ist ihr die Beute entwischt, die zu fangen sie immerhin einige Mühe gekostet hat.

Dem Anschein nach ist aber der Mann, so knapp dem Tod entronnen, noch zu sehr mit sich selbst beschäftigt, als daß er sogleich an diese kleine Geste des Wiedergutmachens dächte, die die Füchsin mit Fug und Recht von ihm erwartet. Und so hilft sie sich, indem sie sagt, wenn ich bedenke, daß ich jetzt eine fertige Mahlzeit haben könnte, hätten Sie nicht diesen Blödsinn gemacht ... und dabei knurrt ihr Magen so laut, daß es auch vom geistesabwesenden Gerichtsvollzieher nicht überhört werden kann.

Verzeihung, sagt er und nimmt aus seiner Aktentasche ein in eine Damastserviette geschlagenes Bündel, in dem sich Fleisch, Brot und Käse befinden. Die sogenannte Henkersmahlzeit, fügt er mit verschämtem Lächeln hinzu, ich hätte beinah darauf vergessen. Aber greifen Sie bitte zu.

Der Füchsin ist mit einem Blick klar, daß die Mahlzeit für sie beide reicht, und sie fordert nun ihrerseits den Gerichtsvollzieher auf, doch bitte zuzugreifen. Sie müssen unbedingt essen, sagt sie, wenn Sie nicht völlig die Nerven verlieren wollen.

Warum kannst du nicht zwei Sachen auf einmal machen? fragt Stanek. Und als ich ihn verständnislos anschaue, meint er, weil du dasitzt und redest, ohne auch nur einen Finger zu rühren. Jetzt weiß ich, worauf du hinauswillst, sag' ich und nehm' die Bürste in die Hand und versuche zu arbeiten, so gut es geht, aber beides auf einmal geht nicht gut, und wie ich so stumm vor mich hinwerke, schaut Stanek mich plötzlich an und fragt, na und, was war weiter?

Nun, sag' ich und leg' die Bürste wieder weg, während des Essens kommen der Gerichtsvollzieher und die Füchsin miteinander ins Gespräch. Der Gerichtsvollzieher gesteht, daß er sich sozusagen in Ausübung des Amtes etwas zuschulden habe kommen lassen – natürlich will er nicht genau sagen, was, nur so viel, daß es ihn plötzlich überkommen hätte – und dabei in eine Falle getappt war: So habe er beschlossen, Schluß zu machen, noch bevor man ihn würde festnehmen können. Jetzt aber, sagt er, nachdem er nach der letzten Scheibe des vorzüglichen kalten Bratens greift, fühle er sich schon wieder wie neugeboren. Sein Pech sei nur, daß er so rasch nicht mehr unter seinesgleichen zurückkönne, wenn er nicht riskieren wolle, sein Leben hinter Gittern verbringen zu müssen.

Und bald stellt sich heraus, daß auch die Füchsin kein unbeschriebenes Blatt ist. Ein unglücklicher Zufall habe es mit sich gebracht, daß sie von einem Forstgehilfen lebend gefangen und zum Verkauf angeboten worden war. Sie, die gerade ihr Fell wechselte, habe deswegen eine Reihe entsetzlicher Demütigungen ertragen müssen, bis jener Kleintierhändler sie endlich um ein Viertel des ursprünglichen Kaufpreises erworben hatte. Was solle sie noch viel sagen, der Käfig sei eng, die Kost schmal gewesen, und sie selbst war immer mehr heruntergekommen. Privatkäufer fand sich keiner, und so hatte sie für sich keinen anderen Ausweg gesehen, als dem Kleintierhändler, gegen den sie sich bis dahin immer als umgänglich und harmlos gezeigt hatte, bei Gelegenheit an die Gurgel zu springen, einmal kräftig zuzubeißen – sie wisse bis heute nicht, ob er es überlebt habe – und dann das Weite zu suchen.

Nach Beendigung der etwas ausgedehnten Mahlzeit wissen nun beide so ungefähr, woran sie aneinander sind, und beschließen, sozusagen einer Eingebung gehorchend, gemeinsamen Haushalt zu machen.

Die Nacht schon findet beide in dem Bau, wo die Füchsin dem Gerichtsvollzieher bereitwillig eine Bleibe angeboten hat, in freundlichem Einvernehmen das Lager teilend. Die rasche Vertraulichkeit, die sich in solchen Fällen einzustellen pflegt, ist bereits so weit fortgeschritten, daß man einander ruhigen Gewissens duzt und auch sonst nicht mehr viele Umstände macht.

Soeben kitzelt die prachtvolle Rute der Füchsin den Gerichtsvollzieher zärtlich am Ohr, während er, der im Moment wirklich nur die lautersten Absichten hegen dürfte, sich trotzdem nicht des Gedankens erwehren kann, daß dies Fell, zu Pelz verarbeitet, eine hübsche Summe erbringen würde. Die Füchsin – als könne sie Gedanken lesen – knurrt und fletscht ein wenig die Zähne, und als auch dies den Gerichtsvollzieher nicht aus seinen gefahrvollen Träumereien reißt, beißt sie ihn kurzerhand in das vorher noch so freundlich bedachte Ohr, worauf er du Schlampe! sagt und ihr kräftig, aber nicht zu fest, aufs Hinterteil schlägt.

Von da an führen sie ein Leben, wie sie es beide sich insgeheim schon immer erträumt hatten. Sie spielen einander die Beute in die Hand, rauben, morden und brandschatzen, was immer in ihren Gesichtskreis tritt, und feiern des Nachts wilde Orgien, zu denen sie sich mit verschiedenen Wurzeln, Pilzen und Samen des Waldes aufputschen.

Nur manchmal, am frühen Vormittag, wenn die Füchsin

noch schläft, wandelt den Gerichtsvollzieher eine Art Melancholie an. Er holt seine Aktentasche, vielmehr das, was davon noch übrig ist, pflegt doch die Füchsin vor Lust sich manchmal darin zu verbeißen, öffnet sie und zieht ein paar Pfändungsbefehle heraus, die er zwar noch hatte übernehmen, aber nicht mehr ausführen können, war ihm doch der Gedanke, die Flucht zu ergreifen, allzu plötzlich gekommen.

Und während er so sitzt, muß er sich immer wieder folgendes eingestehen: Sein Beruf hat ihm etwas bedeutet, und er hätte sich nie dazu entschließen können, ihn freiwillig aufzugeben, wäre nicht jener dunkle Punkt in seinem Leben gewesen. Und was ist ihm von alldem geblieben? Nur die Aktentasche mit den nicht durchgeführten Pfändungsbefehlen, die lederne Motorradkleidung und das quälende Bewußtsein, es trotz der gegenwärtigen Erfolge nie mehr im Leben zu einer solchen Position zu bringen. So sitzt er dann und grübelt in den Nachmittag hinein, bis die Füchsin erwacht und ihm mit einem ihrer dreisten Pläne wieder auf die Beine hilft.

Dauert es noch lang? fragt Stanek, der bereits alles Pferdegeschirr geputzt und sich nun auch noch die restlichen Stiefel vorgenommen hat.

Ich möchte vor dem Essen noch rasch fort.

Nein, sag' ich, das Ende ist schon da. Eines Tages, als der Gerichtsvollzieher gerade wieder vor dem Bau in der Sonne sitzt und über dem Inhalt seiner Aktentasche brütet, wird er von Gendarmen überrascht, die von Zeit zu Zeit die Gegend durchkämmen, seit seine und der Füchsin Raubüberfälle zu immer häufigeren Beschwerden seitens der Landbevölkerung Anlaß geben. Der Gerichtsvollzieher wird auf der Stelle festgenommen. Versonnen, wie ihm gerade zumute ist, kommt er gar nicht auf die Idee, sich zur Wehr zu setzen. Im Gegenteil, er läßt es widerstandslos geschehen, daß man ihm Handschellen anlegt. Obendrein verrät sich im letzten Moment auch noch die Füchsin, die ihrem Freund gern beistehen möchte. Es hilft ihr nichts, daß sie sofort wieder in ihrem Bau verschwindet, sobald sie die Aussichtslosigkeit ihres Vorhabens erkannt hat. Sie wird an Ort und Stelle auf die grausamste Weise ausgeräuchert. Der Gerichtsvollzieher aber hat einer lebenslänglichen Kerkerstrafe entgegenzusehen.

Also dann bis später, sagt Stanek. Und räum wenigstens das Zeug weg.

Und wenn der Exekutor kommt, noch bevor du zurück bist?

Dann geh in den Keller, hol eine Flasche Wein und sag Kari, sie soll ihm was zu essen aufwarten.

Hermann Kant

Im Walfisch

Diese Nacht war die kälteste seit langem. Selbst als wir unter freiem Himmel im Schnee kampiert hatten, war der Frost leichter zu ertragen gewesen. Es kann sein, daß es nach Graden gemessen gar nicht kälter war, aber wir empfanden es so. Das Frieren hielt schon zu lange an, und auch das Hungern; darum biß es uns so in die Knochen, weit schärfer als bisher.

Die vier Wände des Raumes, der Fußboden und selbst die Decke waren gekachelt, und durch den Schmutzgestank, den wir ausbreiteten, zogen sich deutlich und schmerzhaft wahrnehmbar dünne Fäden eines säuerlichen Geruchs, des Geruchs von Milch und Butter und Käse. Wir nächtigten in einer Molkerei.

Neben mir lag einer, der schon seit Tagen an meiner Seite hergezogen war, ohne daß wir miteinander gesprochen hätten. Wir sprachen damals noch nicht viel. Wir waren erst seit kurzem Gefangene, und jeder suchte allein damit zurechtzukommen.

Mein Nachbar hatte sich, genau wie ich, unter seinem dünnen Mantel zusammengekrümmt und zitterte so stark, daß ich es spürte. Als er mit den Zähnen zu klappern begann, stieß ich ihn an. »Wenn man einen Mantel drunterlegte und den anderen darüber, müßte es besser sein.«

Er stand sofort auf und machte Platz für meinen Mantel. Wir legten uns darauf und deckten uns mit seinem zu. Wir krochen aneinander heran, und bald lagen wir zusammengeschmiegt wie ein Liebespaar. Es wärmte.

»Wie heißt du?« fragte ich. Das schien mir doch irgendwie angebracht, so unter einer Decke. »Walter«, sagte er, »und du?«

»Hermann. Wo kommst du her?« fragte ich.

»Westfalen«, murmelte er.

»Ich bin aus Hamburg.«

»Da wollte ich immer mal hin ... Du, können wir uns umdrehen?«

Er war so dünn wie ich und hatte sich auch noch nicht an das Liegen auf hartem Boden gewöhnt. Während wir uns zurechtlegten, fragte ich: »Und wie alt bist du?«

»Siebzehn.«

»Ich bin schon achtzehn.«

»Da bist du ja fein raus«, sagte er.

Ich drehte mich halb zu ihm herum und fragte: »Du, sag mal, geht dir dieser Milchgeruch auch so auf die Nerven? Mich macht das ganz fertig; ich hab das Gefühl, ich hätte in meinem Leben mindestens dreitausend Liter Milch zuwenig getrunken.«

»Und zehn Zentner Käse zuwenig gegessen«, sagte er. »Ja, aber das wird alles nachgeholt.«

»Was, die dreitausend Liter Milch und die zehn Zentner Käse?«

»Das und noch viel mehr. Milch und Käse und Butter und Wurst und Eier und Schinken und …«

»Hör auf, willst du nach Schlaraffenland auswandern?«

»Egal, wie die Gegend heißt, Hauptsache, ich kriege da, was ich will.«

»Und weiter willst du nichts, nur fressen?«

»Natürlich kommt noch was dazu. Viel Spaß zum Beispiel, und ich hab auch nichts gegen Mädchen. Nur wird nichts wieder angefaßt, was einen in solchen Schlamassel bringen kann.«

Ich merkte, wie er sich halb aufrichtete und auf seinen Ellenbogen stützte. Er sagte: »Ist das so? Durch Butter, Milch und Liebe kommt man in keinen Schlamassel?«

»Nicht daß ich wüßte jedenfalls«, sagte ich.

»Aha«, sagte er und legte sich wieder hin.

Ich dachte schon, er sei eingeschlafen, da begann er, an einer seiner Taschen zu nesteln, und dann hielt er mir ein Stück Papier vor die Nase. »Kannst du das lesen?«

»Wie denn?« sagte ich. »Hier ist es doch finster wie im Walfisch!«

»Ist auch nicht nötig«, sagte er, »ich kann es auswendig. Hör zu: ›Im Namen des Volkes ergeht folgendes Urteil gegen den Walter Hemming, geboren am 18. VII. 1927 zu Bauheim bei Osnabrück: Der Genannte wird wegen mehrfacher Vergehen gegen die Kriegswirtschaftsgesetze, Paragraph soundso, wegen Verbrechen am Eigentum der NSDAP unter Ausnutzung der Verdunkelung, Paragraph soundso, wegen aktivem Defätismus, Paragraph soundso, sowie wegen Sabotage und Feindbegünstigung, Paragraph soundso, zu insgesamt fünf Jahren Zuchthaus verurteilt. Die ungewöhnliche Milde des Urteils ist dem geringen Alter des Angeklagten wie seiner bisherigen Unbescholtenheit zu danken und so weiter ...‹«

Es war, als hätte er mir eine Schlinge um den Hals geworfen und mit einem Ruck zugezogen: ich lag mit einem Zuchthäusler unter einem Mantel, einem Saboteur, hier in Feindesland und -hand.

»Das ist doch nicht wahr«, sagte ich schließlich.

»Doch, und wenn du nun lieber wieder allein liegen willst, dann sag es nur.«

»Aber wieso bist du nicht ...«

»Im Zuchthaus, meinst du? Ganz einfach: Sie gaben mir zu all ihrer Milde noch eine weitere Chance – Minen buddeln an der Front, eine Art Bewährung, und jetzt bewähre ich mich hier.«

»Aber hast du das wirklich alles gemacht, was da in dem Urteil steht?« Ich hoffte immer noch.

»Es stimmt schon ...«, sagte er.

Ich stand auf, er stand auf; ich nahm meinen Mantel um die Schultern, er den seinen; ich hockte mich hin, er daneben.

Eine Weile schwiegen wir, dann fragte er: »Willst du die Geschichte hören?«

Ich antwortete nicht.

»Es kommt auch Milch darin vor und ein Mädchen und viel Spaß, gerade das Richtige für dich …«

»Erzähl schon«, sagte ich.

Unsere Stadt ist klein, kaum mehr als ein Marktflecken. Gaswerk, Wasserwerk, Konservenfabrik, Landmaschinenreparatur, Papiermühle, zwei Kirchen, drei Schulen, Landratsamt und Rathaus, das ist so ziemlich alles. Und zwei Kinos immerhin. Und seit einigen Jahren ein Fliegerhorst in der Nähe. Dann ist aber Schluß.

Wenn du aus der Schule kommst, hast du nicht allzu viele Berufe zur Auswahl. Du kannst zu einem Krämer in die Lehre gehen oder zu einem Handwerker. Wenn du zu dumm zum Lernen bist, gehst du in eine der beiden Fabriken Karren schieben. Und wenn du faul bist oder Sehnsucht nach einem weißen Kragen hast, gehst du zur Post oder zur Bahn. – Ich bin Brunnenbauer geworden. Das ist keine schlechte Arbeit; zu tun ist genug, denn in den Außenbezirken haben wir noch keine Wasserleitung. Du siehst zwar jeden Abend furchtbar dreckig aus, aber das ist meistens nur Sand oder Schlamm und geht schnell wieder runter. Vielleicht findest du es komisch, aber anfangs, im ersten Lehrjahr, war ich immer ganz stolz, wenn ich so verschmiert durch die Stadt nach Hause fuhr. Mit den Jungens von der Oberschule hätte ich nicht getauscht – die natürlich auch nicht mit mir. Aber eines Tages wurde das anders, ich meine, nicht mit denen von der Oberschule, sondern mit mir.

Wann das genau war, weiß ich nicht. Es kam wohl auch nicht von heute auf morgen; es kam so sachte.

Sonst war ich immer, wenn es irgend ging, nach Feierabend über die Blutstraße gefahren – so heißt die Straße, in der bei uns am meisten los ist, die Heiratsglitsche, wie wir das nennen, mit Kino und Café. Gegenüber der Kirche im Eingang zu Kaisers Kaffeegeschäft war immer unser Treffpunkt. Die anderen standen meistens schon da, wenn ich um die Ecke gesaust kam, Werkzeug auf dem Gepäckträger und dreckig wie ein Dorftümpel. Jedesmal gab das ein mächtiges Gejohle; die anderen schrien, ich sollte mich beeilen, wozu, weiß ich eigentlich gar nicht, denn nachher standen wir doch bloß so rum, aber ich brüllte zurück, ich sei gleich wieder da, und das war ich auch.

Meine Mutter war begeistert, wenn ich ihr die Küche unter Wasser setzte und mein Essen runterschlang, als sei es das erste seit vierzehn Tagen, und dann in wilder Talfahrt fast das Treppengeländer abriß.

Aber dann fing das mit den Mädchen an. Wir waren so lange immer unter uns gewesen und hatten höchstens mal mit Schneebällen nach Mädchen geworfen, aber sonst war nichts.

Und da, ich sah an dem Abend wohl noch schwärzer aus als Eddy, unser Schornsteinfeger, standen plötzlich ein paar Mädchen im Eingang zu Kaisers Kaffeegeschäft. Die Jungens johlten wie immer, als ich vorbeikam, und die Mädchen lachten. Mir war klar, daß sie über mich und meinen Aufzug lachten.

Ich war ziemlich wütend, als ich hinging, weil es welche von der Oberschule waren, die wir ganz besonders wenig mochten. Ich sagte andauernd irgendwelche Dinge, die bissig sein sollten, aber meine Freunde waren nicht in Form; sie nahmen die Bälle nicht auf. »Ein Doofer ist immer dabei«, maulte die Tochter von unserem Fahrradhändler, und die anderen sahen mich an und kicherten albern. Und meine Freunde lachten mit.

Bei den Mädchen war eine, die hielt sich ein bißchen heraus. Die anderen nannten sie Charlie, weil sie Chartron mit Nachnamen hieß. Sie hatte einen blonden Mozartzopf, und ihre Augen waren groß und grün.

Ich merkte bald, daß die Mädchen sie anhimmelten und daß meine Freunde, auch wenn sie zu allen sprachen, nur sie im Visier hatten. Sie war ausgesprochen hochnäsig; das konnte sie sich auch leisten, so wie sie aussah. Der Witz mußte schon gut sein, der sie zum Lachen brachte, und allzuviel an Lachen war es dann immer noch nicht, mehr so ein Lächeln mit der Nasenspitze, wenn das überhaupt geht.

In Witzen war ich nie schlecht, und deswegen kriegte ich sie auch einige Male dazu, ihre Nasenspitze zu kräuseln, aber es war kaum mehr, als wenn einer zu dir sagt: Schon ganz gut so, Mann!

Dann wollte Püppi Meier, von Bäcker Meier die Tochter, wissen, was wir lernten. Sie fragte reihum, als wollte sie sich einen Mann aussuchen. Als ich »Brunnenbauer« geantwortet hatte, erkundigte sie sich, ob ich da auch mit der Kanalisation zu tun hätte. »Gewiß doch«, knurrte ich, denn das kam wirklich manchmal vor. »Igitt«, kreischte sie, »stinkt denn das nicht furchtbar?« Ich sagte, das sei verschieden, am schlimmsten sei es bei den Bäckern, weil die soviel von ihrem eigenen Brot äßen.

Und dann ging ich nach Hause.

Aber von da an fuhr ich immer seltener durch die Blutstraße, und schließlich vermied ich es ganz.

Und zu Kaisers Kaffeegeschäft ging ich nur noch, wenn die Mädchen nicht da waren.

Aber eines Tages schickte mich der Meister in die Vorstadtsiedlung zu einem Kunden, der eine elektrische Pumpe hatte, die seit einiger Zeit mehr Sand als Wasser in die Eimer spie. Der Kunde war Prokurist in der Papiermühle und hieß Chartron.

Ich war schon nicht mehr Anfänger genug, um mit einem kleinen Schaden zu rechnen, einem, mit dem ich rasch hinkommen würde, noch vor Mittagszeit, noch vor Schulschluß ... Zum erstenmal in meiner Lehre hielt ich meine Berufswahl für einen Fehler.

Die Frau des Prokuristen war ganz gut zu leiden. Sie jammerte zwar, als ich mit der Buddelei anfing, aber das taten die Frauen fast alle – als ob sie Kartoffeln schälen könnten, ohne nachher neben Kartoffeln auch Schalen zu haben.

Kurz nach eins kam das Mädchen nach Hause, und als sie da war, merkte ich, daß ich die ganze Zeit auf sie gewartet hatte. Ich hatte neben der Pumpe im Vorraum den Fliesenboden aufgerissen und stand bis zum Gürtel in einem Sandloch. Sie kam durch die offenstehende Tür, sagte »Tag« und blieb einen Augenblick stehen, um mir zuzusehen. Wir hatten seit dem einen Abend nicht mehr miteinander gesprochen, und sie tat, als wäre auch das nicht gewesen.

»Gott sei Dank«, sagte sie, »jetzt hört das auf mit dem Sand im Pudding.«

»Pudding, was ist das denn?«

»Ich weiß, ich weiß«, gab sie zurück, »Männer essen nur Schrotbrot zum Nachtisch.«

»Ja«, sagte ich, »von Bäcker Meier.«

Ich konnte nicht sehen, ob sie mit der Nasenspitze lachte, denn ihr Gesicht lag im Dunkel über mir. Vor mir aber waren der Saum ihres dünnen Faltenrocks und ihre braunen Beine. Das Licht fiel durch die Tür und glitt um ihre Beine, so daß ich die Härchen darauf hätte zählen können. Und durch den Rock brannte die Sonne eine langschenklige Pyramide.

Ich stieg rasch aus dem Loch, sagte etwas von Mittagessen und fuhr nach Hause. Das Essen schmeckte mir, als hätten auch wir einen Schaden an der Pumpe.

Als ich wieder an die Arbeit ging, saß sie im Garten über ihren Schulaufgaben. Sie nickte mir zu, und ich grub weiter. Aber immer öfter sah ich hinaus zu ihr, auf ihren Rücken in der weißen Bluse, auf den Zopf, auf ihre Arme und Beine. Ihre Mutter ging in den Garten und spendierte mir im Vorbeigehen ein paar freundliche Worte. Ich hörte, wie Charlie erzählte, sie hätten so blöde Stilaufgaben aufbekommen, zum Beispiel werde gefragt, was an dem Satz »Sie taten, als kennten sie sich nicht« falsch sei, und was sollte denn daran falsch sein?

»Weiß nicht«, sagte ihre Mutter, »vielleicht muß es *kannten*, nicht *kennten* heißen. Aber laß doch, frag heute abend deinen Vater.«

»Heute abend hab ich Steno«, sagte das Mädchen.

Ihre Mutter murmelte: »Dann weiß ich auch nicht«, und ging fort.

Ich wartete, bis ich ihre Schritte nicht mehr hörte, dann rief ich: »Es muß *einander* heißen, nicht *sich*.«

Sie drehte sich herum und fragte: »Wieso?«

Ich setzte mich auf den Rand des Loches und erklärte ihr: »Ist ganz einfach! Es geht doch darum, daß die beiden so tun, als kenne der eine den anderen nicht – daß sie sich selbst kennen, ist doch anzunehmen. Einer den anderen, das heißt einander.«

»Prima«, sagte sie, »das schreibe ich.«

»Bitte!«

Nach einer Weile, ich war schon längst wieder in meiner Höhle, rief sie: »Woher weißt du das?«

»Was?«

»Das mit ›sich‹ und ›einander‹?«

»Ach, ich lese manchmal ...«

»Oh«, sagte sie und lachte diesmal hörbar. Auch ich in meiner Grube lachte.

Nach ein paar Stunden brachte sie ihre Sachen ins Haus, kam wieder zurück und ging fort. »Tschüs«, sagte sie dabei.

Am Abend war mir sehr merkwürdig, so, als ob ich auf eine Grippe oder Mandelentzündung losmarschierte. Mal heiß, mal kalt, kein Appetit und überhaupt keine Ruhe. Eigentlich wollte ich lesen, aber ich stand alle Augenblicke auf, ging in die Küche und sah nach der Uhr.

Schließlich, so gegen neun, warf ich das Buch in die Sofaecke und ging nach unten. Meine Mutter rief mir noch nach, ich sollte mir eine Jacke anziehen, es sähe nach Regen aus, aber ich kehrte nicht mehr um, denn ich war froh, daß ich ohne Fragen losgekommen war. Man durfte ja nach neun nicht mehr auf der Straße sein, wenn man erst siebzehn war, und meine Mutter hatte immer Angst vor Schereien.

Die Stenokurse wurden in der Mittelschule abgehalten, und eigentlich, wegen der Sperrstunden, mußten sie bald zu Ende sein. Zuerst ging ich auf den Schulhof und drückte mich in eine Ecke, damit mich niemand sah. Aber da roch es so gräßlich nach Schule; diese ekelhafte Mischung aus Dünsten von feuchter Kreide, Bohnerwachs und ranzig überzogenem Butterbrotpapier trieb mich bald in die Mitte des Hofes unter einen großen Baum. Es hatte inzwischen tatsächlich zu regnen angefangen, aber das war angenehm. Die Luft füllte sich mit dem Geruch nasser warmer Lindenbäume und nasser warmer Erde.

Als mir einfiel, daß die Schule auch einen Vorderausgang hatte, lief ich um das Haus herum auf die Straße, wo sie auf jeden Fall vorbeikommen mußte.

Der Regen hörte nicht auf, und langsam wurde ich naß.

Aber in der Schule war hinter drei schlecht verdunkelten Klassenfenstern noch Licht.

Einmal kamen zwei Soldaten vorbei und sagten diesen ewigen Quatsch: daß Liebe doch schön sein muß. Für einen Augenblick fragte ich mich, ob dies nun wirklich etwa die Liebe sei, aber dann lachte ich hinter den Soldaten her.

Das Licht ging aus, und sie kamen auf die Straße. Sie machten ein Geschrei, als wäre das nicht warmer Regen, sondern dickes Pech, was da vom Himmel kam. Dann hatten sie eine Weile mit Schirmaufspannen, Mäntelanziehen und Abschiednehmen zu tun, und sie einigten sich rasch noch, daß die Bunge – das war ihre Lehrerin – doch entschieden komisch sei. Schließlich stoben sie auseinander. Sie kam quer über die Straße direkt auf mich zu, aber sie sah mich erst, als ich mich rührte.

Das war ein schrecklicher Augenblick. Ich weiß nicht, was geschehen wäre, wenn sie auch nur ein bißchen gelacht hätte, so mit der äußersten Nasenspitze.

Sie schob aber nur die Kapuze ihres Regencapes hoch, so daß sie besser sehen konnte. »Du willst wohl noch wachsen?«

Ich sagte: »Ist doch kein Sonnenregen«, und auf einmal war mir klar, daß ich in diesem Augenblick unter keinen Umständen irgendwo anders hätte sein können als hier, daß ich, von wo auch immer es hätte sein müssen, hierhergekommen wäre.

»Kommst du ein Stück mit längs?« fragte sie, und ich

sagte: »Ja.« Wir gingen die bucklige Stiftstraße hinunter, sprangen über Wasserlachen oder tappten auch hindurch, hörten dem Rauschen des Regens zu, sagten nichts, waren allein.

Am Ende der Straße, dort, wo ein Weg über die Wiese hinüber zu ihrer Siedlung führte, blieb sie stehen, sah sich um, knöpfte ihr Cape auf. »Wir können beide darunter gehen.«

»Dann wirst du auch naß.«

»Ich will eben wachsen.«

»Ist doch kein Sonnenregen«, sagte ich.

Sie legte mir das Cape um die Schultern, und wir gingen über die Wiese. Der Geruch von nassem Heu hing in dicken Schwaden in der Luft, und selbst der Regen schmeckte danach.

Meine Schulter lag an ihrer, und ich achtete bei jedem Schritt sorgfältig darauf, daß es so blieb.

Mitten auf der Wiese war der Weg überschwemmt. An beiden Seiten war ein Graben und unter dem Weg ein Abflußrohr.

»Warte mal«, sagte ich, ließ sie stehen und watete durch das Wasser bis an den Graben. Vor der Öffnung des Rohrs war eine Menge Heu angeschwemmt. Ich räumte es fort, und das Wasser schoß gurgelnd hindurch. Ich hielt meine Arme in den Regen und streifte die Heufäden ab. »Es ist gleich abgelaufen« sagte ich.

Sie hob das Cape an. »Komm wieder unters Dach, Pfadfinder!«

Ich ging zu ihr hinüber und stellte mich neben sie, ohne sie zu berühren. Der Regen trommelte auf den Leinenumhang über uns und in die Lachen um uns herum, aber lauter noch, so schien mir, trommelte mein Herz.

Plötzlich flüsterte sie: »Und sie taten, als kennten sie einander nicht.«

Zum erstenmal, seitdem wir von der Schule fortgegangen waren, sah ich sie an. Auf ihrem Gesicht lag der Schimmer des durch Wolken gefilterten und vom Regen gebrochenen letzten Lichtes, und naß war es und schön.

Ich legte meine Hand auf ihre Brust, in all der Angst und Zärtlichkeit, mit der man nach einer Seifenblase greift. Es war die erste und unwiederholbare Begegnung mit etwas Unmöglichem, mit feuchter Glut.

Ich zog an dem Cape, bis es auf den Boden fiel, und legte meinen nackten Arm um ihren Rücken, dorthin, wo er am schmalsten war. »*Sich*«, sagte ich, »*sich* muß es jetzt heißen, *sie kannten sich nicht mehr*!« Ihre Lippen schmeckten nach süßem Regen und bitterem Heu.

Dann machte sie sich los. »Komm, ich muß nach Hause, Pfadfinder, Brunnenbauer ...«

Ich arbeitete vier Tage an ihres Vaters Pumpe, und wir spielten das alte Spiel vom armen Müllerburschen und der stolzen Prinzessin, die einander nicht kennen, solange die Sonne scheint, und doch beieinander liegen in einer jeglichen Nacht.

Dann mußte ich fort in ein Bauerndorf, aber abends traf ich sie, und immer brachte ich ihr etwas mit. Denn das mit dem Pudding am ersten Tage war nicht bloß so dahergeredet gewesen; sie naschte wirklich gern, und was gab es schon zu naschen?

Ich schnorrte bei den Bauern für sie und bekam auch, was ich wollte, denn sonst gab es keine Brunnenbauer weit und breit.

Eines Abends brachte ich sie durch die Stadt nach Hause, und an einer Ecke fiel mir ein, daß ich ein Glas Honig für sie in der Tasche hatte. Ich gab es ihr, und sie dankte mir. Aber dann fragte sie: »Und wann schenkst du mir eigentlich mal Blumen, Pfadfinder?« Das verstand ich zwar nicht, denn sie hatte Blumen genug bei sich zu Hause, aber ich sagte, das könne sie gleich haben. Ich sprang über den nächsten Zaun und rupfte ein halbes Beet aus.

Sie war richtig erschrocken und sagte, da wohne doch der Kreisleiter.

»Was will der mit Blumen?« sagte ich und drückte ihr den Strauß in die Arme.

»Komm«, flüsterte sie ängstlich, »wenn der das merkt, läßt er seine Hunde auf dich los!«

»Schade um die schönen Hunde«, sagte ich großspurig und fuchtelte mit der Leuchtpistole, die ich aus lauter Angeberei immer in der Innentasche meiner Windjacke mit mir herumschleppte. »Dann sagt es einfach ganz laut bum, die braven Tierchen fallen um, sie starben an Magnesium.«

»Räuber«, sagte sie, »Blumenräuber, Wildtöter, Pfadfinder, Dichter … Was bist du noch?«

»Brunnenbauer.«

Ein paar Tage später war sie zum erstenmal unpünktlich. Sie kam hastig zu unserem Treffpunkt und sagte, sie müsse gleich wieder nach Hause, ihr Vetter sei auf Genesungsurlaub gekommen und wohne jetzt bei ihnen, sie müsse schon anstandshalber heute bei der Familie bleiben, und vielleicht auch morgen, und ich sollte ihr nicht böse sein.

Sie hatte mir schon einige Male von diesem Vetter erzählt, er war Fliegerfähnrich und schien ein Held zu sein. Er hatte bereits vier Abschüsse, allerhand für einen Fähnrich.

Obwohl sich plötzlich irgend etwas in meinen Magen bohrte, erwiderte ich, aber nein, natürlich sei ich ihr nicht böse, es passe mir im Gegenteil sogar recht gut, da würde ich eben gleich noch einmal auf das Dorf fahren und nicht erst so spät.

Sie wollte wissen, was ich um diese Zeit noch auf dem Dorf zu schaffen hätte, aber ich sagte, sie werde es morgen früh schon sehen, sie solle nur auf unser Zeichen achten.

Es war nämlich so, daß ich manchmal etwas von meiner für sie ergatterten Beute auf die Steine in jenes Rohr legte, vor dem wir an unserem ersten Abend gestanden hatten, und ihr dann ein Zeichen gab. Pünktlich um halb acht, wenn sie zur Schule ging und ich zur Arbeit fuhr, schwang ich mich, wenn ein Schatz in der Höhle lag, über den Zaun in unseren Nachbargarten und zog an dem hohen Fahnenmast dort einen weißen Lappen auf, einen alten Unterrock meiner Schwester, und dippte ihn einige Male.

Es war immer ein Riesenspaß, denn wir beide wußten ja, daß das Zeichen mehr enthielt als nur den Hinweis auf die

Beute im Rohr. Und wenn es auch nur ein zerschlissener weißer Unterrock war, es war die uralte Fahne aus Sagen und Märchen, und sie rief die uralten Worte über die Wiese, die Worte: »Ich grüße dich, ich wart auf dich, ich liebe dich!«

Gut, sie lief jedenfalls nach Hause zu ihren Eltern und ihrem Vetter, und ich fuhr auf das Dorf und holte ein Glas Sahne, richtige Schlagsahne, um die ich lange hatte schwätzen und feilschen müssen, denn wenn so etwas rauskam, war die Bäuerin dran. Ich versteckte das Glas zwischen den Steinen im Graben, halb im Wasser, so daß die Sahne noch frisch sein würde am andern Morgen, wenn Charlie zur Schule ging.

Am nächsten Tag stieg ich mit dem weißen Lappen über den Zaun und schlich an den Mast. Aber daran hing an diesem Morgen schon eine Fahne, die Reichskriegsflagge. Ich konnte mir zuerst nicht erklären, warum sie da hing, denn es war kein Feiertag, kein Gedenktag, keine Schlacht war gewonnen, und kein Führer hatte Geburtstag. Aber dann fiel mir ein, daß unser Nachbar des öfteren aus eigenen Stücken flaggte. Er war der Direktor des Gaswerkes und Gauredner und seit Kriegsbeginn der Luftschutzkommandeur unserer Stadt. Jedermann bei uns wußte, daß er während des ersten Krieges einen hohen Orden bekommen hatte, weil er allein vierzig Franzosen gefangengenommen hatte. »Und das«, wie er immer dazusagte, »trotzdem daß ich vierzig Grad Fieber hatte!«

Er hieß Neese, und irgend etwas von dem Fieber und dem

Orden war an ihm hängengeblieben; keiner nahm ihn für voll, und doch hatten alle Angst vor ihm, denn er war ein großer Mann.

Jedenfalls hing jetzt seine Fahne an meinem Signalmast, was auch immer der Grund dafür sein mochte, und auf den Steinen im Graben stand das Glas mit Sahne, und Charlie wartete auf mein Zeichen. Ich holte die Reichskriegsflagge ein und knüpfte den Unterrock an die Leine. Neeses Fahne legte ich über einen Stachelbeerbusch; ich wollte sie dann wieder aufziehen.

Aber dazu kam ich nicht mehr. Ich war gerade munter dabei, meine Sahne-Liebe-Signale in den Himmel zu dippen, als ich scharfe Kommandolaute hörte. Unter anderen Umständen wäre das nur lustig gewesen, denn ich kannte das schon: Der Gasdirektor trieb seine Söhne zum Frühsport in den Garten.

Er hatte drei Söhne, die Paul-Friedrich, Paul-Gerhard und Paul-Oskar hießen, einer strammer und dümmer als der andere. Hin und wieder, wenn es den Alten packte, mußten sie unter seiner Aufsicht ihre Leiber üben. Er trieb sie dann über die Gartenwege, bis sie keuchten, und zum Abschluß mußten sie sich alle drei nebeneinander an die Teppichstange hängen und Klimmzüge machen, bis sie wie faule Pflaumen herunterpurzelten.

Die kamen also jetzt durch die Büsche getobt, während die Reichskriegsflagge zwischen den Stachelbeeren hing und am Fahnenmast ein weißer zerschlissener Unterrock flatterte. Ich rannte geduckt durch den Garten, hinten über die

Wiese und im Bogen zu unserem Haus zurück. Dort schwang ich mich auf mein Rad und fuhr zur Arbeit.

Nach Feierabend kam ich seit langem zum ersten Male wieder durch die Blutstraße. Warum ich diesen Weg genommen hatte, wußte ich erst, als ich unter meinen johlenden Freunden im Eingang zu Kaisers Kaffeegeschäft Charlie sah. Sie lächelte mir ein bißchen zu, nur so mit der Nasenspitze, aber ich sah auch ihren Blick auf meine schlammverkrusteten Gummistiefel. Und ich sah den Fähnrich neben ihr, ihren Vetter. Er war schlank, und um den Hals trug er ein gelbes Fliegertuch, und an seiner Brust leuchtete das Eiserne Kreuz.

»Kommst du?« fragte Eddy, der Schornsteinfeger, und ich sagte: »Ja.« Es klang heiser, und statt eines Magens schien ich einen eckigen blechernen Kasten im Leib zu haben.

An Neeses Mast wehte wieder die Reichskriegsflagge, und meine Mutter sagte, es habe jemand nach mir gefragt, ein Mann, sie kenne ihn nicht, und er wolle wiederkommen. »Hast du etwas angestellt?«

»Nein«, sagte ich.

Ich riß mir beim Waschen fast die Haut herunter und lief, ohne zu essen, aus dem Haus.

Sie standen noch immer in der Blutstraße, auch Charlie und ihr Vetter. Der Fähnrich erzählte von seinem ersten Abschuß und führte den Luftkampf mit den Händen vor. »Hatte schweres Fracksausen«, bekannte er mit der Offenheit von einem, der das Eiserne Kreuz hat, »an dem Tag waren gerade zwei von uns abgeschmiert. Aber wenn du oben bist, gilt nur: Schieß oder stirb! Mir hing eine Spitfire im Nacken und fetzte, was das Zeug hielt. Ich manövrierte automatisch, und plötzlich war der Junge vor mir, und jetzt saß ich ihm im Genick. Ich ballerte los, und er machte seine Verbeugung, direktemang in den Himmel, auch wenn es nach unten ging …« Er ließ seine Hände wie zwei Steine fallen.

Wir hörten und sahen ihm zu, begeistert, auch ich. Und Charlie. Sie hing an seinem Mund und flog mit seinen Händen und hatte Angst mit ihm und atmete auf mit ihm. Und sah ihn an, immer nur ihn, nicht mich.

Einmal fragte ich sie leise, ob sie das Glas gefunden habe, und sie nickte, aber dann war sie schon wieder in der Luft mit ihrem Vetter, dem Helden.

Schließlich hatte er vor unseren und Charlies Augen auch seinen vierten abgeschossen, und er sah auf die Uhr. »Sagt mal, Kinder«, fragte er, »müßt ihr nicht langsam verschwinden? Ihr habt doch diese komische Sperrstunde hier, was?«

Als wir abwinkten, sagte er: »Na, wollen mal noch 'n bißchen Ausgang genehmigen. Wenn einer kommt, sagt ihr, ich werbe euch gerade als Freiwillige. – Ulkige Polizisten habt ihr hier: Gestern, ich gehe noch ein paar Schritte mit Charlie durch die Wiesen, kommt doch tatsächlich so ein Nachtwächter zu uns ran und fragt, wie alt denn das Mädel sei! ›Onkel!‹ hab ich zu ihm gesagt, ›Onkel!‹, weiter nichts. Er hat ein bißchen dran gekaut und ist dann losgeschoben. Kluger alter Mann war das.«

Die anderen lachten, nur ich und Charlie nicht. Sie sah mich an, ganz schnell, und dann sah sie wieder fort. »Aber jetzt wollen wir doch lieber gehen«, sagte sie.

Ihr Vetter drehte sie zu sich herum und sagte: »Angst? Du hast doch nicht etwa Angst, jetzt, wo ich da bin?«

Sie schwieg, und er sah wieder auf die Uhr.

»Na ja, ist immerhin halb elf durch, Männer, also wegtreten!«

»Es ist noch lange nicht halb elf«, sagte ich, ich schrie es fast, und alle sahen mich an.

Der Fähnrich hielt mir seine Uhr vor die Augen und sagte: »Das ist eine Fliegeruhr, mein Sohn, die geht so genau wie die Sterne ...«

»Einen Dreck tut sie«, schrie ich, »die einzige Uhr, die genau geht, ist unsere Kirchturmuhr!«

Meine Freunde brüllten vor Entzücken, Charlie sah mich stumm an, und ihr Vetter fragte nachsichtig: »Und du kannst diese sagenhafte Kirchturmuhr jetzt natürlich sehen, was?« Dabei sah er ernsthaft hinauf in den dunklen Himmel.

»Ich kann«, sagte ich leise, zog die Leuchtpistole und schoß eine grellweiße Kugel in die Nacht. Der gleißende Stern zischte am Kirchturm empor, an der Uhr vorbei, die zwanzig vor elf zeigte, schien irgendwo ganz oben stillzustehen und senkte sich langsam wieder herab. Er schrieb etwas in den Himmel: Verrat, schrieb er, und Liebe, schrieb er, und Charlie.

Der Turm, die Dächer, die Häuser, der Eingang zu Kaisers Kaffeegeschäft, die ganze Blutstraße lagen in hartem, schmerzendem Licht. Vor mir war Charlies Gesicht. Ich sah es so deutlich wie nie zuvor. Ich sah ihr brennendes Haar, ihre Augen, die jetzt ganz schwarz schienen, ihre Nase, die weiß war im Entsetzen, und ihren Mund, der trocken war, als wären nie schwere, nach bittersüßem Heu schmeckende Regentropfen darüber hingerollt und als hätten meine Lippen nie darauf gelegen. Ich sah ihr Gesicht das letzte Mal.

Denn vor Gericht hab ich nicht mehr zu ihr hingesehen. Der Richter lobte sie und sagte, sie sei ein echtes deutsches Mädel, denn sie hatten alles aus ihr rausgeholt. Und ich schämte mich.

Der Staatsanwalt zählte alles auf: die Blumen vom Kreisleiter und den erbettelten Honig und die Sahne ohne Marken und den Waffenbesitz und die Zeichen über die Wiese. Er erzählte die ganze Geschichte noch einmal, aber wie hörte sie sich jetzt an, ohne das Heu im Graben, ohne die Schularbeiten im Garten, ohne das Cape und ohne den Sonnenregen und ohne das Wort »Pfadfinder«.

Und den Fähnrich lobte der Richter, weil er mich auf die Polizei geschleppt hatte. Und den Gasdirektor lobten sie, weil er bewiesen hatte, daß ich es war, der die Fahne geschändet.

Die Rechnung, die sie mir machten, war lang, und die Leuchtkugel in den Kriegshimmel war der größte Posten darauf. Alles in allem machte es fünf Jahre, und das war noch milde.

Er zog seinen Mantel fester um sich und schwieg. Die Luft war jetzt voll vom Atem und vom Dunst erschöpft schlafender Männer. Doch immer noch hingen die dünnen Fäden des Milchgeruchs darin. Nur wärmer war es nicht geworden; die Kacheln hielten zuviel vom Frost in sich.

Ich breitete meinen Mantel aus, und wir legten uns schlafen.

DBC Pierre

Ai, ai, aieeeeeee, Lu-pita!

»Ai, ai, aieeeeeee, *Lu*-pita! Ai, ai, aieeeeeee ...«

Krächzende Musik aus dem Autoradio begleitet uns in Richtung Süden. Wir, das sind Pelayo, sein Junge und ich, plus Jesus, der tote Mexikaner. »Ein illustres Häuflein«, wie Mr. Bastard Nuckles uns nennen wurde. Ihr müßtet diese Kirmesmusik hören, die sie hier haben, ihr würdet euch bepissen vor Lachen, ehrlich – lauter schmissige Polkanummern mit Gitarre, Baß, Akkordeon und diesen Typen, die ständig »Ai, ai, ai« und so was kreischen. Obwohl, die Jingles zwischendurch sind fast noch besser – die Ansager brüllen, als würden sie Boxkämpfe präsentieren, mit allem unterlegt, was das Effektgerät hergibt. Ich throne gottgleich auf dem Beifahrersitz, hoch über der Straße, und spähe durch einen schmalen Spalt zwischen dem überladenen Marienschrein auf dem Armaturenbrett und einer Gardine, an deren Fransen winzige Fußbälle baumeln. Zwischen Lucas, so heißt Pelayos Junge, und mir läuft so ein Spiel – er guckt nämlich jedesmal, wenn ich ihn anschaue, ganz schnell weg. Also beobachte ich ihn aus den Augenwinkeln und gewöhne ihn daran, wie laaaangsam sich meine Augen bewegen. Sobald er eingelullt ist, laß ich meinen Blick plötzlich rüberschnellen und erwische ihn dabei, wie er mich anschaut. Ha! Er wird total rot und vergräbt sein Gesicht in seiner Schulter. Ich weiß auch nicht, aber irgendwie läßt das kleine Spiel richtige Wellen über mein Herz schwappen, ohne Scheiß, als ob Schmetterlinge da drin rumflattern. Versteht mich nicht falsch, ich bin immer noch dasselbe Arschloch, ich bin nicht plötzlich geläutert oder so was. Es ist nur so, daß es sich anfühlt wie eines dieser berühmten Kleinen Dinge im Leben, über die immer alle reden, ohne daß man kapiert, worum's eigentlich geht. Ich meine, könnt ihr euch einen Zehnjährigen zu Hause vorstellen, der so was macht? Ich jedenfalls nicht. Der hätte schon ein ganzes *Arsenal* an Beschimpfungen in Stellung gebracht, nur *für den Fall*, daß du es *wagen* solltest, ihn anzuschauen.

Wir tauchen tief hinab in die Eingeweide Mexikos, vorbei an Matehuala und San Luis Potosí, wo sich das Grün der Landschaft und mein Kater zu einem Gewebe glasierter Träume verbinden, Träume, die von zu Hause handeln und von Taylor, doch ich schieb sie für den Moment beiseite, die Seidenfäden und die Krakenarme, die sich lila und rot winden und Duftwölkchen ausstoßen, Essig und Honig in einem, denn ich will den Traum nutzen, um die muffigen, wuchernden Gedanken zu lüften, die mich täglich begleiten, Gedanken an die Toten, die nach Lavendel riechen und viel zu riesig sind, als daß man vor ihnen erschaudern kann – sie sind einfach nur da, jetzt und für alle Zeiten, wie die Volants auf dem Satin deines Sarges. Dann mühen wir uns die Anhöhen nach Mexiko-Stadt hoch, und die Gedanken werden zu Stimmen, zu einem wirren Chor aller mir bekannten Menschen, die mich durch ihre Fliegengittertüren anschreien: »Am Ende, am Ende, total am Ende, die Spätnachrichten, die *Spääätnaachrichten*, die *Naaach*-richten, die *Nacht*! ... *Richten!* ...« – immer weiter, bis ich von einem fauligen, schwarzen Strudel durch eine Nacht aus schäumender Gallenflüssigkeit getrieben werde, durch Bundesstaaten, durch ganze Länder, bis ans verdammte Ende der Welt, wo er mich aufschlitzt, meine zuckenden Eingeweide rausreißt und mit gespornten Stiefeln auf ihnen rumtrampelt wie in einem Nest Baby-Klapperschlangen. »Die *andere* Seite! *Tritt zu!* Mach ihn *kalt*, den Bastard, er bewegt sich immer noch.«

Vernon Godzilla Little.

Um Mitternacht an diesem mexikanischen Freitag im Juni erreichen wir eine Zone permanenter Gänsehaut. Ich gebe mein Fleisch und meine Knochen am nördlichen Stadtrand von Mexiko-Stadt ab und reise, entblößt bis auf die Nervenstränge, weiter nach Süden. Wir müssen höchstens ein dutzendmal fast dran glauben. Als uns die Stadt am anderen Ende ausspuckt, sind wir in keiner vernünftigen Verfassung zum Fahren, genau wie alle anderen um uns herum. Wir durchqueren Hochgebirgswälder und weichen gigantischen Autobussen aus, die erleuchtet sind wie Raumstationen, dann kommen wir durch tropische Zonen, die ihrerseits in Stein-und-Kaktus-Regionen übergehen, wo das Radio nur noch leeres Rauschen empfängt. Alles trägt dazu bei, daß ich immer angespannter werde und ständig damit rechne,

Dr. Goosens' Sprechstundenhilfe zu erblicken oder die Marschkapelle der Fleischwerke – irgendwas in der Art. Ich versuche, weiter an meinem Traum zu weben, einen Faden Taylor hier, einen Faden von meinem Strand dort, dann noch einen Faden »Sailing«, doch sie fügen sich nicht mehr zu einem glatten Gewebe, sondern verfilzen zu Stricken, die sich in pulsierende Adern verwandeln. »Am Ende, am Ende, *total* am Ende ...«

Schließlich halten wir in einer Stadt, in der es irgendwo eine Fliegenfarm geben muß. Ich kämpfe mit ein paar von den Biestern um einen schwitzenden Hot dog, bis eine von ihnen im Senf steckenbleibt. Verdammt langsam, diese mexikanischen Fliegen. Ich schau mich um – es sieht hier haargenau aus wie in diesem Fernsehfilm, wo die Glücksspieler aus dem Kasino ins Vorzimmer des Todes kommen und darauf warten, ob ihr Fahrstuhl hoch oder runter fährt. Wahrscheinlich sind hier auch irgendwo die Knochen des Klavierspielers ausgestellt. Fahrstuhlmusik läuft, was sonst. Und es gibt Hinweise auf Ratten. Als ich in die heiße, spülwassertrübe Morgendämmerung hinaustrete, um noch mal zu pissen, bevor ich mich im Laster aufs Ohr haue, stiebt ein Skorpion auf mich zu. Die Omen sind nicht mehr so eindeutig.

Acapulco ist genauso angelegt wie Martirio: ausgebeulte farbige Unterwäsche in den Außenbezirken, daran anschließend die etwas appetitlicheren Regionen von Y-Fronts und praktischem Schuhwerk und schließlich das Zentrum, wo

Leuchtstreifen enganliegender Seide vorbeisausen. Wir erreichen die ersten Ausläufer, als der Laster den letzten Hügel vor der Küste hochkraxelt. Pelayo muß seine Fracht in Acapulco entladen, dann fährt er in sein Dorf ein Stück nördlich von hier. Unser Weg in die Stadt hinein läßt sich anhand der Gerüche verfolgen. Wenn es auch nur halbwegs so ist wie zu Hause, dann müßten wir bald den Waschpastenbezirk erreichen, anschließend eine Weile im Old-Spice-Land unterwegs sein, um dann durch die Herbal-Essences-Zone zu kommen. Im Moment sind wir noch in einer Gegend unterwegs, wo man sich genausogut den Finger in den Arsch rammen und dran schnuppern kann.

Die Straße schlängelt sich aus dem Bergland hinaus, das schließlich den Blick auf den Ozean freigibt. Acapulco ist eine riesige runde Bucht, an der Hotels, Hotels und noch mehr Hotels aufgereiht sind. Ich muß mir das größte suchen und von dort aus Taylor anrufen. Mir ist klar, daß das Risiko steigt, erkannt zu werden, schließlich kenn ich den Ort vom Hörensagen, und das bedeutet, es gibt hier Touristen von zu Hause. Von Acapulco hab ich schon mal gehört, und von Coon-Can, oder wie das hieß, wo Leona, die blöde Kuh, das eine Mal Urlaub gemacht hat. Und schon merke ich, wie mich das große Zittern befällt. Mein Blick sucht zwar in der Distanz nach dem richtigen Hotel, aber irgendwas tief in mir drin hofft, daß er keins findet. Kann man mal sehen, was das Gehirn so alles anstellt, um das Zittern zu umgehen. Mein Gesicht fabriziert sogar die für die Betrachtung einer Bucht vorgesehene Mimik – meine Augen werden schmal, und meine Lippen schieben sich nach vorne, so konzentriert suche ich. Dann probier ich, mich selbst auszutricksen, indem ich mir zum Beispiel vornehme, daß ich Pelayo anhalten lasse, sobald ich ein blaues Schild am Straßenrand sehe, dabei weiß ich genau, wenn ich wirklich eins sehe, wird sich mein Gehirn irgendeine blöde Ausrede einfallen lassen, warum das jetzt doch nicht geht. Und als nächstes werde ich mir dann vornehmen, bei einem grünen Schild aber *wirklich* auf *jeden* Fall auszusteigen. Ehrlich, ich treib's mal wieder auf die Spitze. Verdammte Scheiße.

Pelayo beendet das Spiel, indem er bei einer kleinen Kneipe in einer Straße oberhalb des großen Boulevards ranfährt. Seit dem Tod dog im Fliegennest haben wir nichts gegessen, und der Samstag ist nicht mehr gerade jung. Pelayo hält vor der Kneipe und schaut mich einfach nur an. Er spürt wohl, daß ich für eine Weile wieder mit meiner chemisch gereinigten Welt verschmelzen muß. Dann gibt er mir zu verstehen, daß ich in zwei Stunden hier auf ihn warten soll, falls ich mitkommen will in seine Stadt. Bis dahin hat er den Laster entladen. Seine Worte ziehen eine Membran der Befangenheit zwischen uns hoch, so, als ob er ahnt, daß meine natürliche Umgebung in einem dieser Hoteltürme voller reicher Leute liegt. Er weiß, daß er dort höchstens so was wie ein beschissener Gärtner sein könnte, wenn überhaupt. Unsicher und scheu flattert sein Blick zwischen der bedrückenden Wahrheit und den vergangenen Momenten unserer ungewöhnlichen Freundschaft hin und her. Dann klopft er mir auf den Rücken, macht kehrt und geht mit seinen unsichtbaren Knarren zum Eingang der Kneipe. Lucas folgt ihm, Verwirrung im Blick. Soviel zu Vernon Gonzales Little.

Als ich am Strand unterhalb des Boulevards ankomme, bin ich komplett durchgeschwitzt. Es ist ein edler Strand, aber rumlaufen kostet ja nichts, also zieh ich mein T-Shirt und meine ollen Firestone-Schlappen aus und fang wieder an, einem Amerikaner zu ähneln. Zwei Sicherheitsleute beobachten mich, wie ich auf dieses klotzige Hotel zulaufe. Als ich rüberschaue, winken sie – irgendso 'n amerikanischer Dummbatzen, werden sie denken. Ich speichle meine Haare und Augenbrauen ein und stolziere mit imaginärer Bewaffnung ins Hotel, so, wie mir das Pelayo beigebracht hat. Die Lobby ist in etwa so groß wie der Flughafen von Dallas-Fort Worth, und überall gleiten schöne krebsrote Menschen auf dem Marmorboden hin und her. Wahnsinnshotel. Ein Page blockiert eine Aufzugstür für mich, obwohl ich noch nicht mal in der Nähe des Aufzugs bin.

»Fahren Sie hinauf, Sir?« fragt er.

Ich versuch, mir nicht die Hosen vollzuscheißen, aber glaubt mir, es kostet mich verdammt viel Beherrschung. Wenn ich an letzte Nacht denke, an dieses Nest mit den Fliegen und der verwesenden Leiche des Nachtklubpianisten … Ein paar Stunden später, und plötzlich komm ich mir vor, als wäre es nur eine Frage von Minuten, bis Hula-Girls auftauchen und meinen kleinen Freund lutschen, ehrlich. Leona Dunt könnte höchstens davon träumen hierherzukommen. Eine amerikanische Familie rauscht an mir vorbei zum

Fahrstuhl, angezogen wie Tommy Hilfiger beim Golfturnier – Mama, ein angespannter Vater und die traditionellen zwei Kinder, ein gutes und ein böses. Die Sorte Leute, die abends beim Barjazz beschwingt werden und anfangen, über ihre Gefühle zu reden, um zu zeigen, wie ungezwungen sie sind. Mit anderen Worten: eine Musterbrigade Wundpeiniger.

»Bobby, du weißt, was wir besprochen haben, wir waren uns einig«, sagt die Mom.

»*Ja, genau*, Bobby«, sagt der Daddy von hinten wie ein blöder Papagei. Das Mädchen lupft seine Augenbrauen.

»Aber ich *fühl* mich nicht so gut«, sagt Bobby.

»Wir haben den Bootsausflug schon vor Tagen geplant, und er ist bereits bezahlt«, sagt die Mom.

»Vor *Tagen*«, sagt Dad.

Bobby ist jetzt eingeschnappt. Seine alte Dame preßt ihre Lippen zusammen. »Laß sein, Trey, das bringt nichts bei ihm. Du weißt ja, wie er ist. Hoffen wir nur, daß es nicht wieder so wird wie *damals*, als wir einen *Riesenhaufen Geld* für *Tauchstunden* ausgegeben haben.«

Wundfolter auf Weltniveau, das muß man ihnen lassen. Und die einzige selbstgefällige Visage, die am Ende noch übrig ist, gehört dem Mädchen.

Ich schlendere auf den Geruch von gebratenen Würstchen und Kaffee zu und halte nach einem Telefon Ausschau. Durch die Scheiben sehe ich eine riesige Terrasse, auf der ein Buffet aufgebaut ist. Ich Idiot nehme mir eine Speisekarte. Das Billigste darauf kostet soviel wie ein blöder Helikopter-

Rundflug. Dann nähert sich ein Kellner, und ich gehe weiter, auf ein paar Toiletten neben dem Swimmingpool zu. Ich komme an einem wahrhaftigen, einem vielversprechenden Irren vorbei: einem kleinen, fetten Widerling, der mit einem anderen Typen im Wasser steht und einen auf gut Freund macht, als seine kleine Schwester sich neben ihnen ins Wasser stürzt. Dann, als sein Kumpel ihn gerade nicht hören kann, schnauzt der Fette seine Schwester an: »Ich hab gesagt, du sollst auf ihn *drauf*springen, nicht *neben* ihn ...« Ein zukünftiger Senator, unter Garantie.

Ich gehe an einer Reihe von Klubsesseln mit Meerblick vorüber; unten in der Bucht treiben Boote und Fallschirme vorbei, und kleine Kinder quietschen in der Brandung. Sofort stell ich mir vor, wie eines direkt vor meinen Augen am Ertrinken ist und ich reinspringe und es rette. Ich spiele in Gedanken durch, was ich hinterher den Reportern erzählen werde, und sogar die Schlagzeilen in der Zeitung seh ich schon vor mir: »Junger Held begnadigt« und so weiter. Eine Minute später rette ich schon das Kind des Präsidenten. Er bricht vor Dankbarkeit in Tränen aus, und ich ziehe einfach von dannen. Könnt ihr mal sehen, wie's um mich steht, wenn so 'n Mist durch meinen Kopf schleift wie eine rostige Kette.

Um wieder auf den Boden zurückzukommen, geh ich auf die Straße und such mir dort ein Telefon. Ich wähle Taylors Nummer.

»Glasfassoboot?« sagt ein Junge, der an der Straße Zettel verteilt.

»*Was* is los?«

»Sie wollen Fahrrad machen mit Glasfasaboot?«

»Tayla«, kommt es aus dem Hörer. Ich wedle den Jungen weg.

»Hier ist Mexiko«, sage ich.

»Hi, Killer.«

Irgendwas stimmt nicht, das höre ich, und dann trifft mich schmerzhaft die Sehnsucht danach, mich an sie zu schmiegen, mich in ihre Arme und ihre sichere, duftende Welt fallen zu lassen, wo das Schlimmste, was passieren kann, Langeweile ist oder der Geruch von billigem Raumspray. Und ihr größtes Geheimnis besteht wahrscheinlich darin, daß sie schon mal einen Popel gegessen hat. Man hört, daß sie gerade geheult hat.

»Alles okay?« frage ich.

Taylor stößt ein schniefendes Lachen aus. »Es ist einfach nur, ich meine – Scheiße, verstehst du? Dieser bescheuerte Typ, mit dem ich zusammen war ...«

»Der Arzt?«

»Genau, der sogenannte Arzt. Am liebsten würde ich einfach nur wegrennen, o *Gott* ...«

»Ich kenn das Gefühl.«

»Aber egal, wo bist du denn?« fragt sie und schnaubt sich die Nase.

»Acapulco.«

»Verdorbener Kerl, du. Wart mal, ich guck auf den Plan – bist du irgendwie am Strand?«

»Ja, an so 'nem großen Boulevard.«

»Das müßte die Costera Miguel Aleman sein – da gibt es

ein Western-Union-Büro in einem Einkaufszentrum namens *Comercial Mexicana*.«

»Du hast was gut bei mir, Tay.«

»Aber wart mal, hör zu – morgen ist Sonntag, ich krieg das Geld erst am Montag. Das Büro hat Montag bis sieben offen, also wenn du so um sechs hingehst …«

»Kein Problem«, lüge ich und schaue zu, wie sich auf der Anzeige der letzte Tropfen meines Guthabens löst.

»Und Baby«, sagt sie. Die Leitung verstummt.

Das *Love Boat* liegt im Hafen, ich schwör's. Das Schiff aus dieser alten Serie, die Mom sich immer anschaut, mit der notgeilen Kreuzfahrtmanagerin und Kapitän Stupid und so. Es hat sogar dieses Wella-Balsam-Wappen am Schornstein. Ganz großes Staraufgebot in Acapulco, ich sag's euch.

Dann fällt die Bucht hinter uns zurück, und ich ziehe meinen Kopf aus dem Fahrtwind in die Kabine hinein. Pelayos Laster brettert über ein paar Hügel und biegt dann nach Norden ab, auf eine Küstenstraße wie aus dem Fernsehen, mit jeder Menge Kokospalmen, ganzen Plantagen voller Kokospalmen. Der Strand ist nicht ganz so weiß wie in *Gegen jede Chance*, und das Wasser ist auch nicht so blau, aber was soll's. Eine Weile fahren wir direkt neben einer Lagune her, die aussieht wie aus *Tarzan* oder so. Einmal müssen wir sogar durch eine gottverdammte Armeestraßensperre mit einem Maschinengewehr, ohne Scheiß. Panisch pumpen meine Organe, aber dann stellt sich raus, die Soldaten sind bloß Kinder, die unter ihren riesigen Helmen aussehen wie Cartoon-Ameisen.

Ein paar Stunden später biegen wir von der Straße auf einen Weg, der zum Meer führt. Er endet an ein paar Baumstämmen, die im Strand versenkt sind; hinter uns schließt sich der Dschungel. Die Stadt ist winzig klein – nur ein paar hölzerne Slumhütten, zwischen denen Schweine, Hühner und echt häßliche Hunde rumrennen, das war's. Obwohl, Slumhütten trifft's gar nicht, eigentlich sieht's hier eher aus wie im *National Geographic*. Das verdammte Paradies, Mann. Pelayo parkt hinter einem Laden, der von Fanta-Schildern zusammengehalten wird und eine Veranda aus getrockneten Palmblättern hat, auf der zwei Männer in Hängematten liegen und Bier gluckern. Als wir aussteigen, kommen die Kids scharenweise angerannt. Man merkt, daß Pelayo hier den Ton angibt – er ist wahrscheinlich so was wie der Mr. Lechuga dieser kleinen Stadt, nur menschlich. Jetzt bin ich der Außenseiter in seiner Welt. Er gibt sich wahnsinnig viel Mühe, daß ich mich gut aufgenommen fühle – schnipst mit den Fingern, um die Kids wegzuscheuchen, holt uns Bier aus dem Laden. Ich steh einfach nur still da, heb meine Nase in den Wind und lausche einem ganzen Lexikon unbekannter Insekten. Ungawa wakashinda, ich schwör's. Pelayo öffnet das Bier mit seinen Zähnen und führt mich stolz zu einer überdachten Terrasse am Strand. An einem Tisch sitzen zwei ältere Männer, und hinter einer improvisierten Bar steht eine alte Frau.

Plötzlich huscht ein kleiner nackter Junge an ihr vorbei und versucht, einen verwundeten Krebs auf dem sandigen Beton aufzuspießen. Er erlegt ihn mit einem sauberen Stich durch den Rücken, sagt »*Yesssss!*« und bleibt stehen, um mit der Faust einen imaginären Hebel zu sich ranzuziehen. Pelayo kickt den Krebs aus meinem Weg und wedelt mich zu einem Tisch direkt am Strand.

Nach und nach bildet sich ein Auflauf von Flaschen vor uns auf dem Tisch. Gegen Abend kommt ein Junge vorbei, der ein bißchen Englisch spricht; ein hagerer, intelligent aussehender Typ namens Victor. Er trägt eine Zahnspange, das sieht man selten hier in der Gegend. Victor erzählt mir, wie wichtig es ihm ist, voranzukommen im Leben – Wohlstand ins Dorf zu bringen und so weiter. Ich komm mir vor wie eine nichtswürdige Ratte, als ich das höre. Dann übersetzt er mir den Spruch zwischen den Schmutzfängern. »Du siehst mich und leidest« – »*Me ves y sufres*«.

Als klar wird, daß ich so langsam besoffen bin, bieten die Jungs mir Austern an, so groß wie Burritos und frisch aus dem Meer. Aber vergiß es, niemals. Ich hab mal eine gegessen, als Kind, und es hat geschmeckt wie irgendwas, das sonst nur durch meine Nase in die Speiseröhre gelangt. Zufällig bieten sie mir die Austern an, als ich gerade dabei bin, Rotz hinterzuziehen und runterzuschlucken. Ohne nachzudenken, deute ich beim Hinterziehen auf meine Nase, verzieh das Gesicht und zeige auf die Austern. Sie bepissen sich so sehr, daß man's wahrscheinlich bis Acapulco hört, und hinterher können sie mir 'ne geschlagene Stunde nicht ins Gesicht sehen, ohne sich wegzuschmeißen vor Lachen. Typisch von mir, Schleim ins Paradies einzuschleppen.

Nach einem Tequila erwachen Löwen und Tiger unter

dem silikonklaren Himmel, und ich versuche, die Sache mit dem Strandhaustraum, den Schmutzfängern und dem Schicksal zu erklären. Ich bin ein bißchen dicht. Verdammt dicht, um die Wahrheit zu sagen. Aber ich hab noch nicht mal richtig angefangen mit meiner Geschichte, da nehmen mich Victor und Pelayo schon bei den Armen und gehen mit mir den Strand entlang, vorbei an Palmen, unter deren Wipfeln jetzt die Fledermäuse kreisen, zu einer etwa zehn Minuten entfernten Stelle, wo der Dschungel sich so nah ans Meer drängt, daß man fast ins Wasser geschubst wird. Ein paar Kids folgen uns, ihre Körper schimmern im Zwielicht der Brandung. Dann bleibt Victor stehen und deutet mit seinem Arm durch das dämmrige Licht. Ich kneife die Augen zusammen und schaue in die vorgegebene Richtung über den Strand, und dann sehe ich, sorgfältig verschlossen und halb verborgen im Dschungel, ein altes weißes Strandhaus. Mein Strandhaus.

Die Jungs meinen, es ist okay, wenn ich bis Montag hier bleibe. Oder länger. Oder auch für immer. Nachdem sie am Strand zurück nach Hause gewankt sind, setz ich mich auf den Balkon und laß den Abend aus dem Meer in meine Seele steigen. Und plötzlich werden alle Wellen in mir zum Amalgam einer einzigen, neuen Melodie, zu einer Sinfonie, durch die unbeschwert ein paar Noten meines ursprünglichen Traumes tanzen: Da ist meine alte Dame, die hierherkommt und die geordneten sanitären Verhältnisse sieht und begreift, wie gut alles geworden ist. Kann sein, daß ich meinen Namen ändern oder Mexikaner werden muß, keine Ahnung.

Aber ich werde immer noch derselbe sein, nur ohne jede Spur von Schleim. Mein Blick geht über den kleinen Garten hinweg zum Strand, und ich sehe Taylor in einem Höschen herumlaufen, braungebrannt wie ein Mädchen von hier.

Es folgt ein ganzer Sonntag in Walhalla, an dem ich nichts tue, als mich in meinen Träumen zu suhlen. Als ich am Montagmorgen erwache, streicht heiße, nasse Luft über mich hinweg, und mein kleiner Freund ist wie aus Stahlbeton, so als ob er vom Mount Rushmore abgesplittert ist. Dabei ist meine Hand nicht mal in seiner Nähe – er ist einfach nur Ehrengast bei seiner eigenen kleinen Parade. Ich schaue mich um: Der Himmel ist von Wolken zugewuchert, struppige graue Pelikane stoßen in die Brandung hinab und ins Wasser hinein, und die Wipfel der Kokospalmen wiegen sich rauschend im Wind, in genau dem Rhythmus, den ich mir für mein Leben wünsche: cool und entspannt. Es ist schon eine Weile her, daß ich das letzte Mal diese kleine Freude über einen neuen Tag gespürt hab. Es ist mein Geburtstag.

In meiner Haut zu stecken fühlt sich an diesem Nachmittag an, als hätte man eine ganze Kolonie Hummeln im Hintern oder gleich ganz Las Vegas. Ich bin sechzehn, ich sitze im Bus nach Acapulco, und ich hab Vegas im Hintern. Bevor der Bus überhaupt in der Stadt ist, stehe ich schon an der Tür und platze fast vor neuen Möglichkeiten: tropische Fische und Vögel, Bananenblätter, Affen und Sex. Das Strandhaus. Ich hab jetzt erfahren, daß es einem alten Obstfarmer gehört, der ein Stück vom Dorf entfernt wohnt. Er benutzt es nicht mehr, und Victor meint, ich kann wahrscheinlich umsonst dort wohnen, wenn ich mich ein bißchen drum kümmere.

Der Boulevard in Acapulco ist stickig an diesem Abend, die bunten Lichter neben der Straße leuchten groß wie Ideen. Victor hat mir einen Strohhut geliehen, um meine Kokospalmenfrisur und meine Austernschalenohren ein wenig zu kaschieren. Ich betrachte mein Spiegelbild im Fenster des Comercial-Mexicana-Gebäudes: Huckleberry Finn, eindeutig. Bevor ich reingehe, lege ich meinen Pistolengurt an, um den Eindruck des Hutes aufzuheben, dann laufe ich drinnen im Kreis herum wie ein Hund, der sich nicht entscheiden kann, wo er sich niederlegt. Irgendwann entdecke ich den Schalter von Western Union, vor dem Leute rumstehen und warten, unter anderem leuchtend rote und weiße Leute von zu Hause. Einer der Angestellten hat mich sofort erblickt.

»Äh – ich erwarte eine Überweisung aus Houston, Texas.«

»Name?« fragt der Angestellte.

Ich beginne mit der Berechnung von Pi. »Äh – ich bin mir nicht sicher, an wen sie es geschickt hat …«

»Haben Sie das Paßwort?« fragt der Typ. Fuck. Ich spüre, wie sich eine Schlange hinter mir bildet.

»Ich ruf lieber an und frag noch mal«, sag ich und trotte vom Schalter weg.

Die Leute schauen mich komisch an, also trotte ich einfach weiter, raus aus dem Gebäude. Aus dem Kühlschrank zurück in den verdammten Backofen. Ich muß unbedingt Taylor erreichen. Vielleicht hat sie's gar nicht losgeschickt, nachdem sie das mit dem Paßwort gehört hat. Das Guthaben auf meiner Telefonkarte beträgt null, ich kann noch nicht mal Pelayo anrufen. Vegas stottert in meinem Hintern. Dann steht es still.

Ich laufe den Boulevard entlang, bis ich ein Telefon finde. Ich hab keine Ahnung, ob man von überall R-Gespräche führen kann, egal, mit wem. Ich weiß nur, daß es im Fernsehen geht, und entscheide mich, es zu probieren. Beim Reden rinnt Schweiß von meinem Mund zur Frau vom Amt, aber wenigstens spricht sie Englisch. Dann läuft der Schweiß von meinem Ohr in die Leitung, während sie mir erklärt, daß diese Handynummer nicht per R-Gespräch erreichbar ist. Als ich den Hörer vom Ohr nehme und einhänge, rutschen die aufgestauten Schweißmassen ab, krachen wie ein Wasserfall auf meine Schulter und fließen heulend auf die Straße. Und anschließend wahrscheinlich zurück ins verdammte Meer.

Es kotzt mich so unglaublich an, ehrlich! Diese ganzen wohlerzogenen Lügner und Betrüger kriechen heut abend in ihre eigenen scheiß Betten, und das einzige, worüber sie sich Gedanken machen müssen, ist, wie sie morgen ihre eigenen Leute am besten übers Ohr hauen. Während ich in Surinam feststecke und mir tausend Sachen zur Last gelegt werden, die zu Hause gerade in einer ordentlichen Reihe Aufstellung nehmen. Der Zorn treibt mich zum Western-Union-Schalter zurück. Ich bin der einzige Kunde. Der Angestellte blickt auf.

»Ich find das Paßwort nicht«, sage ich ihm.

»Wie war der Name?«

»Vernon Little.« Ich warte darauf, daß seine Augenbrauen von seinem Kopf wegfliegen. Sie bleiben, wo sie sind, er mustert mich nur einen Moment lang.

»Wieviel erwarten Sie?«

»Sechshundert Dollar.«

Er tippt auf seiner Tastatur herum und schaut auf den Bildschirm. Dann schüttelt er den Kopf. »Tut mir leid, nichts gekommen.« Ich halte einen Moment inne, um die Tiefe des Abgrundes zu berechnen, vor dem ich stehe. Dann sehe ich, wie sein Blick über meine Schulter hinweggeht.

Eine Nanosekunde später umfaßt jemand meine Hüften. »Keine Bewegung!« sagt eine Stimme.

Mein Arsch schießt mir in die Kehle. Ich reiß mich aus der Umklammerung los und stürze taumelnd zum Ausgang, auf Beinen, die verdreht und wacklig sind wie Spiralen. Kunden bleiben stehen und glotzen.

»Happy Birthday!« Taylor?

In Erwartung schwerer Artillerie drehe ich mich um. Aber es ist wirklich nur Taylor. Der Angestellte am Schalter des Telegrafenbüros beobachtet schmunzelnd, wie sie einen Arm um meine Hüfte legt und mich zitternd nach draußen führt.

»Du hast die Infos für die Geldsendung nicht abgewartet, Dummerchen – das Paßwort, zum Beispiel.«

»H-hmm, also hast du mal eben den nächsten verdammten Flug genommen.«

»*Wortwahl*, Killer!«

»'tschuldigung.«

»Ich konnte dich ja nicht auf dem trockenen sitzenlassen, oder? Außerdem ist grad eh alles nicht so toll zu Hause, und das ist mein Urlaubsgeld – ich hoffe, du hast nichts dagegen, wenn wir splitten. Hier sind dreihundert, wir überlegen uns später, wie wir das machen …«

»Ich werd's mir einteilen. Woher weißt du eigentlich, daß ich Geburtstag hab?«

»*Wie* bitte? Die ganze *Welt* weiß, daß du Geburtstag hast.«

Dann beginnt die Realität der Ereignisse in meinem Gehirn zu prickeln. Taylor ist hier. Ich hab ein Strandhaus gefunden, und Taylor ist hier, und sie hat Geld dabei. Worauf ich stolz sein kann, ist, daß ich mich von der Flut der Glückshormone nicht dazu hinreißen lasse, an Blumen zu riechen oder »Ich liebe dich« zu sagen. Ich hab mich im Griff wie ein Mann.

Harald Gerlach

Brautfahrt

Oskar fuhr, gezwängt zwischen Schichtarbeiter und Marktfrauen, mit dem Autobus bis Eisfeld, dann mit dem Frühzug bis Themar und stieg dort in die Kleinbahn nach Schleusingen um – ein Weg von knapp zwei Stunden, pünktlichen Anschluß vorausgesetzt.

Anfangs reisten zwei Bäuerinnen im gleichen Abteil, und Oskar starrte angestrengt aus dem Fenster, um nicht in ein Gespräch über Anlaß und Ziel seiner Fahrt zu geraten. Unsre Absichten sind nicht für andre bestimmt, solang wir uns ihrer nicht versichert haben. Von Hildburghausen an fuhr er allein.

In Veßra stellte Oskar fest, daß die Anzughose, die er am Vorabend aufgebügelt hatte, bereits wieder gründlich zerknittert war. Schweiß trat ihm auf die Stirn, und er lockerte den mühsam verknoteten Schlips, den Bischof für ihn aus der Kreisstadt mitgebracht hatte. Er räusperte sich laut, um seiner Unsicherheit Herr zu werden, es gelang kläglich – der Hals war ihm mit Aufregung verklebt.

In Rappelsdorf zog er zum letztenmal den Zettel mit den vier häufig verbesserten Sätzen aus der Tasche, die er zur Begrüßung hersagen wollte. Eingedenk der Sprachlosigkeit, die ihn in Gegenwart von Frauen befiel, wollte er zumindest seinen Auftritt retten. Den weiteren Fortgang der Sache mußte er in die Hände eines gütigen Geschickes geben, denn der Lokführer hatte bereits die Bremsen abgelegt, und mit einem die Tonhöhe variierenden Kreischlaut hielt der Zug auf dem Bahnsteig der kleinen Landstadt Schleusingen.

Das alles soll erwähnt sein, ist aber inzwischen Vergangenheit, und auch die Gegenwart befindet sich auf dem Weg dahin.

Oskar hat soeben die Bahnschienen gequert, bei der Schrankenwärterin den Weg erfragt, läßt die Bertholdsburg links liegen und stolpert rechter Hand in das Wirtshaus Gambrinus. Kippt dort einen Doppelkorn gegen die Angst, danach einen Pfefferminz gegen den Schnapsgeruch und schließlich noch einen Rhöntropfen, um den Pfefferminzgeschmack loszuwerden.

Ein kluger Mann hebt früh am Tage an, zitiert der Wirt altväterliche Geschäftsweisheit und kritzelt mit angefeuchtetem Kopierstift sein drittes Kreuz auf den Bierfilz.

Oskar sieht den Regulator, blinzelt auf die vergilbte Zelluloidhülle und hält seine Stunde für gekommen, zählt die Zeche auf den Tisch und greift nach dem Hut. Mahlzeit.

Auf der Schwelle zum Flur hält er plötzlich ein, kehrt zurück in den Schankraum, steht unschlüssig vorm Tresen und sagt, als der Wirt aus der Küchentür tritt, mit heiserer Stimme: Pralinees!

Des Kneipers verständiges Grinsen folgt ihm bis auf die Straße.

Ypsilon Punkt Schneider. Oskar liest das an der verwitterten Tür Mönchsgasse neun, fährt mit dem Kamm vom Scheitel her beidseits über den Kopf, spürt die Versuchung, noch einmal den Zettel mit den vier Sätzen aus der Jackentasche zu ziehen, unterläßt es, reibt die schweißfeuchte Hand am Hosenbein trocken und drückt schließlich den Klingelknopf.

In Augenblicken gewichtiger Entscheidungen wachsen Einzelheiten ins Riesenhafte. Die Risse im trockenen Füllholz, das sich nähernde Knarren von Stiegen, der Türriegellärm drängen nachdrücklich in Oskars Bewußtsein und bleiben dort als deutliche Eindrücke haften. Unterdes schlägt die Haustür auf, und er sieht sich starken Augengläsern und entblößten Pferdezähnen gegenüber.

Sie wünschen?

Die vier häufig verbesserten Sätze bleiben Oskar im Hals stecken. Und als darüber hinaus eine Weile nichts geschieht, sagt er schließlich: ich komme von wegen der Anzeige.

Sie kommen zu spät, lächelt das Pferdegebiß, die Kommode ist bereits verkauft.

Nein, um ein Möbelstück hat sich Oskar nicht auf den knapp zweistündigen Weg gemacht. Aber immerhin wegen einer Heiratsanzeige. Und er zieht zur Erklärung den Brief aus der Gesäßtasche, abgegriffen, durchfeuchtet vom Sitzschweiß, Absender: Ypsilon Punkt Schneider.

Die dicken Brillengläser blitzen auf, die obere Zahnreihe schiebt sich über die Unterlippe: Sie sind doch nicht etwa …? Ich habe Sie erst morgen erwartet.

Erneut wendet Oskars Aufmerksamkeit sich dem rissigen

Türholz zu, wandert verästelte Spalten aufwärts. Er braucht eine Weile, bis er ihre Worte als Frage begreift.

Es paßt sich heut besser von wegen dem Verkehr, erklärt er endlich, löst den Blick aus einem schrägliegenden Astloch und sieht ihr Gesicht rund um die Brillengläser erröten. Worauf er, vollends verwirrt, die Pralinenpackung aus dem Jackett zieht und ihr in die Hand drückt.

Für Ihnen, Fräulein Schneider, sagt er mit tonloser Stimme und spürt, wie auch er nun errötet.

Nein, bitte nicht, flüstert das Fräulein Schneider. Oskar hält seine Pralinen wieder zwischen den Fingern und weiß nicht mehr weiter.

So stehen sie etliche Zeit. Bis das Fräulein Schneider sagt: mein Gott, die Leute!

Wortlos folgt Oskar ihren dünnen Waden die steilen Stufen hinauf, glücklich, im Moment nicht reden zu müssen, denn er wüßte nicht, was.

Piekfein haben Sies hier, wird er in ihrem Zimmer sagen und sich vorsichtig auf den angebotenen Stuhl setzen. Und später, beim Teetrinken: gehn Sie wohl auch auf Arbeit?

Dann hat er wieder eine ziemliche Weile Ruhe, denn das Fräulein erzählt von dieser Stadt, in der sie lebt, und von der Bücherei, in der sie arbeitet, und von einem Schulmeister, welcher winters den Unterricht ausfallen läßt, wenn seine Frau im Klassenzimmer Wäsche trocknet. Und von einem Dichter, welcher hiesigenorts von der höheren Schule davongelaufen ist, vor zweihundert Jahren oder länger.

Bei alldem hat Oskar bloß zu nicken, eine weitere Kanne

Tee zu leeren, hin und wieder jaja zu sagen und den Anblick ihrer riesigen Zähne zu ertragen. Darüber vergeht die Zeit. Draußen schlägt eine Turmuhr. Er zählt bis neun und überhört ihre Frage, ob er noch bleiben könne.

Sie müssen also schon gehn?

Wohin? fragt Oskar verblüfft und kratzt sich die Stirn, das Denken in Gang zu bringen.

Ich werde Sie bis zum Bahnhof begleiten, sagt sie und stellt die Tassen zusammen.

Was soll ich beim Bahnhof, sagt Oskar verwundert: wo heut gar kein Zug nicht mehr geht.

Unsicher fragt ihn das Fräulein Schneider: wo wollen Sie denn übernachten? Hier gibt es kein Hotel.

Da schiebt der Waldarbeiter Oskar Frank den gebrechlichen Stuhl zurück, schält die breiten Schultern aus dem Jackett, baut sich auf vorm Tisch in all seiner Größe und Breite und sagt: hier werd ich schlafen, weil, in deiner Anzeige stand ja wohl was von Mangel an Gelegenheit, und diese kannst du jetzt haben, Fräulein Schneider! Wozu, denkst du, fahr ich wohl zwei Stunden weit?

Was fällt Ihnen ein! Das Fräulein Schneider ist aufgesprungen und starrt ihn erschrocken an.

Oskar läßt sich nicht beeindrucken. Umlegen und anknallen, hat Bischof ihm geraten. Und das wird er jetzt tun, so wahr ihm Gott helfe! Seine riesigen Hände langen nach ihr, umfassen den mageren Körper, drängen ihn zum Sofa, tasten nach ihren weichen Brüsten. Ihr hilfloser Schlag trifft ihn auf den Mund.

Wütend preßt er sich an sie, etwas stürzt klirrend zu Boden, er steht inmitten kobaltblauer Scherben. Überrascht hält er still.

Sie verlassen sofort dieses Haus! ruft sie, und Tränen laufen über ihr graues Gesicht.

Oskar stürzt aus der Tür, die Treppe hinab, bemerkt vorm Haus, daß er im Hemd ist. Kleinlaut kehrt er um. Sie sitzt auf dem Sofa, die Beine angezogen, den Kopf in die Hände gestützt, und heult hemmungslos vor sich hin. Er grapscht nach seinem Jackett, zwängt sich hinein. Will gehen, endgültig.

Setzen Sie sich, befiehlt das Fräulein Schneider schniefend und wischt sich im Wechsel Augen und Nase. Wo wollen Sie denn hin in der Nacht?

Gehorsam folgt er ihren Worten.

Zu sagen ist nichts nach all dem Vorgefallnen. So sitzen sie sich schweigend gegenüber den Rest dieses Abends. Oskar betrachtet verstohlen ihr eingefallnes Gesicht, die häßlichen Zähne, die geröteten Augen, die Hände, die das nasse Schnupftuch kneten. Langsam reift in ihm ein Schuldbewußtsein heran. Um etwas zu haben, woran sich ein Gesprächsfaden knüpfen ließe, kramt er vorsichtig die Pralinen aus der Tasche, schiebt sie über den Tisch. Ohne Erfolg. Hin und wieder schlägt draußen die Turmuhr. Heimlich zählen sie die Schläge. Das Fräulein Schneider unterdrückt ein Gähnen.

Ehrenwort, entschließt sich Oskar endlich zu sagen: ich rühr Ihnen nicht an.

Sie nickt ihm dankbar zu, öffnet den Reißverschluß, steigt aus dem Rock und rollt sich in die Decke.

Oskar schaltet das Licht aus und kehrt auf Zehenspitzen zu seinem Stuhl zurück. Dort verbringt er die übrige Nacht. Mit bösen Vorwürfen gegen sich selbst und wilden Flüchen auf Bischof, das Schwein. Was wird nur Lehrer Bachnickel sagen, der ihm den schönen Brief aufgesetzt hat an das Fräulein Schneider, ohne den er gewißlich nicht hier wär!

Am andern Morgen, als sie ihm zum Abschied die Hand reicht, faßt Oskar sich ein Herz. Das Ypsilon, sagt er, vor Ihrem Namen, was heißt das?

Ach ja, lächelt sie schuldbewußt, ich hab mich wohl gar nicht vorgestellt. Yvonne Schneider.

Aha! sagt Oskar beeindruckt und krampfhaft bemüht, den seltsamen Namen in sein Gedächtnis zu graben. Und als er im Zug nach Themar sitzt, schreibt er auf den Zettel mit den häufig verbesserten Sätzen: Ywonn Schneider.

Auf der Heimfahrt rechnet Oskar seine Unkosten auf: acht Mark zwanzig Fahrgeld, vierzig Pfennig Porto, drei Mark zwanzig für Pralinen. Den Schlips nicht eingerechnet, weil: den kann ich vielleicht noch mal brauchen. Alles in allem kein einträgliches Geschäft, das wird deutlich. Aber Oskar streicht lächelnd die Sitzfalten glatt in der Anzughose, keine Geste des Unmuts. Er wird in der Kreisstadt eine Vase kaufen für das Fräulein Ywonn Schneider, kobaltblau. Zu Bischof, der eine Axt im Wald ist, wird er sagen: für eine sehr gebildete Person. Schließlich: was sind schon knapp zwei Stunden Bahnfahrt, pünktlichen Anschluß vorausgesetzt?

Und irgendwann wird er vielleicht doch noch seine vier häufig verbesserten Sätze los: Oskar Frank, dem wo Sie geschrieben haben, tritt vor Ihrer Tür. Ein Mann kann nicht leben bloß mit umgehauenen Bäumen. Wer allein ist, dem wird das Herz klein. Ich will Ihnen heiraten, Fräulein Schneider.

Bei solchen Gedanken und mit dem Holpern des Zuges über verworfene Schienen findet Oskar endlich den lang entbehrten Schlaf.

Hansjörg Schertenleib
Das gläserne Orchester

Für Kristin

I.

Zwei Wochen und vier Tage nachdem mich meine Frau verlassen hatte, lernte ich Niamh kennen. Ich hatte mir angewöhnt, jeden Tag ein paar Meilen zu laufen, um wenigstens für eine Weile zu vergessen, daß mein Leben an einem Punkt angelangt war, an dem ich nicht mehr ein noch aus wußte. Manchmal mußte ich stehenbleiben, weil mir die Tränen, die mir mit einemmal den Blick verschleierten, auch den Atem nahmen. Nach ein paar Minuten war ich dann jeweils so weit beruhigt, daß ich weiterlaufen konnte.

Niamh stand mitten auf der Straße und rauchte. Sie trug ein verblichen zitronengelbes Kleid, Kindersandalen, von denen die Farbe abging, und einen Strohhut. Die beiden Einkaufstaschen, die vor ihr auf dem Asphalt aneinanderlehnten, platzten aus allen Nähten. Niamh nahm einen tiefen Zug von ihrer Zigarette und hob die linke Hand, als wolle sie einen Verkehrssünder stoppen. Auf den ersten Blick hielt ich sie für mindestens Siebzig, aber wie ich später erfahren sollte, war sie eben erst einundsechzig geworden und hatte nur noch zwei Monate zu leben. Diese zwei Monate gehören zu den schwierigsten und traurigsten, gleichzeitig aber auch zu den schönsten und ausgelassensten meines Lebens. Und da mittlerweile drei Jahre vergangen sind, ist es mir möglich, von dieser Zeit zu erzählen.

Ich blieb vor Niamh stehen, keuchend und mit zusammengekniffenen Augen, weil der blitzende Kupfergong der Maisonne genau hinter ihr über der Hügelschulter stand. Sie nahm einen weiteren Zug, schloß genießerisch die Augen, ließ den Rauch aus der Nase strömen und schnippte die Kippe weit weg vor uns auf die Straße.

– So you're the Swiss who lost his wife, sagte sie.

– Lost?

– She left ya, did she not?

Ich nickte. Hatte Niamh die Einkaufstaschen etwa aus Donegal Town bis hierher getragen?

– You're a happy man!

– What?

– She was the wrong one! Believe you me!

Ich merkte nicht sofort, daß ich schon wieder nickte. Niamh roch seltsam, nicht schlecht, aber seltsam. War es ihr Deodorant, das mir in die Nase stieg, oder ihr Schweiß? Aus einem Muttermal an ihrem Kinn wuchs ein langes schwarzes Haar.

– Getting divorced sucks, sagte sie, I bet you'd rather be a widower!

Ihr Lachen klang, als zerknülle jemand eine Bierdose. Jetzt bemerkte ich die winzigen grüngrauen Splitter in ihren blauen Augen. Hatte ihr Gesicht deshalb diesen pfiffigen Ausdruck? Oder lag das an ihrem spöttischen Lächeln?

– My eyes are lovely, are they not?

Um nicht schon wieder zu nicken, grummelte ich Zustimmung und bückte mich nach ihren Einkaufstaschen. Die Zehennägel ihres linken Fußes waren perlmuttfarben lackiert, die des rechten nicht.

– Quite heavy they are, sagte sie, als ich die Taschen hochhob.

Sie waren wirklich schwer. Ich drehte mich nach ihr um, und in dem Augenblick, in dem wir uns wortlos ansahen, wußte ich, daß ich eine Freundin gefunden hatte – eher sogar eine Komplizin.

– I don't know where you live, sagte ich.

– I do, sagte sie, don't you worry, I do.

Ihr Haus lag am Ende einer Karrenspur, die erst durch eine Wiese und danach durch ein Wäldchen führte, in dem die Rhododendren zu einer Wand zusammengewachsen waren, einem Paravent, der sich im Wind wiegte und dessen ineinander verschlungenen kakaobraunen Äste vertraulich knarzten, wenn sie sich aneinander rieben. Bei meinem ersten Besuch bei Niamh war diese Pflanzenwand grün, aber schon bald darauf standen die meisten Büsche in Blüte: Wenn die Dämmerung die Konturen verwischte, trieben die roten, weißen und violetten Blumen auf dem schwankenden Grün wie Positionslichter von Schiffen auf dem nächtlichen Atlantik.

Neben der Haustür wuchs eine Topfpflanze in die Höhe, deren Blattpaddel das Sonnenlicht wie Schirme zurückhielten und ein tanzendes Schatten- und Lichtgitter auf die weißgekalkte Fassade des Cottages warfen, ein Raster, das genau in dem Moment erlosch, in dem Niamh die Tür öffnete.

Sie schob mich durch die Diele in eine Küche, deren Fenster auf einen Garten hinausging, der sich in zwei Terrassen zu einem Bach absenkte. Ich stellte die Einkaufstaschen auf den Tisch und gab mir Mühe, mich nicht allzu neugierig umzusehen. Die Küche war leer und sauber, es war die Küche einer Frau, die entweder nie kochte oder aber sehr ordentlich war. Auf der hölzernen Arbeitsfläche lagen eine Zitrone und ein Bleistift, auf dem Fenstersims Steine in verschiedenen Grau- und Schwarztönen.

Niamh fing an, die Einkaufstaschen auszuräumen. Sie öffnete den Schrank über der Spüle, und ich sah die Medikamentenpackungen, die ein ganzes Regal füllten. Da sie aber meine Neugier bemerkte und die Tür sofort wieder zuschlug, konnte ich nicht erkennen, wofür sie waren. Der Geruch in der Luft fiel mir erst nach einer Weile auf, er war so angenehm, daß ich ihn wahrgenommen hatte, ohne darüber nachzudenken: In Niamhs Cottage duftete es nach Anis und Zimt. Natürlich nahm ich damals an, sie habe einen Kuchen gebacken, aber ich sollte bald feststellen, daß es bei Niamh immer nach Anis und Zimt roch. Nicht einmal sie selbst wußte, woran das lag. Wie es wohl in meinem Haus riecht, frage ich mich seither? Wir sind ja nicht nur blind dafür, wie wir auf andere wirken, sondern auch taub dafür, wie wir riechen, taub für den Geruch unseres Körpers wie für den Geruch unserer Wohnungen oder Häuser. Nur wenn ich nach einer langen Reise nach Hause komme, kriege ich eine

Ahnung, wie es bei mir riecht, *wie ich rieche,* eine Ahnung, die sich aber augenblicklich verflüchtigt.

– What would you call the color of my eyes? fragte Niamh unvermittelt.

Die Vorstellung, daß sie mit mir flirtete, wäre absurd gewesen; ihre Stimme war freundlich, aber sachlich. Die Frage nach ihrer Augenfarbe war ein Test. Sie wollte wissen, ob ich *sah* oder bloß guckte. Niamh prüfte meine Beobachtungsgabe.

– Cornflower blue.

– That would be nice too, sagte sie, aber meine Augen sind vom Blau eines Mohnkorns.

Ihr Deutsch war fast ohne Akzent, sie machte die Sprache weicher und melodiöser, als sie ist.

– Warum sprechen Sie so gut deutsch?

– Ich habe elf Jahre in Hamburg geputzt.

– In Hamburg? Wann?

– A long time ago.

– Ich mag Hamburg.

– Ich nicht.

– Mohnkörner sind übrigens schwarz, sagte ich, nicht blau.

– Bullshit! Bist du nicht Dichter?

– Schriftsteller, antwortete ich.

– Dann interessierst du dich für Geschichten?

– Allerdings.

– Auch für Liebesgeschichten?

Ich brauchte nicht zu antworten. Sie sah mich prüfend an,

nickte und lächelte, als wenn sie mich gerade beim Lügen ertappt hätte.

– Kannst du ein Geheimnis hüten? fragte sie.

– Kommt auf das Geheimnis an.

– Ja oder nein?

II.

– Wenn er lächelte, sah er traurig aus. Das war das erste, was mir an ihm auffiel.

Der Satz gefiel ihr, kaum hatte sie ihn gesagt, spürte sie ihm mit abwesendem Blick nach wie einer Erinnerung, die überraschend vor ihr aufgetaucht war.

– Wenn er lächelte, sah er traurig aus, sagte sie noch einmal.

Damals lag Niamh bereits in der Stube mit dem offenen Kamin, gestützt von einem halben Dutzend Kissen und begraben unter drei Decken, da ihr immer kalt war, obwohl ich das Feuer nie ausgehen ließ. Es hatte mich einen ganzen Vormittag gekostet, ihr Bett auseinanderzunehmen, aus dem feuchten, muffigen Schlafzimmer zu tragen und in der leergeräumten Stube wieder aufzubauen. Tags zuvor, ich besuchte Niamh damals seit drei Wochen, um ihr zuzuhören, hatte sie mir gebeichtet, daß ihr Kampf gegen den Krebs bereits verloren war.

– Ich sterbe, hatte sie gesagt, ich möchte, daß du mir dabei hilfst.

– Dabei helfen?

– Weil ich auf keinen Fall ins Krankenhaus gehe.

Ihr Blick war klar und ruhig, ihr Gesicht strahlte, als habe sie mir eben erklärt, unsterblich zu sein; ich war es, der die Augen niederschlug und mit beiden Händen nach Halt suchte, weil mir plötzlich schwindlig wurde.

– Wir sterben alle, sagte sie, du auch. Hilfst du mir?

– Ich weiß nicht, ob ich das kann, sagte ich leise.

– Hilfst du mir?

– Und was mach ich, wenn du Schmerzen hast?

– Hab ich schon.

– Und wenn sie schlimmer werden?

– I know a nurse. Sie besorgt uns Morphium.

– Ich kann dir aber keine Spritzen geben.

– Doch, kannst du. If you want to. Keinen Weg mehr zu gehen, das ist mein Weg. Hilfst du mir?

Wir hatten uns so lange schweigend angesehen, bis ich schließlich nickte, ihre ausgestreckte Hand ergriff und unsere Abmachung besiegelte.

Mir war natürlich aufgefallen, daß Niamh nicht bei Kräften und schnell erschöpft war; sie hatte mir die Haustür nur bei meinen ersten Besuchen aufgemacht und mich bald nur noch mit einem »come in« hereingerufen und in der Küche in einem Ledersessel mit dicken, zerschlissenen Armlehnen erwartet – aber daß sie Krebs hatte, war mir nicht bewußt gewesen. Seit ich von ihrer tödlichen Krankheit wußte, besuchte ich sie jeden Tag. Ich stand früh auf, trank ein Glas Wasser und erledigte meine Post, bevor ich meine Laufsachen anzog und mich auf den Weg zu ihr machte, wobei ich immer einen Umweg lief, um nicht außer Form zu kommen. Ihr Cottage versank langsam, aber sicher in einem Meer aus hohem Gras, Brennesseln und zähen Brombeerranken, als wolle es sich mit einem Zaubertrick selbst zum Verschwinden bringen. Und auch Niamh wurde von Mal zu Mal schmaler, durchscheinender. Das Frühstück, das ich Tag für Tag für uns beide in ihrer Küche bereitete, nachdem ich geduscht und mich umgezogen hatte, rührte sie kaum an, knapp nippte sie am Tee, den ich auf ihren Wunsch so stark braute, daß ich ihn nicht mochte. Sie erinnerte mich an einen Vogel, der da und dort einen Bissen aufpickt. Die Suppen, die ich mittags aufsetzte und am frühen Abend vom Feuer nahm, mußte ich ihr geduldig einlöffeln. Bald verweigerte sie auch dieses letzte bißchen Nahrung. Niamh starb. Sie starb und erzählte. »Ich will«, hatte sie mir gesagt, »meine Geschichte loswerden. Ich muß die geschlossene Tür aufstoßen, gegen die ich lange hämmerte. Ich will sehen, was dahinter ist. Und du«, sie zeigte mit einem knöchernen Finger auf mich, »du sollst es auch sehen. Also hör zu!« Es gibt Befehle, denen widersetzt man sich nicht. Ich hörte zu, hörte gerne zu, je länger, desto lieber.

Niamh erzählte, um sich ihres vergangenen Lebens zu versichern. Heillos ist nicht, wenn man sich der Vergangenheit erinnert, heillos ist nur, wenn man sich nach ihr sehnt. Dann wird die Gegenwart zur Qual, zur Hölle. Niamh erzählte nicht wirklich für mich, sie erzählte für sich selbst, um sich mit ihrer Vergangenheit zu versöhnen. Sie führte ein langes, von Ruhepausen unterbrochenes Selbstgespräch, für das sie einen Zeugen brauchte, mich. Ich habe mich lange gefragt, warum sie ausgerechnet mich dafür ausgewählt hat? Weil ich meine Zeit mit Schreiben verbringe und sie demnach wohl annehmen durfte, ich könne mit Geschichten umgehen? Weil ich ein Fremder war, ein sogenannter *blow in,* der keine der Personen kannte, die ihre Geschichten bevölkerten? Heute glaube ich, daß sie mir ihr Leben erzählte, weil wir alle jemanden brauchen, der uns zuhört, schließlich wird eine Geschichte nicht lebendig, indem sie erzählt, sondern erst, indem sie gehört wird. Man teilt vor allem das, was man verlieren kann. Niamh erzählte mir ihr Leben auch, weil sie ihre Beichte bei mir sicher aufgehoben wußte, immerhin hatte ich ihr versprochen, sie für mich zu behalten. Ich muß gestehen, daß ich mich bisher nicht immer an Versprechen gehalten habe – aber in diesem Fall fällt es mir leicht. Niamhs Geschichte gehört ihr. Ihr und ihrem Zuhörer, mir. Außerdem hatte sie mir gedroht, und ihre Stimme klang eine Spur zu ernst, um es als Scherz zu nehmen, sie erscheine mir als Geist, falls ich mich nicht an meinen Schwur hielte.

Niamh erzählte von ihrer Kindheit in Donegal, sie erweckte Lehrer, Eltern und Geschwister zum Leben, ließ singende Onkel mit rußgeschwärzten Gesichtern und kettenrauchende Tanten mit schrillen Stimmen auferstehen, sie beschrieb das windschiefe Farmhaus in Glenties, in dem sie aufgewachsen war, beschrieb ihr Schulhaus, in dem jetzt ein Übersetzer lebte, die drei Lieblingspubs ihres Vaters und die Kirche, in der es auch im Hochsommer nach Moder roch.

Für die Landschaft um Glenties fand sie Worte wie für einen Geliebten: voller Wehmut und ungebremster Schwärmerei. Ihre Schilderung des Momentes vor fünfundfünzig Jahren, da sie zum ersten Mal am Atlantik stand, draußen am St. Johns Point, trieb mir Tränen in die Augen, Tränen, über die sie lachte und die sie mit der Schilderung einer Lehrerin, die in jeder Pause hastig eine Zigarette rauchte, um ihre Verdauung anzukurbeln, in ein befreites Lachen verwandelte. Niamh erzählte lebendiger, als ich je geschrieben habe. Sie ahnte, nein, sie *wußte,* wie schwierig es ist, den Anfang einer Geschichte zu finden, gerade der eigenen. Also hielt sie sich an ihre eigene Chronologie und sprang durch die Zeiten, wie es ihr gefiel. Ich hätte mich gern hingelegt, um zuzuhören, doch das ging nicht. Wir hatten die Rollen vertauscht: Die erzählte, lag, der zuhörte, saß. Sie machte meine Sorgen vergessen, breitete ihr Leben vor mir aus, als müßte ich es später nacherzählen, aber einen Mann, einen Mann hatte sie bisher nicht erwähnt.

– Wenn er lächelte, sah er traurig aus.

Der Satz machte ihr Gesicht weich, ihr Lächeln schloß mich aus. Sie sah etwas, das ich nicht sah, nicht sehen konnte. Um ihre Lebensgeschichte nicht in falsche Richtungen zu lenken, hatte ich mir angewöhnt, keine Fragen zu stellen. Ich hörte zu, bisher hatte das genügt. Aber dieser Satz, Niamh warf ihn aus wie einen Angelhaken, machte mich ungeduldig.

– Wer, fragte ich?

– Andrew natürlich.

– Natürlich.

Ich machte ihr nicht die Freude, nach ihm zu fragen. Der Tonfall zwischen uns war ironisch, voller Anspielungen und Fallen, der Tonfall echter Zuneigung.

– Andrew war die Liebe meines Lebens, sagte sie schließlich.

– Das hab ich angenommen.

Das Wort »Liebe« hatte sie bisher noch nicht ausgesprochen. Als sie es sagte, erschienen zwei Falten über ihrer Nasenwurzel, sie liefen spitz wie das Dach eines Hauses einer Kinderzeichnung zusammen, teilten die Stirn und glätteten sich, kaum war das Wort gesagt.

– Die Liebe meines Lebens. So kitschig werden Geschichten, wenn einem nicht erspart bleibt, sie zu erleben.

Die Liebesgeschichte, die Niamh mir erzählte, handelte nicht vom Glück, sie handelte von Enttäuschung und Verlust, und doch gefiel sie mir. Nein, ich werde auch sie nicht ausplaudern. Versprochen ist versprochen. Verraten darf ich vielleicht, daß Andrew der Sohn des Fabrikanten in Leeds war, dem Niamh als junges Mädchen diente, und daß sich die beiden jungen Leute verliebten, unsterblich verliebten, und daß Andrew ihr ein Kind machte, einen Sohn, Sean, den sie, allein und verstoßen, erst in England, später in Deutschland und Donegal aufzog, da sich der feine Herr gegen die Liebe und für das Geld und die Nestwärme seiner mächtigen Familie entschieden hatte. Verraten darf ich auch, daß Sean mit 37 Jahren durch einen Verkehrsunfall bei Salzburg ums Leben kam.

III.

Mit der ersten Juliwoche kam ein Sommer nach Donegal, so heiß, licht und hell, als wüßte er um keinen Winter. Es lag ein Duft in der Luft, der den Menschen einen verträumten Ausdruck auf die Gesichter zauberte und Fernweh heraufbeschwor. Auch Niamh wollte eine Reise unternehmen, eine letzte, kurze, aber ungemein wichtige, sie wollte unbedingt das Haus verlassen, um noch einmal ihren Garten zu sehen, an dem sie viele Jahre gearbeitet hatte. Da sie zu schwach war, sich länger auf den Beinen zu halten, entschlossen wir uns, daß ich an ihren Lieblingsstellen, die sie noch einmal besuchen wollte, Stühle aufstellte, zu denen ich sie der Reihe nach trug. Ich mache mir nichts aus Gärten, aber daß der ihre eine Pracht war, ein Kunstwerk, das sah ich. Eine Insel der Stille in der Ruhe Donegals. Unser Gang war umständlich und beschwerlich, er dauerte den ganzen Nachmittag, und er zeigte uns, daß wir auch zusammen schweigen konnten. Sie war leicht wie ein Kind. Anis und Zimt: Nun roch sie wir ihr Haus. In den Ästen eines Kirschbaums hingen farbige Blechstreifen, die sich singend drehten im Wind, auf dem bekiesten Weg unter der Stützmauer lagen runde schwarze Steine zur Linie angeordnet, die uns auf die untere Terrasse führte, wo ich auf ihr Geheiß den letzten Stuhl in den Schatten eines Busches getragen hatte.

An diesem abgelegensten Ort des ganzen Gartens stand ein Tisch, auf dem eine Unzahl von Gläsern in allen Größen und Formen aufgebaut war. Trinkgläser, Weingläser und Marmeladegläser, dickwandige Humpen und hauchfeine Flakons, in denen grün, weiß, braun, blau und sogar rosa die Sonne spielte – und die zum vielstimmigen Orchester wurden, sobald es regnete, wie mir Niamh versicherte.

Es gibt Dinge, die man nicht erzählen darf. Und es gibt Dinge, die man nicht erzählen kann. Niamh starb am 16. Juli vor drei Jahren. Ich war bei ihr, mehr gibt es dazu nicht zu sagen. Ich habe sie begleitet, habe ihr Beistand geleistet, ihren Schmerz gelindert, dem Morphium sei Dank, aber gerettet, gerettet habe ich sie natürlich nicht.

Kurz nach Niamhs Tod gab ich das Laufen auf und fing an, lange Spaziergänge durch die Wälder und Hochmoore zu machen. Wanderungen, die mich oft über die grüne Grenze nach Nordirland führten und auf denen ich mit mir und meiner treulosen Frau genauso ins reine kam wie mit unserer gescheiterten Ehe.

IV.

Weich ist das Licht hier immer, Tag für Tag, weich und versöhnlich, als wolle einem die Natur etwas Tröstliches oder zumindest Beruhigendes mitteilen. Aber manchmal, und meist ist dies kein gutes Zeichen, manchmal ist das Licht mit einemmal unwirklich gelb und fast mit Händen zu greifen. Etwas Phantasie genügt, und man sieht sich auf dem Grund eines Wasserglases sitzen, in das eben ein Maler seinen Pinsel getaucht hat.

Legt sich das Sonnenlicht als gelber Schleier über die nun plötzlich überbelichtete Welt, dauert es in der Regel nur ein paar Minuten, bis Hagelkörner aus dem Himmel prasseln.

An einem Oktobertag, an dem mir nichts gelingen will, keine Zeile, meine Sätze haben weder Farbe noch Geruch, hebe ich den Blick vom Bildschirm des Laptops und sehe aus dem Fensterchen meines Arbeitszimmers: Der Himmel hat sich innerhalb weniger Minuten gelb eingefärbt. Nun schwebt der Horizont über sich selbst, das Licht hebt ihn aus sich heraus, und er zerrt wie ein Fesselballon an den Leinen, die ihn am Boden halten. Im nächsten Augenblick bricht das Unwetter los. Der Hagel fällt so dicht und heftig, daß ich unweigerlich den Kopf einziehe. Schon ist der Vorplatz weiß, sind die Dachrinnen mit murmelgroßen Körnern gefüllt. Das Prasseln, Hämmern, Dengeln hat auch etwas Beruhigendes, ich muß mich nur darauf einlassen. Die Schafe auf der Wiese des Nachbarn drängen sich zusammen, aufgeregt klagend, als wüßten sie, wo der Verursacher des Gewitters zu finden ist. Immer wieder ergreift Unruhe die Herde, Unruhe, die als Welle durch die zerzausten Tiere geht.

Dann höre ich ein Klingeln, das in rascher Folge auf- und absteigt, ein helles und klares, gleich darauf tiefes und gedämpftes Klingeln, das eine Melodie bildet, die sich an keine von Menschen erdachte Harmonie hält, *eine Melodie, die sich selbst spielt.* Jetzt hören auch die Schafe das Klingeln, erst dreht nur das eine den Kopf, ein schweres Muttertier, dem eine Handvoll Zweige im verfilzten Fell hängt, doch schon bald wendet sich Schaf um Schaf meinem Garten zu, in dem es klingelt. Es ist, als bringe der ungewohnte Klang neue Ordnung in die Herde. Die Tiere machen einen, nein zwei Schritt in Richtung meines Grundes. Die schwarz gefleckten, maskenhaften Schädel in die Höhe gereckt, sind sie das perfekte Publikum: neugierig, aufmerksam.

Als ich begreife, daß ich Niamhs Glasorchester höre, das sie mir vermacht hat und das ich in meinem Garten aufgebaut habe, schalte ich den Laptop aus und verlasse das Haus.

Der Hagel, er trifft Kopf und Schultern, ist kaum zu spüren. Die Körner sind nun klein wie Reis und sorgen doch für Aufruhr in Niamhs Gläsern. Es gibt keinen Klang, den es nicht gibt. Ist das denn Musik? Spielt es eine Rolle? Das symphonische Zusammenspiel von Licht, Schatten, Geruch und Klang spaltet die Seele und fordert heraus, sich zu bewegen, zu wiegen, zu schaukeln. Ein Blechstreifen im Wind.

Und so mache ich denn die ersten Schritte eines Tanzes, den ich noch nicht kenne, eines Tanzes, den Niamhs gläsernes Orchester immer wieder anders und immer wieder neu für mich spielen wird.

Klaus Schlesinger

Hans-Christian S. meets Erich H.

Seine Lider waren schwer geworden, und die Stimme seines Gegenübers kam mit einemmal wie von weit her. Er hatte Mühe, der verästelten Erzählung von den jahrelangen Bemühungen um Rehabilitierung zu folgen, die trotz des Wechsels in der Staatsführung und im Gegensatz zu Personen mit ähnlichem Schicksal vergeblich blieben, bis sich das Rätsel für Skolud dergestalt löste, daß er auf Umwegen erfuhr, die Genossin Struve sei in einer beispiellosen Karriere von der Funktion der Technischen Zeichnerin und nebenamtlichen Parteisekretärin im Kollektiv Neues Bauen auf eine einflußreiche Position in der Staatsführung, Abteilung Eingaben aus der Bevölkerung, gerückt und erfreue sich dort bester Protektion.

– Ach! sagte Strehlow und hielt sich die Hand vor den Mund. Gegen seinen Willen fiel er in eine Art akustischen Dämmers, in dem die Sätze seines Gegenübers in Wellen an sein Ohr drangen, mal stärker, mal schwächer, ganze Sätze versandeten irgendwo, bevor sie seinen Kopf erreichten, einzelne Worte blieben hängen, er hörte: Ich kriech nicht zu Kreuze! oder: Persönliche Fühlungnahme!, von einer Frau war die Rede, Eine Erscheinung!, und daß er ganz überwältigt war, Ein Gesicht wie Milch und Honig!, und was er, der Herr Strack, dazu sagen würde, wenn er die Frau seines Lebens träfe und sie meinte, gut, wir gehen zusammen, aber ich sage dir gleich, ich liebe einen anderen und werde ihn immer lieben!; später von einem Mann, der eine Adresse wußte und ein Datum, und daß er bereit gewesen sei, Skolud beides für die Vermittlung einer Bauerntruhe zu überlassen, aber sie wollte sich erst nicht davon trennen.

– Wer, zwang sich Strehlow zu fragen.

– Na, die Großmutter!

Strehlow schüttelte sich und holte tief Luft.

– Na, die Großmutter von meiner Liebsten! sagte sein Gegenüber erstaunt. Die die Truhe hatte!

Er machte eine Pause und musterte Strehlow.

– Damit ich die Adresse kriege! ... Damit ich ihn treffen kann!

– Ihren Erich, fragte Strehlow behutsam.

– Darauf lief doch alles hinaus.

– Pardon, sagte Strehlow, ich war einen Moment nicht bei der Sache. Der Alkohol. Ich trinke am Tage sonst nie.

– Wie können Sie das aushalten? sagte der andere trocken. Sind Sie auch Vegetarier? Wollen Sie sich vielleicht auch das Rauchen abgewöhnen?

Strehlow lachte. Seine Müdigkeit war wie verflogen.

– Sie haben keine gute Meinung von uns.

– Ich frage mich nur, wie lange die Leute vorhaben zu leben.

– Es ist eine Mode, sagte Strehlow. In Amerika rauchen nur noch die Armen.

– Mir macht es angst, sagte der Andere. Ich muß mir nur unsere Herrschaften da oben ansehen. Sie haben sich seit zwanzig Jahren Rauchverbot verordnet, nehmen alle naselang eine Sauerstofftherapie und trinken wahrscheinlich nur Lauchstädter Heilbrunnen. Kennen Sie übrigens die Geschichte mit dem Mann und der Zeitung?

Strehlow hob die Schultern.

– Also, der kommt jeden Vormittag an den Kiosk, kauft eine Zeitung, wirft einen Blick auf die erste Seite und schmeißt sie in den Papierkorb. Nach ein paar Wochen fragt ihn die Verkäuferin, warum er eine Zeitung kauft, wenn er sie doch gleich wegschmeißt. Er sagt, ich interessiere mich nur für die Todesanzeigen. Sagt die Verkäuferin, aber die stehen doch auf der Seite sechs. Sagt der Mann, aber nicht die, die ich meine.

Strehlow unterdrückte ein Prusten, lächelte ein wenig verzerrt und warf einen Blick zu den Nachbartischen, aber es schien sich niemand um sie zu kümmern.

– Er war damals schon über Sechzig, aber er hatte eine Haut wie ein Baby! Ja! Richtig rosig und ganz straff. Nicht eine Falte! Weder im Gesicht noch im Mantel. Dabei kam er aus dem Auto.

Strehlow beugte sich vor, damit sein Gegenüber leiser reden konnte.

– Es war ja noch kalt Anfang März. Am fünften. Leipziger Straße. Im Neubau.

– Ach, da wohnt er? sagte Strehlow betont verhalten und in der vergeblichen Hoffnung, der Andere, der den Kopf schüttelte, würde seine Stimme ebenfalls dämpfen.

– Nicht er. Seine Tochter! Er besucht sie jedes Jahr am fünften März. Zu ihrem Geburtstag.

– Verstehe, sagte Strehlow. Incognito.

– Keine Spur.

Mit Blaulicht sind sie gekommen, zwei Leute sind ausgestiegen, ein älterer Blasser und ein Vierschrot, haben ihn unauffällig in die Mitte genommen und sind dann über den Bürgersteig auf die Haustür zugegangen. Skolud, der ein paar Meter abseits gestanden hat, ist ganz erstaunt gewesen, wie klein er war, ohne Hut hätte er Skolud nur bis zur Schulter gereicht, und als er auf den Klingelknopf gedrückt hat, ist er rangegangen und hat gesagt: Darf ich Sie einen Moment aufhalten? Er hat in ein verblüfftes Gesicht gesehen und gleich hinzugefügt: Ich habe Schwierigkeiten.

Der kleine Staatsmann hat kurz auf seine Begleiter geblickt, als ob er um Erlaubnis nachsuche, und hat dann gesagt: Wenn man helfen kann?

In diesem Moment hat es im Türschloß gesummt, und der Vierschrot hat die Tür aufgedrückt, aber der kleine Staatsmann ist nicht hineingegangen, sondern wollte mit einer ungelenken Handbewegung Skolud den Vortritt lassen, und als Skolud ihm seinerseits den Vortritt lassen wollte, hat er gesagt: Bin ja hier wie zu Hause.

Da ist Skolud als erster durch die Tür getreten und mit ihm bis zum Fahrstuhl gegangen. Erst da hat er ihm den Brief gegeben, in dem der Vorgang, der nun schon Jahre zurücklag, haargenau geschildert war. Der kleine Staatsmann hat das Kuvert hin und her gewendet und gefragt, ob er gleich lesen solle?

– Das ist nicht nötig, hat Skolud gesagt. Ich vertraue auf Ihren Gerechtigkeitssinn.

Der Staatsmann hat mehrmals genickt und gesagt: Man kann aber nichts versprechen. Und als Skolud sich bedankt hat und gegangen ist, hat er ihm hinterhergerufen: Alles Gute!

– Sie haben Nerven, sagte Strehlow. Einfach so ranzugehen.

Der Andere zuckte die Achseln.

– Hat er keine Angst gehabt? sagte Strehlow.

– Wovor soll er denn Angst haben? Doch höchstens vor der Zwangsberentung.

– Hauptsache, es hat genützt, sagte Strehlow.

– Keine zwei Wochen später kam die Einladung. Was soll ich sagen: Bauakademie. Hauptabteilungsleiter Komplexfertigung. Antritt sofort.

– Ein Märchenende, sagte Strehlow. Klasse!

Der Andere lächelte fröhlich.

– Ich hätte bloß ja sagen müssen.

– Was! rief Strehlow. Sie haben abgelehnt?

Der Andere nickte.

– Aber Ihre … Ihre Eingaben oder wie das heißt … Ihre ganzen Bemühungen … Und sogar der Staatschef! rief Strehlow. Wozu der Aufwand?

– Ich habe erreicht, was ich wollte!

Strehlow überlegte.

– Sie sehen das moralisch, fragte er vorsichtig.

– Ich sehe das persönlich, antwortete sein Gegenüber. Man hat mir unrecht getan, und ich wollte Satisfaktion.

– Und das hat Ihnen gereicht? sagte Strehlow verwundert.

Der Andere hob gleichmütig die Schultern, fixierte wieder einen Punkt hinter Strehlow, und es schien, als dächte er angestrengt nach. Seine Zungenspitze fuhr über die Lippen und benetzte sie, seine Brauen hoben sich, er sah Strehlow mit einem langen Blick in die Augen und begann mit gehobener Stimme und geschürzten Lippen einen leisen Singsang.

Strehlow hörte Worte, die ihm ebenso bekannt wie fremd waren, er beugte sich vor und lächelte gezwungen und hörte *Die Stätte, wo eine große Stadt steht, ist nicht die Stätte weitgestreckter Werften, Docks und Speicher allein,* und er dachte, es wird schon auf irgend etwas hinauslaufen, und hörte *noch die Stätte der höchsten und teuersten Bauten, noch wo Geld am reichlichsten fließt.* Strehlow legte die Hand über den Mund, um sich nicht bei einem Grinsen ertappen zu lassen. Der Auftritt des Mannes war ihm ebenso peinlich, wie er ihn anrührend fand, und er lauschte dem Klang der Worte hinterher, irgend etwas kam ihm bekannt vor, aber was?, und er nahm die Hand vom Gesicht und sah, daß der Andere ihn ansah, als erwarte er etwas von ihm, aber was?, und der deklamierte weiter, unterbrach sich ein-, zweimal, wiederholte auch Worte und Satzteile, wie um etwas zurückzuholen aus der Erinnerung, und Strehlow hörte *Wo die Stadt steht, die das stärkste Geschlecht von Rednern und Dichtern hat, wo*

Männer und Frauen nicht viel von Gesetzen halten, wo Gleichmut bewiesen wird in Geschäften, dort steht die große Stadt.

Der Andere schwieg, sah ihn aber unverwandt an.

– Es kommt mir bekannt vor, sagte Strehlow nachdenklich.

– Ach, sagte der Andere.

– Helfen Sie mir, bat Strehlow und lächelte und machte eine hilflose Geste, und der Andere hob wieder die Stimme und sprach: *Ich singe das Selbst, den Einzelmenschen, doch spreche das Wort …*

Strehlow ließ ihn nicht zu Ende reden. Ein Leuchten war über sein Gesicht gegangen, und er rief: Es ist … na, wie heißt er? … der Dingsda … Whitman! Es ist Walt Whitman, nicht wahr?, und als der Andere ihn mit einem Augenzwinkern bestätigte, rief er: Wie konnte ich das vergessen! Er war doch damals so etwas wie eine Bibel für uns. Es war so etwas Kräftiges in ihm, so etwas Weites.

Strehlow sah auf die Tischplatte und suchte sich zu erinnern und sagte mehr zu sich selbst: Wir haben viel Gedichte, nicht nur Whitman, gelesen, auch Benn und Brecht und diesen … diesen … Strehlow klopfte mit dem Finger mehrmals auf die Tischplatte. Goll! … Natürlich … Yvan Goll. Meingott, ist das her!

Er hob den Kopf und war ganz aufgeschlossen und auch ein bißchen stolz, daß ihn sein Gedächtnis nicht verlassen hatte, und er fragte: Wie sind Sie nur plötzlich auf Whitman gekommen?

Der Andere, der den Blick nicht von ihm gelassen hatte, fiel wieder in seinen normalen Ton.

– Ich wollte eigentlich nur ausdrücken, daß ich keine Lust mehr hatte, vorgestanzte Wohnmaschinen in die Welt zu setzen.

Irrte sich Strehlow, wenn er fand, sein Gegenüber drücke in Tonfall und Haltung auf der ganzen Linie Enttäuschung aus? Aber weshalb? Doch nicht wegen seiner mißratenen Karriere. Oder Strehlows wegen? Aber aus welchem Grund denn?

– Irgendwie sind Sie mir ein Rätsel, sagte Strehlow nach einer Weile, und als der Andere schwieg, setzte er hinzu: Ich glaube, Sie sind ein Träumer.

– Meinen Sie? sagte der Andere, drehte sich halb herum und rief mit erhobener Stimme über die Köpfe der Gäste hinweg: Traudel!

Strehlow sah zur Armbanduhr. Es war kurz nach halb sieben.

Steffen Mensching

Mit Orwell im Vogtland oder Warum ich so gern auf Lesereise gehe

Am Morgen blickst du scheu und ohne Hoffnung aus dem Hotelfenster oder – wenn du die Übernachtung selbst zu zahlen hast – aus der Dachkammer der Pension und suchst vor dem Eingang nach der erträumten Menschenansammlung. Umsonst, die Horde halbwüchsiger Leseratten mit Ponyfrisuren und Pferdeschwänzen ist ausgeblieben, kein weiblicher Groupie wirft dir körperwarme Reizwäsche ins offne Fenster mit der Bitte um ein Autogramm. Ein prosaischer Morgen für den lesereisenden Poeten, der fließend übergeht in Stadium Nr. 2: das Frühstücksbüfett. Geschäftsmänner sitzen neben ihren Rühreiern und erklären ins Handy, daß sie gleich losfahren würden, man könne, wenn sie Mittag nicht da sein sollten, getrost ohne sie mit der Grundsteinlegung anfangen. Aus dem Radio dudelt Weichspülhiphop, unterbrochen von zerkauten Halbsätzen eines Moderators, der einen S-Fehler hat, einen IQ von minus 90, aber ein Konto in Luxemburg. Du stopfst hastig Zerealien in dich hinein, in wenigen Augenblicken – du kennst deine Pappenheimer – wird ein Rollkommando hessischer Rentner das Büfett stürmen. Die Tür geht auf, da sind sie schon. Toupierte Damen – immer kommen die Frauen zuerst, erstaunlich, wo sie doch morgens im Bad immer viel länger brauchen – prüfen, erfahrene Touristen, die sie sind, das Verfallsdatum auf den Schmelzkäsedreiecken.

Dennoch gehe ich gern auf Lesereisen. Man lernt nette Menschen kennen, fremde Regionen, Nester, in die man nie freiwillig fahren würde, Orte wie Edewecht, Eisenhüttenstadt oder Paris, man ist für ein paar Stunden vom Schreibtisch weg, man findet in seinem Hotelzimmer winzige Schokoladentafeln oder Gummibärtüten auf dem Kopfkissen und kehrt mit einer Tasche voller Seifenstückchen, Shampoofläschchen und Duschhauben nach Hause zurück. Man hat andauernd das Wohlgefühl, sich, seinem Buch, den Lesern, seinem Verleger, den Buchhandlungen, dem Börsenverein, dem Finanzminister, der Regierung, der UNO, kurz, der halben Menschheit einen Gefallen zu tun, und bekommt noch Geld dafür. All das ist schön und befriedigend, aber es ist nicht das Schönste. Sie werden es möglicherweise bedauern, mich in die Vortragspflicht genommen zu haben, wenn ich Ihnen freiweg gestehe: Für mich ist das Schönste an den Lesereisen – das Lesen. Allerdings – bevor Sie Gefahr laufen, mich für einen narzißtischen Maniker zu halten – nicht das Lesen eigener Texte vor dem geschätzten Publikum, das zu diesem Zwecke in mehr oder weniger großer Zahl geströmt oder getröpfelt kommt. Dieses Lesen ist – wie sag ich's diplomatisch? – Lust und Last zugleich. Wenn ich vom Schönsten spreche, meine ich das Lesen von Büchern an sich, fremden Büchern, Büchern von Kollegen, am liebsten toten, keine andere Unternehmung bietet mehr

Gelegenheit zum Lesen als Lesereisen. Da sind zunächst die ewigen Bahnfahrten, die man um so mehr genießen kann, als der Veranstalter die Kosten übernimmt, man sitzt und rollt, muß sich – es sei denn, man reist zu Stoßzeiten oder hat vergessen, eine Platzkarte zu reservieren – um nichts kümmern, man hat einen festen Platz, weiß, wohin man gehört in dieser umtriebigen Welt, der Großraumwagen ist geheizt oder klimatisiert, man fährt zur Arbeit, das heißt, man tut durchaus Sinnvolles, man muß sich nicht vor sich selbst für seinen Müßiggang rechtfertigen, denn Lesen, diese Art Lesen, den Luxus zweckfreier Lektüre, ohne jeden Arbeitszusammenhang, muß man sich leisten können. Eigentlich hat man ihn sonst nur im Urlaub, aber freiberufliche Autoren haben eigentlich keinen Urlaub, so wie sie auch nie eine Krankschreibung brauchen, also nie krank werden, weil sie in der Regel erst nach sechs Wochen Krankengeld beziehen. Im Grunde sind die Leserreisen für freiberufliche Autoren Urlaub, bezahlter Urlaub, mit ein bißchen Arbeit am Abend verbunden, dies unterscheidet sie von den üblichen Lohnsklaven. Dafür darf der Autor lesen. Auf dem Bahnhof, in der Schlange im Reisezentrum, auf der Rolltreppe, im Bistro, während des Umsteigevorgangs, der ihn nicht eigentlich tangiert, weil ihn ja sowieso das Buch fesselt. Natürlich gibt es Gefahren, die ihm begegnen, die verhindern können, daß er zum Lesen kommt. Die größte Gefahr ist, wie überhaupt, seit Sokrates sprichwörtlich, der Mensch, der große Schrekken. Einmal fand ich in einem ICE neben einer älteren Dame aus Leipzig Platz, sie war Buchhändlerin, erkannte mich und setzte, als erkläre dies das Ungewöhnliche der Situation, nicht ohne Humor, hinzu, sie kenne mich »noch von früher«. Ich schluckte, sie hatte von meiner gestrigen Lesung gehört, hatte kommen wollen, es aber dann doch nicht geschafft. Aha. Ich glaube, sie meinte alles, was sie sagte, nicht wirklich boshaft. Sie fragte, wie viele Leute dagewesen seien. Ich wich aus, der Raum sei ja nicht groß gewesen, und erkundigte mich, zum Gegenschlag ausholend, nach den Absatzzahlen im Buchhandel. Es war ein nettes kleines Stechen, als wir von Sachsen nach Thüringen kamen. Zum Glück erschien der Zugbegleiter und trennte uns mit seiner Zange. Bei dieser Gelegenheit will ich anmerken, daß es mir durchaus nicht gefällt, auf Eisenbahnreisen Bekannten zu begegnen. Zuallerletzt Kollegen. Besonders bei Fahrten zu literarischen Großereignissen, Messen, Massenlesungen, Festivals etc. ist diese Gefahr groß. Vielleicht ist es unklug und ein Beweis für Misanthropie, zu gestehen, daß es mich in Panik versetzt, wenn ich – ein gutes Buch in der Jackentasche –, auf dem Bahnsteig wandelnd, ein mir bekanntes Gesicht erspähe, einen Menschen, der sich anschickt, in die gleiche Richtung wie ich zu reisen. Fatal, er oder sie hat mich bereits gesehen. Und er oder sie hat, wie sich herausstellt, nicht nur kein Buch in der Jackentasche, oder wenn doch, so gefällt es ihm nicht – vielleicht liest er gerade eins von deinen? –, sondern auch keine Platzkarte, und er oder sie sagt: »Ach, haben wir uns lange nicht gesehen, ich bleibe hier, der Platz neben dir ist ja noch frei, wenn du nichts dagegen hast.« Letzteres so dahingesagt, als erwarte man keine

Antwort, noch weniger die, die man denkt: »Allerdings, allerhand hab ich dagegen.« Statt dessen sagst du: »Nein, nein« und hängst die halbherzige Warnung an, daß der Platz neben dem deinen allerdings auch »reserviert« sei, und zwar ab Flughafen Schönefeld. Das schreckt ihn oder sie überhaupt nicht, statt dessen zeigt er oder sie auf zwei Plätze in der Nähe, die vollkommen frei und vollkommen unreserviert und geradezu ideal für euch beide seien. Und dann fährt der Zug, und er oder sie beginnt zu erzählen, oder besser: Fragen zu stellen und Meinungen kundzutun, während du an das Buch in deiner Tasche denkst. Schönefeld hält der Zug, eine reizende junge Reisende besteigt den Wagen und okkupiert den Sitzplatz neben dem, auf dem du gesessen hättest – sie schlägt die Beine über und ein Buch auf –, während du ihn oder sie sagen hörst, daß dein letztes Buch doch »in der Tat« sehr widersprüchliche Kritik erfahren habe, er oder sie sagt wirklich »in der Tat« und fügt an, es, dein Buch, zwar noch nicht gelesen zu haben, die Rezensionen aber kenne er oder sie wortwörtlich. Und du fragst dich, warum sich immer die schlechten Kritiken so schnell herumsprechen, und versuchst herauszufinden, was die junge Schöne liest, und denkst daran, daß du mit ihr hättest ein Gespräch anfangen können übers Lesen in Zügen, und vielleicht hätte sich daraus eine Geschichte ergeben, eine Kurzgeschichte, ein Roman oder eine Romanze, und wenn nicht, hättest du weiterlesen können und dir nicht anhören müssen, daß er oder sie zur Zeit an einem Buch über Hexen arbeitet, weil sich Bücher über Hexen gut verkaufen, denn logischerweise ist er oder sie auch Autor oder Autorin und auch auf Lesereise, und wer hat je gesehen oder nur davon gehört, daß zwei Autoren ruhig nebeneinander im Zug sitzen und lesen können, das gab's noch nie, wenn man mal von Sartre und Simone de Beauvoir absieht, die aber sowieso Existentialisten und eine Ausnahme waren.

Es kann auch passieren, daß ein Autor vergißt, die notwendige Lektüre mit auf Reisen zu nehmen, oder daß er sich verkalkuliert und auf der Hälfte der Strecke, sagen wir in Naumburg, bemerkt, daß der Roman, den er in Berlin begonnen hat, spätestens auf Höhe der ehemaligen innerdeutschen Staatsgrenze ausgelesen sein wird, daß er also Gefahr läuft, ohne Lektüre nach Bayern einzufahren, und sich eventuell der Landschaft oder den Mitreisenden wird widmen müssen. Dann wird ihm der Canossa-Gang in eine Bahnhofsbuchhandlung nicht erspart bleiben, ein Weg, der ihn nicht darum quält, weil dort angeblich nur schlechte Bücher stehen – das ist ein von den letzten Avantgardisten in die Welt gesetztes Vorurteil –, nein, nur aus dem Grund, weil seine eigenen Bücher dort eben nie stehen. Und – es gibt gewisse Verhaltensmuster, die einem normalen Leser möglicherweise irrational vorkommen mögen, die dennoch allgemein gelten – Autoren kaufen grundsätzlich nur in Buchläden, die auch ihre eigenen Bücher im Angebot haben. Außer in Notsituationen wie der eben beschriebenen. Gute Möglichkeiten, sich mit Reiselektüre zu versorgen, bieten natürlich die Buchläden, in denen der Lesereisende seinen Auftritt hat. Oft ist dies auch der Ort, an dem er erwartet wird. Nur noch selten werden Autoren vom Bahnhof abgeholt. Diese Sitte stammt noch aus dem 19. Jahrhundert, als man Eisenbahnfahrten schädigende Wirkung auf die menschliche Physis und Psyche nachsagte, die besonders für sensible Naturen – zu denen man damals Literaten noch rechnete – andauernde und gefährliche Folgen zeitigen könnte. Heute traut man Schriftstellern eine gewisse Abgestumpftheit und Scheinselbständigkeit zu. Ich weiß nicht, wie es andere Kollegen erleben – möglicherweise ist das folgende ein rein persönliches Dilemma, und also statistisch irrelevant –, aber in den seltensten Fällen werde ich erkannt, wenn ich die betreffende Buchhandlung betrete und betreten an den Regalen entlangtappe. Ich kann mich direkt neben mein Plakat stellen, auf dem mein Konterfei deutlich abgelichtet ist, nie werde ich identifiziert, ich habe ganz offensichtlich ein typisches Kundengesicht. Nicht daß ich überhaupt nicht bemerkt würde, im Gegenteil, die Buchhändler beginnen, sobald ich eintrete, meine Nähe zu suchen, sich hilflos in Hilfsarbeiten ergehend, die keinen anderen Sinn haben, als mir zu demonstrieren, daß man gewappnet und bereit sei, jeden Diebstahl zur Anzeige zu bringen. Schließlich die verhaßte Frage, ob man mir irgendwie helfen könne. Darauf die stereotype Antwort: daß ich mich nur umsehen möchte. Und in der Tat, wie er oder sie sagen würde, dies tue ich. Zunächst inspiziere ich das Lyrikregal, wenn es denn ein Lyrikregal gibt. Ich kann also den Buchhändlern das Mißtrauen gar nicht verargen. Dort suche ich – fast immer vergeblich – nach meinen Gedichten.

Dann wandere ich provokativ zu den Kinderbüchern. Schließlich nehme ich irgendein Buch zur Hand, das eingeschweißt im Regal schwitzt, und beginne es demonstrativ aufzureißen. Wenn der Buchhändler oder die Buchhändlerin mir dies ohne mißbilligende Blicke oder Worte durchgehen läßt, weiß ich, ich bin an der richtigen Adresse und kann mich als Autor dekonspirieren. Wenn ich eine Ermahnung erfahre, verlasse ich den Laden, gehe in ein Café, trinke einen Schnaps oder grünen Tee, lese ein paar Seiten, um meinen Blutdruck zu senken, und kehre nach einer halben Stunde in die Buchhandlung zurück, lege meine Stirn in intellektuelle Falten und stelle mich vor. Ich habe nie den Eindruck, daß ich wiedererkannt würde. Man sagt mir Nettigkeiten über mein Schaffen, meinen Gesundheitszustand, meine Pünktlichkeit, knipst die Leselampe an, fragt, ob mir das Licht genügt und ob ich stilles oder sprudelndes Wasser favorisiere. Wenn ich antworte, lieber sprudelndes, denn stilles Wasser sei oft so tief, werde ich meist sonderbar beäugt, dann höflich belauscht. Ich bemühe mich stets, keinen besonders durchgeistigten Eindruck zu machen, um die Distanz abzubauen und überhöhte Erwartungen zu bremsen. Ob ich mein Honorar vor der Lesung bekommen möchte? Nein, auf keinen Fall. Ich lehne diese Praxis ab. Eine Frage des Ethos. Ich kaufe auch nichts auf Raten. Doch, ich würde mich gern ein wenig frisch machen. Im Hotel springe ich nicht unter die Dusche, sondern zu meiner Tasche und ziehe mein Buch heraus. Unlängst las ich einen Roman von George Orwell. Die Geschichte eines dicken Versicherungsvertreters, der als Kind ein leidenschaftlicher Angler war, dann mit dieser Passion brach und in der Mitte seines Lebens plötzlich dieses Verlustes und anderer Verluste gewahr wird. Ich sollte am Abend beim Kulturbund in Lengenfeld lesen, einem reizenden kleinen Städtchen im Vogtland. Eine Viertelstunde vor Veranstaltungsbeginn saß ich im Hotelzimmer, genehmigte mir noch eine Seite, dann noch eine halbe, schließlich las ich das Kapitel zu Ende, denn die Lesung fand im Hotel statt, ein Stockwerk unter mir, eine günstige Logistik, orwellfreundlich. Ich absolvierte meine Arbeit – und ich muß zu meiner Verteidigung und zur Ehrenrettung der Vogtländer sagen –, ich las lange, die Leute hörten lange zu und stellten am Ende freiwillig Fragen. Ich wünschte dem Kulturbund ein langes Leben. Der Leiter der Ortsgruppe dankte für meine guten Wünsche – wir kamen jetzt zum Austausch höflicher Abschiedsfloskeln –, vielleicht könne sich ja der Verein in nicht ferner Zukunft – er nickte mir in freudiger Erwartung zu – noch ganz andere Schriftsteller leisten. Ein Raunen ging durch die Reihen, ein protestierendes Hört-Hört!-Lachen meines tapferen kleinen Fanblocks in der Westkurve ertönte. Ich selbst machte meine fröhlichste Miene, senkte den Blick in den unumgänglichen Gerbera-Strauß und sagte mir durch die Blume, nimm's nicht persönlich, der Mann hat recht, du machst es nicht für Geld, nur für die Menschheit, die UNO, die Regierung, den Finanzminister, den Börsenverein usw. und weil du so gern liest. Und dann dachte ich an mein Hotelzimmer, das zu weiche Bett, die häßliche

Nachttischlampe, an deren Fuß der Roman »Coming up for Air« lag, den Orwell 1939 schrieb, ein Mann, der auch nicht unbedingt zu den glücklichsten Kollegen gezählt werden darf, und ob George am Ende des Romans an den Tümpel fahren wird, ob es den Tümpel gibt und den dicken Karpfen und ob George versuchen wird, ihn zu fangen, ob es ihm gelingt und daß ich auf alle diese Fragen eine Antwort bekommen würde, bald, in einer Stunde, vielleicht schon in einer halben Stunde, bestimmt noch in dieser Nacht, in jedem Fall aber auf dieser Tour, und daß diese Perspektive – im Vergleich zu manch anderer Aussicht, etwa einem Reisebus mit hessischen Rentnern – nicht die schlechteste sei, die sich einem mittelalterlichen Autor auf Lesereise bieten könne.

Selim Özdogan
Myrie

Alles war in die Brüche gegangen.

Es gab noch einige schale Freuden, die er mehr oder weniger genoß, und heute hatte er sich zum Beispiel eine Stripperin kommen lassen. Lynn war nicht schlecht gewesen, sie konnte sich gut bewegen, elegant, keine aufgesetzten Gesten, aber Myrie hatte sich nicht richtig begeistern können.

Er hatte ihr, als sie fertig war, einen Gin Tonic gemacht und sie aufgefordert, sich zu setzen. Da saß sie ihm nun gegenüber, und was er sah, gefiel ihm besser als die Tanzerei, eine nackte Frau mit einem Glas in der Hand auf einem roten Sofa.

Am liebsten hätte er ihr sein Leben erzählt. Er kannte dieses Bedürfnis, er hatte es oft verspürt, als er noch jung war. Damals hatte er geglaubt, in die Frau verliebt zu sein, der er alles erzählen wollte. Dabei wollte er nur den Schmerz lindern, nichts anderes. Das war es, was die Menschen zueinander trieb, die trügerische Hoffnung, daß jemand den Schmerz lindern könnte.

Lynn hatte sich vorgebeugt und die Ellenbogen auf die Knie gestützt, das Glas hielt sie locker in der Linken, Myrie hätte gerne etwas geredet, etwas Belangloses, aber er wußte nicht, wie er anfangen sollte.

– Waren Sie nie verheiratet? fragte Lynn unvermittelt.

– Nein, sagte Myrie, nein. Es hätte nicht funktioniert, ich glaube nicht an die Ehe.

– Viele Menschen heiraten, ohne an die Ehe zu glauben.

– Ja, sagte Myrie, deshalb enden diese Geschichten auch, bevor sie richtig anfangen können.

Und nun tat er es doch. Er haßte sich dafür, aber er erzählte dieser jungen Frau sein Leben. Schließlich hatte er sie gut bezahlt. Lynn lehnte sich zurück und hörte ihm aufmerksam zu.

Seine Eltern waren gestorben, als er fast achtzehn war, und hatten ihm und seiner jüngeren Schwester Evika eine erhebliche Erbschaft hinterlassen. So hatte es angefangen. An das, was noch weiter zurücklag, konnte er sich kaum erinnern, vielleicht hatte er es verdrängt, aber sicherlich hatte er keine glückliche Kindheit gehabt.

Er und Evika wußten nach dem Tod ihrer Eltern, daß sie nun aufeinander achtgeben mußten. Sie hatten sich schon immer gut verstanden, doch dieses Ereignis ließ sie noch näher zusammenrücken. In den folgenden Jahren waren sie sich gegenseitig Halt, und den brauchte man, es reichte nicht, daß die Erde einen trug, das reichte noch lange nicht.

Er hatte sich sicher gefühlt. Was sollte sie beide schon trennen? Es war genug Geld da, nicht mal daran konnte es scheitern. Außerdem hatten sie beide früh gelernt, daß man sich für Geld nichts kaufen konnte. Manchmal hatte er

Angst, Evika könnte sterben durch einen Unfall oder eine Krankheit, aber meistens fühlte er sich geborgen. Was konnte schon passieren?

Evika wurde älter und schöner, sie fand einen Mann und heiratete, aber die Geschwister wußten, daß sich nichts zwischen ihnen ändern würde. Man kann einen neuen Mann finden, hatte Evika gesagt, man kann noch mal Kinder kriegen, aber ich werde nie wieder einen Bruder haben wie Mark.

Er hatte sich in seinen Zwanzigern viel mit Zen beschäftigt, täglich meditiert, versucht, dem Dasein einen Sinn zu geben. Mit Anfang Dreißig zog er sich für ein Jahr ins Kloster zurück, obwohl es ihm schwerfiel, auf gewisse Vergnügen zu verzichten, und es kam schon mal vor, daß er nachts über die Mauer kletterte, um etwas zu trinken und zu den Prostituierten zu gehen. Für Frauen hatte er schon immer eine Schwache gehabt. Jeder Mensch hat ein Laster, und wenn es die Sehnsucht ist.

Manchmal hatte ihn der Anblick einer nackten Schulter in Verzückung versetzt. Er war fasziniert von Frauen, vor allem davon, wie sie sich bewegten, wenn sie nackt waren. Das Paradies war für ihn tatsächlich ein Garten, in dem leichtbekleidete Damen Wein kredenzen. Myrie fing an, Bilder und Filme zu sammeln, vor allem rare pornographische Aufnahmen.

Heute erschien ihm alles wie ein Traum, nicht wie eine glückliche Zeit, heute war ihm, als hätte er nur in einer Illusion gelebt. Er hatte einen Narren gefressen an Henry, dem Sohn seiner Schwester. Als Henry in die Pubertät kam, verstand er sich nicht mehr mit seinen Eltern, es gab ständig Streit im Haus, und so verbrachte Henry bald mehr Zeit bei ihm als bei seinen Eltern.

Auch das wäre kein Problem gewesen, aber so bekam er mit, daß der Junge klaute. Immer wieder verschwanden Dinge aus dem Haus, aber Henry leugnete, als er ihn zur Rede stellte. Er leugnete noch, als die Beweise schon erdrückend waren. Also redete er mit Evika darüber, aber sie war empört darüber, daß er Henry verdächtigte. So verkrachten sie sich. Er glaubte ja, daß ihr jedes Mittel recht gewesen wäre, ihren Sohn wieder bei sich wohnen zu haben. Er glaubte, daß ihre Eifersucht größer gewesen war als das Entsetzen darüber, daß ihr Sohn ein Dieb war. Denn das war er.

Mark hatte einen Freund gehabt, Oskar. Es waren schon viele Freunde gekommen und gegangen, doch mit Oskar hatte es zunächst anders ausgesehen. Plötzlich war da noch ein Mensch gewesen, mit dem er teilen konnte, dem er seine Geheimnisse anvertrauen konnte und all die kleinen Dinge, die man gerne für sich behält, bis man eines Tages merkt, daß sie im Magen klumpen.

Und auch Oskar hatte er verloren wegen einer blöden Sache. Er hatte ihm Geld geliehen, nicht gerade wenig, und als Oskar es nicht zurückzahlen konnte, hatte er sich aufgeregt. Die Menschen glaubten, er sei es ihnen schuldig, er müsse sie aushalten, er hatte ja schließlich Geld, und zwar so viel, daß alle glaubten, ihnen stünde auch etwas davon zu. Zumal er nicht dafür gearbeitet hatte. Sie gaben sein Geld mit vollen

Händen aus, ohne sich die geringsten Gedanken darüber zu machen.

Er hatte sich nicht unter Kontrolle gehabt und Oskar Vorwürfe gemacht, er hatte sich in Gegenwart von Oskars Frau so in Rage geredet, daß er ihm auch noch seinen Seitensprung vorwarf. Wütend war er gewesen. Jeder machte mal einen Fehler aus Unbesonnenheit, es war menschlich. Außerdem hatte er nur die Wahrheit gesagt, und die Wahrheit war für Oskar Grund genug, die Freundschaft aufzugeben.

Alles war in die Brüche gegangen. Wenn er heute glückliche Menschen sah, kam er sich überlegen vor, da er ja schon wußte, daß ihr Glück enden würde. Und wenn das nicht der Fall war, dann hielt er die Menschen für dumm. Dumm genug, um glücklich zu sein, doch er hätte nicht tauschen mögen. Alles war in die Brüche gegangen, und nach zwanzig Jahren hatte er auch das Meditieren aufgegeben.

Manchmal hatte er noch versucht, Freundschaften zu schließen oder sich an Frauen zu binden, doch er war zu der Überzeugung gelangt, daß nichts von Dauer ist und daß man sich auf niemanden verlassen kann. Man konnte zehn, fünfzehn Jahre mit jemandem befreundet sein, aber irgendwann kam der Punkt, an dem man sich selber haßte für das Vertrauen, das man dem anderen geschenkt hatte.

Jeder war allein auf der Welt, und der Mensch war fähig zu Verrat, er selber wie jeder andere auch, und die Zeiten, in denen er das vergaß, wurden immer seltener und kamen ihm hinterher nichtig vor.

Jetzt war er zwar alt, aber noch nicht alt genug, er würde wohl noch einige Zeit leben, leider sah es so aus, als sei er glänzend in Form. Keinerlei Aussicht auf Krebs oder eine andere bösartige Geschichte

– Ich wollte im Überfluß leben, schloß Myrie, ich wollte immer die Möglichkeit, das hätte mir Ruhe gegeben. Ich wollte Freunde, ohne sie in Anspruch nehmen zu müssen, als Sicherheit, als Halt für Notzeiten, die nie kommen würden. So war ich in allem. Nachdem ich aufgehört hatte, Drogen zu nehmen, hatte ich noch jahrelang Pilze, Pillen und Pappen im Kühlschrank, ich habe dieses Gefühl gebraucht, eine Illusion, daß da etwas ist, wenn schon nicht jemand. Aber da war nie etwas, da war nichts. Nichts, das länger währt als einen Lidschlag.

Es entstand eine Pause, Lynn fragte freundlich, ob sie vielleicht noch einen Drink haben könne. Myrie machte unwirsch eine Kopfbewegung Richtung Küche. Als Lynn aufstand, sah er ihr hinterher. Sie war etwas stämmig, die meisten Männer hätten wohl etwas Schlankeres bevorzugt, und gerade diese vermeintliche Ablehnung anderer veranlaßte Myrie, diesen Körper zu begehren. Er konnte ihn begehren und damit aufwerten.

Als Lynn wieder hereinkam, war ihr Glas bis einen Fingerbreit unter den Rand gefüllt, sie hatte kein Eis genommen, aber drei Scheiben Zitrone. Myrie merkte, daß es unpassend war, ihr jetzt auf den Busen zu sehen, die Show war vorbei, er hatte ihr fast sein ganzes Leben erzählt. Er konnte sie nicht unverhohlen anstarren. Ihm fiel auf, daß sie sich anders bewegte, als er es erwartet hätte. Lynn bewegte sich mit einer Sicherheit, als wäre sie angezogen, selbst nachdem sie den gesicherten Rahmen des Strips verlassen hatte. Sie setzte sich wieder, schlug die Beine übereinander, nahm einen kleinen Schluck.

– Meine Mutter ist gestorben, als ich drei war, sagte sie ohne jede Einleitung. Ich hatte keine Geschwister, und mein Vater hat sehr bald wieder geheiratet. Sie kennen das aus den Märchen, meine Stiefmutter war nicht gut zu mir, sie hat mich nie geschlagen oder ohne Essen ins Bett geschickt, Gott ist ihr Zeuge, doch sie hat mir all diese Arbeit aufgebürdet. Kochen, waschen, putzen, aufräumen, ich war noch gar nicht in der Schule, da mußte ich das alles schon lernen. Es gab viel zu tun, wir haben auf dem Land gelebt, wir hatten Kühe und Schafe, mein Vater hatte Felder zu bestellen, wir haben im Garten unser eigenes Gemüse gezogen. Vielleicht hätte meine Stiefmutter ihre eigenen Töchter genauso behandelt wie mich, aber sie hat meinem Vater drei Söhne geboren, was ihn sehr gefreut hat. Die Jungen mußten nie helfen, die haben den ganzen Tag mit den anderen Kindern gespielt. Ich ging in die Schule, kam nach Hause, kochte, spülte nach dem Essen ab, putzte, wusch die Wäsche, bügelte die Hemden meiner Brüder und die Röcke und Kleider meiner Mutter, molk abends die Kühe, und meistens fand ich erst vor dem Zubettgehen Zeit, meine Hausaufgaben zu machen.

Myrie war versucht, sie zu unterbrechen, Lynn langweilte ihn zu Tränen, er hatte diese harten Schicksalsgeschichten schon Hunderte Male gehört. Jeder brauchte eine Ausrede, um sich schlecht zu fühlen.

– Mit zwölf oder dreizehn erst habe ich auf dem Speicher eine Kiste mit den Sachen meiner Mutter entdeckt. Fast die Hälfte der Kiste war mit Büchern gefüllt, und ich hörte auf, die Hausaufgaben zu machen. Ich las lieber in der wenigen Zeit, die mir blieb, weil ich glaubte, meine Mutter habe auch all diese Bücher gelesen. Vielleicht hat sie es ja auch tatsächlich getan, aber woher soll ich das schon wissen?

Es waren diese Bücher, die mir erzählt haben, daß mein Leben auch anders sein könnte, daß es noch eine andere Welt gab, noch viele. Aber wie hätte ich aus meiner Welt rauskommen sollen? Meine Stiefmutter wartete doch nur darauf, daß die Schulpflicht aufhörte und sie besser über meine Zeit verfügen konnte. Es waren die Bücher …

Haben Sie *Einer flog übers Kuckucksnest* gelesen? Es ist lange her, aber ich erinnere mich an eine Stelle in diesem Buch, wo Bromden in einer Fabrik ist, einer unmenschlichen Fabrik, voller Lärm, einer Fabrik, die am Ende des Tages kaputte Menschen ausspuckt. Dort kommt eine junge Frau auf ihn zu und bittet ihn: Bring mich hier weg.

Gabriel war groß und stark, er trug eine schwere schwarze Jacke, und seine Haare glänzten. Er sah aus, als könne er mich wegbringen. Ich war fünfzehn, ich hatte keine Ahnung von Männern oder vom Leben, woher denn auch, ich hatte immer gearbeitet, ich hatte keine Freundinnen. Das bißchen, was ich wußte, wußte ich aus Büchern.

Eines Tages tauchte also Gabriel auf, der Neffe eines Kaufmanns aus dem Dorf. Er saß oft allein auf dem Dorfplatz und rauchte Zigaretten und trank auch Bier. Jedesmal wenn ich über den Dorfplatz mußte, um Einkäufe zu erledigen, hat er mich angestarrt, und schließlich bin ich einfach zu ihm gegangen und habe ihn gefragt, ob er mich hier wegbringen kann. Ich war fünfzehn, es kam mir nicht mal mutig vor.

Dann sind wir zusammen durchgebrannt, ich habe alles hinter mir gelassen, ich dachte: Jetzt fängt das Leben an.

Gabriel war grob zu mir, aber ich war noch nie mit einem Mann im Bett gewesen, ich hatte nicht mal einen geküßt. Ich ahnte, daß etwas nicht stimmte, aber in den Büchern meiner Mutter hatte nichts über Sex gestanden, also ertrug ich es.

Ich habe sie gut bezahlt, dachte Myrie, ich könnte sie einfach unterbrechen und wegschicken. Er hätte es auch getan, doch seine eigene Redseligkeit vorhin hielt ihn zurück. Auch wenn er sich nicht für ihre Geschichte interessierte, er beglich eine Schuld, die Schuld, sie mit seinem Geschwätz genauso gelangweilt zu haben.

– Er ließ mich sitzen in dieser Bruchbude, sagte Lynn, nachdem sie noch einen großen Schluck genommen hatte. Ich war zum Glück nicht schwanger, doch Gabriel verschwand einfach, und ich wußte nicht, wohin. Auf die Straße wollte ich nicht, wer will das schon? Ich hatte nichts gelernt, und ich will Sie nicht weiter langweilen damit, welche Umstände dazu führten, daß ich angefangen habe, nackt zu tanzen. Doch ich entwickelte Ehrgeiz. Ich war kleiner als die anderen, ich war etwas zu kräftig, und ich verstand, daß mein Alter allein nicht ausreichen würde, um die Männer zu begeistern. Ich lernte schnell, und es machte mir sogar großen Spaß, ich hatte noch nie viel Aufmerksamkeit bekommen, und ich hatte nie ein eigenes Leben gehabt.

Ich habe eine Freundin in dem Laden, in dem ich arbeite, manchmal sehen wir den ganzen Tag nur zusammen fern. Und manchmal rasieren wir uns die Mösen gegenseitig. So was hören sie doch gerne, oder?

Sie lächelte, als habe sie ihn beim Masturbieren ertappt, etwas hochmütig und überlegen, aber dennoch amüsiert.

– Es hat nichts mit Sex zu tun, es ist nur einfacher.

Nun stand Lynn auf und fing an, sich wieder anzuziehen, erst den Rock, dann den Slip, schließlich die Bluse, die sie nicht ganz zuknöpfte.

– Ich bin oft traurig, sagte sie. Ohne sich wieder hinzusetzen, trank sie den Rest ihres Drinks, starrte in das Glas und fuhr fort: Es ist nicht einfach, und manchmal denke ich, ich sollte dankbar sein, dankbar, daß ich meiner Familie entkommen bin. Manchmal denke ich, ich sollte Kinder kriegen, manchmal habe ich Angst, später mal in einem Zimmer zu sitzen und auf das Leben zu schimpfen, weil es so falsch und verwirrend und nutzlos war. Aber selbst dann werde ich sagen können: Bei mir mußte sich niemand die Drinks selber mixen.

Erwin Strittmatter

Magie des Lesens

Man fragt mich oft: Wie kamst du zum Schreiben? Das klingt, als ob die Frager verabsäumt hätten, einen Kursus zum Schreiben von Erzählungen zu belegen, und willens wären, es nachzuholen.

Freilich gibt's eine Schriftstellerschule, aber auch dort erfährt man nur, wie Goethe, Balzac, Tolstoi oder Rilke ihre Einfälle und Einsichten handwerklich meisterten, nicht aber, wie man der eigenen Einsichten schreibend Herr wird. Dazu muß jeder in sein eigenes unbekanntes Land, und ob ihn nun eine kleine Schreiblust sticht oder ein großes Talent plagt, er muß seinen Fleiß, seine Ausdauer und seinen Mut zu sich selber erproben.

Wie kamst du zum Schreiben? Ich überlege: Kam ich zum Schreiben? Kam es zu mir?

Aber bevor ich vom Schreiben erzähle, muß ich was übers Lesen sagen: Ich lernte lesen, als ich fünf Jahre alt war, nicht in der Schule, sondern beim Schankwirt-Schneider Gottfried Jurischka, und das war mein Stiefgroßvater.

Großvater Jurischka trat mit einem schwarzen Rollkragenpullover und einem gestutzten Oberbart in mein Bewußtsein. Zwischen Unterlippe und Großvater-Kinn klebte zudem ein einsamer Bartklecks, als wäre Jurischka beim Rasieren gestört worden.

In seiner Jugend wurde dem sorbischen Schneidergesellen die Niederlausitz zu eng, und er wanderte zur Bucht des Atlantischen Ozeans, »Nordsee« genannt. In Hamburg hielt er Ausschau nach Glück, und das kam ihm aus Amerika in der Gestalt der Tochter seines Meisters Lühr entgegen, die den Großvater um zehn Lebensjahre überragte und ihm um drei Kinder voraus war. Die erwartete Liebesentzündung fand statt: meine Großmutter der Feuerstein, mein Großvater der Zunder!

Gottfried Jurischka kehrte mit seinem Sack voll Glück ins Heimatdorf zurück, und das hieß Graustein; an der Kirche dort lag ein grauer Findling.

»Seht, den Gottfried: Amerikanerfrau und Rothautkinder!« hieß es im Dorf.

Ein Nachkomme dieser rotbärtigen Rothäute bin ich.

Großvater Gottfried gründete mit Nadel, Schere, etwas Zwirn und mageren Gesellenersparnissen eine Schneiderwerkstatt. Er mußte billig arbeiten, um den Konkurrenzschneider im Nachbardorf niederzuzwingen, und seine angeheirateten Rothäute wären verhungert, wenn ihm der Urgroßvater nicht einen Acker als Erbschaftsvorschuß vermacht hätte.

Großvater Gottfrieds schöne Amerikanerin mühte sich, spannte sich vor den Ziehwagen, legte sich das Karrband nicht um die Schultern, sondern um den Hals, und strangulierte sich. Mit blaurotem Gesicht ächzte sie die Dorfstraße hinunter, und die Strohdächer der Dorfhütten wackelten vom schadenfrohen Gelächter der lieben Dörfler.

Die *Amerikanerin* wuchs schwer in der Sand-Heide ein.

Es begab sich, daß die Oberschenke des Dorfes frei wurde; Großvater Gottfried ließ sich den Rest seines Erbteiles auszahlen, pachtete die Schenke und hatte es nunmehr auch mit dem Wirt der Unterschenke als Konkurrenten zu tun. Zur Oberschenke gehörte die Posthilfsstelle mit einer Telefonvermittlung; dort saß Großmutter Dorothea, mehr, als sie mußte, und genoß die Wortsendungen.

Großvater Gottfried stellte seinen Schneidertisch in die Gaststube, hockte auf und mußte nach einer Naht schon herunter, weil ein Gast einen Korn, dann eine Zigarre verlangte und unterhalten sein wollte. Der Gast ging, Großvater hockte wieder auf, besäumte ein Knopfloch, und das Telefon klingelte. Jemand wünschte mit Herrn von Wülisch auf Lieskau verbunden zu werden. Großvater verband, hockte wieder auf, besäumte zwei Knopflöcher, und es kam, bepackt wie ein Karawanenkamel, der Postbote aus der Kreisstadt. Großvater sortierte die Post, trug sie aus, kam zurück, band sich die blaue Männerschürze vor, zog Schaftstiefel an, ging auf den Acker und war sein eigener Knecht.

Die Zeit verging. Großvater Gottfried zeugte mit der »Amerikanerin« einen Jungen und ein Mädchen, die wuchsen heran, die *Rothäute*, die die Großmutter in die Ehe gebracht hatte, flogen in die Welt: Onkel Stefan hatte Fleischer gelernt und ging wieder nach Amerika. Tante Marga heiratete einen Bauern drei Dörfer weiter, und mein Vater lag in einem Schützengraben in Frankreich. Großmutter Dorothea, die »amerikanische Schönheit«, rutschte, als ob sie eine frische Eisfläche abzuprüfen hätte, durch die Räume und schrie auf, wenn ihr ein Steinchen unter die Fußsohlen kam; sie hätte die Fußpein, hieß es.

Großvater Gottfried saß mürrisch und nähte, raunzte mit den Schenkenkunden, wenn sie ihn um ein halbes Nichts vom Tische holten, knurrte mit den Schneiderkunden, die ihm nur noch Flickarbeiten brachten, und wurde im Dorf »Brummer und Schießer« genannt, doch wenn Großmutter Dorothea den Spitznamen hörte, legte sie den Zeigefinger quer über die Lippen.

Ich kam jeden Morgen, gewaschen und gescheitelt, aus dem Kotten und zwitscherte mein »Gut' Morgen!« wie ein Vogel in den dunklen Wald. »Bist' schon wieder da?« Großvater Gottfried neigte sich vom Schneidertisch und ließ sich den Bartklecks beküssen. Noch immer trug er den schwarzen Pullover, den er sich einst zugelegt hatte, um seemännisch auszusehen und der Großmutter zu gefallen. Jetzt war er alt, der Pullover, sein Gestrick war dünn, die talmisilberne Uhrkette schimmerte durchs Gewebe; denn unter dem Pullover trug Großvater eine Anzugweste, in deren Taschen die Uhr und die Kautabakschachtel steckten.

Herumsteher und Zugucker duldete Großvater nicht. »Jeder muß arbeiten, sonst gerät die Welt aus den Fugen«, sagte er, deshalb sollte ich lesen lernen.

Großvater biß ein Stück Kautabak ab, schob es zwischen

Wange und Zähne, brachte das ausgelaugte Tabakstück aus dem Mund, legte es in einen Aschenbecher und schob ihn mir hin. Der Aschenbecher war eine Seite meiner Lesefibel. »Emil Mieser, Eisenwaren en gros und en detail, Hauswirtschaftsartikel pp«, las ich. »Was heißt en gros?«

»Een Groß hat hundertvierundvierzig Stück oder zwölf Dutzend«, erklärte Großvater.

Und was war, wenn Mieser seine zwölf Dutzend Eisenwaren verkauft hatte?

Großvater wußte sich keinen Rat und erklärte mir lieber das PP hinter Hauswirtschaftsartikel. Dieses PP bedeutete für Großvater posten- und paarweis.

Das nächste Blatt unserer Fibel war ein Reklameplakat: *Miele-Fahrräder sind doch die besten.* »Mit wem streitet Herr Miele?«

Herr Miele streitet sich mit der Konkurrenz, erklärte Großvater.

Jetzt las ich, was auf der bedruckten Pappunterlage des Abreißkalenders einer Tuchfirma aus Cottbus stand: »Brumm, brumm, Brummer und, und Schießer, Brummer und Schießer. Hier steht dein Name, Großvater!«

Großvater Gottfried rutschte wütend vom Schneidertisch, ging in die Küche und zankte mit der Großmutter. Mein Leseunterricht war für diesen Tag beendet, und endgültig abgebrochen wurde er an jenem Tage, da ich den verzierten Spruch über dem Schenktisch entzifferte: *Sauft ihr Hunde, der Staat braucht Geld!*

Aber nun war meine Leselust angefacht. Ich las alles, was

mir entgegenschwamm, auch die Briefanschriften, wenn Großmutter die Post sortierte.

In Mitteleuropa wurde zu jener Zeit mächtig gestorben. Die tapferen Deutschen aber fielen nur. Das war harmlos; wer fiel, konnte wieder aufstehn, aber es trafen mit der Post sogenannte Nachlaßpäckchen ein, karge Habseligkeiten aus den Hosentaschen der Gefallenen, in Leinwand verpackt und mit angefeuchtetem Kopierstift beschriftet, und die ließen es offenbar werden. Ich entzifferte die Schriftzüge der Kompaniefeldwebel und rannte, ein kurzgeschorener Todesengel, durchs Dorf, verständigte die Leute, und die Leute liefen mir weinend nach und holten die Nachlaßpäckchen.

Eines Tages wollte und wollte der Postbote ein Päckchen nicht hertun und sagte schließlich zur Großmutter: »Fassen Sie sich, Ihr Sohn, wie mir scheint, ist gefallen!« Ich rannte zum Kotten, rief's meiner Mutter über den Gartenzaun zu, und die Mutter fiel ohnmächtig zu Boden. Großvater Kulka, der Muttervater, der zu Besuch war, hob die Mutter auf und ging sich erkundigen. Mein Onkel Hugo war gefallen.

Man zankte mit mir. Ich erschrak und weinte und spürte was von der Magie des Lesens.

Als ich in der Schule lesen lernen sollte, maulte ich; ich konnte es. Ich langweilte mich und las die längeren Lesestücke im hinteren Teil der Schulfibel, die Beschreibung des Kaiserpaares zum Beispiel. »Unser Kaiser Wilhelm und unsere Kaiserin Auguste Viktoria wohnen in Berlin …« Sodann wurden die Qualitäten des Kaiserpaares beschrieben, und zum Schluß hieß es: »Wir lieben unseren Kaiser.«

Das war neunzehnhundertundneunzehn. Der Kaiser war nach Holland raus, aber in unserer Schulfibel saß er noch. Wen's wundert, bedenke, daß es auch heut noch das Bestreben vieler Landesväter ist, sich in Fibeln mit dem Hinweis beschreiben zu lassen, daß gute Kinder sie zu lieben hätten.

Drei Jahre war ich alt, als der Großvater in seinem schwarzen Seemannspullover in mein bewußtes Leben trat; sechs Jahre war ich alt, als er starb. Ich sah ihn vor der Einsargung auf der Bahre liegen. Sein Knebelbärtchen hatte sich während einer Lungenentzündung weiß gefärbt. Er war die erste Leiche, die ich sah, eine lustige Leiche, denn Großvater hatte während des Sterbens den Mund geöffnet und nicht mehr Zeit gefunden, ihn zu schließen. Wollte »Brummer und Schießer« Dinge erzählen, die er uns im Leben verschwieg? Man band ihm die heruntergefallene Kinnlade mit einem zusammengefalteten Wischtuch hoch, und die Enden der Schleife standen oben am kahlgeschorenen Kopf wie die Haubenbänder der Witwe Bolte bei Busch.

Ich kannte ihn nur drei Jahre und verdank ihm, daß ich mich mit den altgriechischen Philosophen, mit Goethe und Schopenhauer, mit Jakob Böhme und Laotse, mit Engels und Salomo, mit Lenin und Tolstoi über die Jahrhunderte hinweg unterhalten kann. Magie des Lesens!

Quellenverzeichnis

Tanja Dückers: Lux Aeterna
Aus: Café Brazil. Erzählungen. Copyright © 2001 by Aufbau-Verlag GmbH, Berlin.
www.tanjadueckers.de

Nino Filastò: Der anonyme Brief
Erstveröffentlichung, aus dem Italienischen übersetzt von Franziska Gulde.

Barbara Frischmuth: Die Pfändung
Aus: Mörderische Märchen und andere Erzählungen. Copyright © Barbara Frischmuth

Stephen Fry: Professor Trefusis' Angebot
Aus: Der Lügner. Roman. Aus dem Englischen von Ulrich Blumenbach. Copyright © 2003 by Aufbau Taschenbuch Verlag GmbH, Berlin.

Harald Gerlach: Brautfahrt
Aus: Vermutungen um einen Landstreicher. Geschichten. Copyright © 1978 by Aufbau-Verlag Berlin und Weimar.

Zvi Jagendorf: Sex und Neuhebräisch
Aus: Die fabelhaften Strudelbakers. Copyright © 2004 by Aufbau-Verlag GmbH, Berlin.

Hermann Kant: Im Walfisch
Aus: Ein bißchen Südsee. Erzählungen. Copyright © 1962 by Rütten & Loening, Berlin.

Thomas Lehr: Libertad
Aus: Die Erhörung. Roman. Copyright © 1995 by Aufbau-Verlag GmbH, Berlin.

Steffen Mensching: Mit Orwell im Vogtland oder Warum ich so gern auf Lesereise gehe
Erstveröffentlichung.

Selim Özdogan: Myrie
Aus: Trinkgeld vom Schicksal. Geschichten. Copyright © 2003 by Aufbau Taschenbuch Verlag GmbH, Berlin 2003. www.selimoezdogan.de

DBC Pierre: Ai, ai, aieeeeeee, Lu-pita!
Aus: Jesus von Texas. Roman. Aus dem Englischen von Karsten Kredel. Copyright © 2004 by Aufbau-Verlag GmbH, Berlin.

Brigitte Reimann: Frau Hellwig erzählt
Aus: Franziska Linkerhand. Roman. Copyright © 1998 by Aufbau-Verlag GmbH, Berlin.

Lenka Reinerová: Piridonka
Aus: Mandelduft. Erzählungen. Copyright © 1998 by Aufbau-Verlag GmbH, Berlin.

Hansjörg Schertenleib: Das gläserne Orchester
Erstveröffentlichung.

Klaus Schlesinger: Hans-Christian S. meets Erich H.
Aus: Trug. Roman. Copyright © Aufbau-Verlag GmbH, Berlin 2000.

Helga Schütz: Halt in Hornberg
Aus einem bisher unveröffentlichten Manuskript.

Erwin Strittmatter: Magie des Lesens
Aus: Die Nachtigall-Geschichten. Copyright © 1989 by Aufbau-Verlag Berlin und Weimar.

Fred Vargas: Adamsbergs Geheimnis
Aus: Der vierzehnte Stein. Roman. Aus dem Französischen von Julia Schoch. Copyright © 2005 by Aufbau-Verlag GmbH, Berlin.

Richard Wagner: Etwas wird sein
Erstveröffentlichung.

Hong Ying: Im Haus der Chengs
Aus: Die chinesische Geliebte. Roman. Aus dem Chinesischen von Martin Winter. Copyright © 2004 by Aufbau-Verlag GmbH, Berlin.

Jan Potocki
Die Handschriften von Saragossa
Roman
Herausgegeben von Leszek Kukulski
Aus dem Französischen und mit
Anmerkungen von Werner Creutziger
921 Seiten. Gebunden
ISBN 3-351-03051-7

»Welch eine Leselust«

DIE ZEIT

»Die Handschriften von Saragossa« des weitgereisten Freigeists Jan Graf Potocki ist der wohl am raffiniertesten konstruierte Abenteuer-, Bildungs- und Schauerroman der Weltliteratur. Die von erotischen, phantastischen und komischen Zwischenfällen übervolle Reise des jungen Hauptmanns Alfons van Worden durch Spanien liefert den opulenten Rahmen. Davor entwickelt sich ein grandioses Erzählwerk voller Lust am Galanten, das in seiner intelligenten Immoralität so reizvoll ist wie ein aufgeklärtes »Decamerone« oder die »Erzählungen aus 1001 Nacht«.

»Einer der maßgeblichen Wegbereiter der modernen philologischen Phantastik, Vorläufer eines Borges und Nabokov, eines Lem oder Eco.«
NEUE ZÜRCHER ZEITUNG

aufbau
VERLAG

Weitere Informationen erhalten Sie unter www.aufbau-verlag.de oder in Ihrer Buchhandlung

Mehr Geschichten für alle Fälle: Anthologien bei AtV

Natürlich die Schweizer!
Neues von Paul Nizon, Ruth Schweikert, Peter Stamm u. a.
Wer hat's erfunden? »Natürlich die Schweizer!« versammelt große Autoren und erfolgreiche Newcomer aus der deutschsprachigen Schweiz – u. a. Paul Nizon, Peter Stamm, Peter Weber, Christoph Geiser, Raphael Urweider, Lukas Bärfuss und Ruth Schweikert. Ein lustvoller, breiter Überblick über die exzellente und sehr lebendige Schweizer Gegenwartsliteratur.
Herausgegeben von Reto Sorg und Yeboaa Ofosu. 205 Seiten. AtV 1874

Eiszeit
24 Autoren schlottern vor Kälte
Während die Pole schmelzen, wächst unsere Faszination für das Unberührte und die Stille endloser Schneewüsten. 24 bekannte Autoren, unter ihnen Karen Duve, Jenny Erpenbeck, John v. Düffel, Mario Giordano, Grit Poppe, Anke Stelling und Tanja Dückers, erzählen, warum sie mit Eis und Kälte nicht nur Schüttelfrost und starre Glieder, sondern glitzernd weiße Landschaften unter blauer Polarsonne verbinden.
Herausgegeben von Anne Enderlein und Cornelie Kister. 328 Seiten. AtV 1631

Meine Lehrjahre
Prominente plaudern aus der Schule
Warum wird aus dem einen ein Entertainer, aus dem anderen ein Politiker? Was gibt in jungen Jahren dem Leben die Richtung? Über fünfzig Prominente, unter ihnen Harald Schmidt, Marianne Hoppe, Roger Willemsen, Dieter Hildebrandt, Jette Joop, Gottfried John, Regina Halmich, Helmut Schmidt und Wolfgang Hilbig, erinnern sich an ihre Lehrjahre.
Herausgegeben von Dorothée Stöbener 256 Seiten. AtV 1873

Schwarze Gedanken
Kriminelle Geschichten von Fred Vargas, Pascal Bruckner, Nino Filastò, Marc Levy und Franco Mimmi
Einiges davon wird Sie um den Schlaf bringen. Ein Menschenfresser, der versucht auf vegetarische Kost umzusteigen, die tödliche Eifersucht eines Vaters auf den eigenen Sohn, und anderes mehr. Eine Anthologie unserer beliebtesten französischen und italienischen Autoren bietet »Highlights aus kriminalgeschulter Feder« (Hellweger Anzeiger).
Übersetzt aus dem Französischen und Italienischen. 207 Seiten. Originalausgabe. AtV 1852

Mehr Informationen erhalten Sie unter www.aufbau-verlag.de oder bei Ihrem Buchhändler

AtV